生命之泉

Watersprings

與世俗道德抗衡的愛戀
深埋十九世紀英格蘭校園

目錄

第一章　場景

二月的一天，燦爛明亮的陽光鋪灑在劍橋大學寶福德學院的小庭院中，古舊的暗紅色磚塊已經被煙燻黑了。石質的窗櫺和壁線、學堂的窗子、爬滿常春藤的扶壁和城垛炮塔、平房的屋頂、古色古香的煙囪以及罩著保護鉛的炮塔也全都沐浴在陽光中。這個小庭院有一半的面積還淹沒在陰影裡。儘管寶福德學院美得令人難以置信，但怎麼看都像是軍事要塞，而不像是一所學院。它的美不僅僅是外在的，更是因為年代古老、歷史悠久而別具一番情致和韻味。庭院不像尋常建築那樣修建了花壇或花園，只不過種了四塊草坪，像已經褪色的地毯一樣鋪在了硌腳的小石子路上。時鐘的金色指標指向了九點三刻，發出洪亮的報時聲。兩三個年輕人正站在學院的拱門口說話，另外一兩個人穿著破舊的外套和帽子，手裡拿著書，飛快地走出了院子。

這時，從階梯那邊傳來了步履堅定的走路聲，一位 40 歲左右的中年男子走進了院子。來人名叫霍華德．甘迺迪，是學院的研究員和古典講師。他有一頭厚厚的棕色捲髮，兩鬢已經變得灰白，兩撇鬍鬚也有些斑白，面色紅潤，眉毛濃密，額頭上有些淡淡的皺紋，眼睛大而明亮，模樣有趣、生動，雖然算不上多麼英俊，但整個人看上去充滿了智慧和愛心。他很隨意地穿著一件很舊但做工精緻的衣服，與他整個人很相配，由內而外散發出一種果敢的公務員氣質。他整體的裝束和氣質與學校的氛圍是非常和諧、統一的。他在門口向學生們點頭微笑，學生們也向他微笑致意。一個學生飛奔進院子，他對學生說，「沒關係，快一點！你剛好趕得上。」學生有些絕望地揮了揮手算是回答。隨後，霍華德．甘迺迪進入院子，踏上石板路，走向學堂，先是看了一會螢幕上的告示，然後又穿過學堂，走進了被一圈小圍廊包圍的後院。在這裡，他遇到了一位老人，老人的臉刮得很乾淨，面色紅潤，長相機敏，一頭厚厚的白髮，戴著一頂小圓帽，綁著黑色的領帶，身上穿著黑色的外套和背心，灰色的輕便褲子。看他的穿著打扮，人們會誤認為他以前是個鄉村律師。實際上，他是這所學院的副院長、高級研究員雷德梅因，他一輩子都是在學校裡度過的，除了當老師沒做過別的。一見到霍華德，他就用一種善意、活潑又略帶諷刺味道的口吻打招呼說：「你這身打扮看上去很有一副忠厚老實的樣子啊，甘迺迪！忙什麼呢？」

「我要去花園裡散步，」霍華德說道，「願意跟我一塊去嗎？」

「好啊，」雷德梅因說，「我們進行一次柏拉圖式的對話怎麼樣？」

他們穿過迴廊，來到一扇低角門前面，霍華德把門打開，兩人一同走進了一座老式小花園，花園的三面環繞著高高的圍牆，第四面是一條小河，碎石甬路蜿蜒而過，花園裡種著幾棵樹，枝椏光禿禿的，還沒長出葉子。小草坪中央長著一大片紅色的灌木叢，隱隱地透露出了些許綠意，一些烏頭草鑽出了地面，露出幾抹黃色。

「這些可憐的小花是什麼啊？」雷德梅因先生指著它們，有些輕蔑地說道。

「噢，別這麼說，」霍華德說，「它們總是率先破土而出，是春天最早的使者，名字叫烏頭。」

「烏頭？那種致命的毒藥！」雷德梅因說，語氣中帶著恐懼，「哎，我並不討厭它們，但無論何時何地，我都必須說明一點，我更喜歡人類的傑作，而不是上帝的。我不喜歡春天，因為它蕭條又危險，這個時候總讓我覺得自己應該做點別的什麼事情。」

他們在花園裡閒聊了幾分鐘，雷德梅因非常犀利地批評著一切，但很顯然，他喜歡這個年輕人陪伴在自己身邊。他一邊說著，一邊不時地發出一陣低沉的笑聲，這是霍華德所熟悉的那種充滿滿足感的笑聲。聽到這笑聲，霍華德也覺得很高興。

「啊，年輕的朋友，你要笑啊，」雷德梅因說，「等你到了我這個歲數，看到一切都支離破碎了，就沒有多少發自內心的笑容了，你只能像我一樣，偶爾譴責一下這個社會缺少靈魂，譴責一下這個多愁善感的時代。」

「或許吧，但你並非真的否定一切，」霍華德說，「我知道你只是喜歡發洩一下自己的不滿情緒！」

「嗯，我是個哲學家，」雷德梅因說，「你的善心太重了，這可不好。你請學生們七點半在學堂吃大餐，出錢給學生們修建新的板球場，你可把他們給寵壞了！在我上學的那個時候，假如有低年級學生抱怨學堂的牛肉太難吃，財務主管老格蘭特就會把我們這些三年級的學生找來，拿我們做榜樣，說我們都吃了三年了，從來都沒抱怨過，你們這些初來乍到的學生憑什麼抱怨呢。老格蘭特還說他也知道很多學生都在投訴牛肉難吃，他也完全明白這些投訴是對的，牛肉的確難吃，可是沒辦法啊，只有這種牛肉。然後低年級學生就會主動回到餐桌旁邊，強忍著繼續吃那些羊肉和牛肉。這件事辦妥以後，他還會向我們鞠一躬，送我們出去，然後再把廚師找來，跟廚師一塊生氣、一塊抹眼淚，抱怨學生們越來越難伺候。」

霍華德笑了，但並沒有作任何評論，然後就說自己必須要回去工作了。他們一起走進學堂，雷德梅因把手搭在霍華德的手臂上，說，「別介意，年輕的朋友！我喜歡發發牢騷。這是一座美麗的學院，我為這個它感到驕傲，你也為它做了巨大的貢獻。」

霍華德笑了笑，把老人的手又往自己的胸前拉了拉。「哪天上午有時間我再去找你聊天」，他說道。

十點鐘，霍華德回到了自己的辦公室，一會，來了一位穿件長袍的年輕人。霍華德坐在桌子前面，讓學生坐在對面的椅子上，然後拿出了一篇改好的拉丁散文，向這位學生提出了一些批評和建議。最後，霍華德說，「這篇文章寫得很好！你最近進步很多，期末你會拿高分的。」然後他又用一、兩分鐘的時間談了談身為學生應該讀哪些書，並指出重點讓他留心。十點半，又來了一位年輕人，過程與之前一樣。就這樣一直到了接近十二點的時候。霍華德的態度既和藹又莊重，與學生們在一起的時候，學生也覺得很輕鬆。有一名學生對他的批評意見表現出了懷疑的態度，霍華德於是找出一本字典，讓他看其中的某一段文字，看看到底誰對誰錯。

「你看，我是對的，」他說，「不過有反對意見一定要毫不猶豫地說出來啊，這些詞語的用法確實很有難度！好好努力吧！」學生笑著點了點頭。

此時還不到十二點，距離與下一位學生約好的指導時間還有五分鐘的空閒，僕人給他送來一張便條紙。霍華德打開字條看了一眼，便拿出一張紙，開始寫起了回信。不久又來了一個年輕人，長得很孩子氣，留著一頭捲髮，展示出了蓬勃的朝氣，一副天真無邪的樣子。霍華德微笑著和他打了個招呼，「稍等我一會，傑克！」他說，「我這裡有篇文章，恐怕不是〈運動員〉那篇，你看看吧，休息一會，等我寫完這張便條我們再聊。」男孩坐在壁爐旁邊，但是並沒有讀文章。一隻表情嚴肅的貓也趴在那，對著爐火瞇著眼睡覺，於是這個學生就把貓拉過來放在自己的膝蓋上，開始逗著貓玩。一會，霍華德寫完了，放下了筆。「來吧。」他說。男孩於是抱著貓走過來坐到了他的旁邊。指導還和前幾個學生一樣，不過這一次霍華德的說話的語氣稍微有些不同，那種口氣就像是叔叔和最疼愛的姪子在一起的時候一樣。最後，他把文章放在男孩手裡說道，「不行，這不行啊，要知道你這樣寫實在是太隨意了，一點都不像拉丁語，該做的你沒做好！」

霍華德微笑著搖了搖頭，將自己的態度表達得非常明確。男孩什麼話都沒說，站起身子，微微笑了一下，手臂下面夾著那隻貓，臉上帶著一種健康、荒蕪而又冷漠的神情，真是一幅迷人的青春畫圖啊。

然後，這個學生用一種極為孩子氣的聲音說道，「哦，沒事，我並不想為自己進行辯解。我寫的文章就是這樣！我就是這個水準！」

這時，僕人走進來問霍華德是否要吃午飯。

「是的，我不去學堂了，」霍華德說道，「你們兩個可以留下來陪我一起吃午飯。傑克，我要好好跟你談談你作業中的錯誤。」

傑克說：「好的，非常感謝，我非常樂意。」

傑克·桑迪斯是霍華德的學生，也是讓霍華德十分感興趣的一個學生。傑克的父親是索美塞特郡教區的牧師法蘭克·桑迪斯。而霍華德的姑姑——格雷烏斯夫人所住的大莊園，恰恰就在那個教區。法蘭克·桑迪斯是格雷烏斯夫人已經去世的丈夫的表弟。就是她建議桑迪斯牧師將傑克送到寶福德學院來讀書的，而且她還特意寫信給霍華德，讓霍華德格外關照一下傑克。其實傑克並不需要別人的推薦和關照。當傑克·桑迪斯第一次面帶微笑、落落大方地出現在霍華德的房間裡時，兩個人幾乎是立刻就建立起了一種類似於父子的關係。從一開始，傑克就對霍華德產生了一種莫名的親切感，他總是直截了當地向他問問題。他對文學有那麼一丁點的興趣，可他卻不是一個很喜歡學習的年輕人。但是他的身心絕對是健康的，而且心地善良、天真單純，有一種讓人無法抗拒的魅力。

霍華德從來都不喜歡各種激動的情緒，可是他心中那種強烈的父愛，在被壓制了許久之後，突然間就被喚醒了。儘管這種父愛並未得到進一步的發展，但他還是覺得自己莫名其妙地被這個男孩給吸引住了。這種感情他無法完全解釋清楚。霍華德並不太欣賞傑克熱衷體育的種種做法，也不太了解傑克的品味和腦子裡到底在想什麼。霍華德的本性是十分知性和富於想像的，這個男孩在他的面前表現出的那種無所畏懼的態度以及直截了當的自信，讓他非常欣賞。霍華德毫不留情地批評了傑克的功課，並且故意取笑傑克的品味，故意去冷落他，可是出於本能，霍華德又能夠毫不費力理解他的這些做法，這也讓傑克很容易就能接受自己的所有觀點。不管他說什麼，男孩都不生氣，反而虛心地向他討教，指望他能幫自己解決一些小問題。他們在一起的時間並不多，一般只在某些正式場合才會見面。霍華德平時很忙，很少有空閒，更沒精力、沒興趣與男孩進行這種晦澀的談話。傑克個性率真、自然，對一切權威人物，他都是那麼直截了當、不卑不亢。在學院裡，如果有哪個學生因為裙帶關係得到了好處，那麼其他學生就總是能夠在很快的時間內開始就對偏袒事件說三道四。霍華德批評傑克非常嚴厲，就像批評功課不好的其他學生一樣，因此沒有招來別人的閒話。別人都知道他們有著某種親戚關係。此外，傑克·桑迪斯人緣非常好，人一點也不傲慢，脾氣好、人又安靜，又只是剛剛上一年級的學生，因此沒人說過他的不是。

不過霍華德倒是被自己對男孩的感情嚇了一跳，他覺得自己對傑克的感情已經超出了一般的師生關係。他並不認為傑克是一個很有意思的人，除了心地善良，他們兩個的共同之處並不多。對霍華德來說，傑克所代表的不僅僅是他自身，他代表的東西要多得多，這才是霍華德最在乎的事情。就好像一個人喜歡一所房子，可能是因為有人曾經在那裡住過，或者是因為那裡曾經發生過什麼事，所以才喜歡那座房子。他嘗試著讓傑克對他在乎的事感興趣，但全然是徒勞。那個歡樂的年輕人靜靜地按照自己的方式生活著。他謙虛、英俊、果敢、雄心勃勃、富有物質情趣，知道自己喜歡什麼和不喜歡什麼，絲毫不會感情用事和憑空想像、做白日夢。他總是讓人有一種一切盡在他掌握之中的感覺，因此顯得魅力十足。他不喜歡用任何過激的方式來獲得友誼，和每個人相處都很高興；他的性情率真溫和，從來不要求什麼，也不去承諾什麼。傑克身上有一種說不清、道不明的優點，霍華德自己弄不明白也無法解釋，卻也被傑克深深地吸引住了。霍華德對自己的感情，傑克倒表現出了一副混混沌沌、全然不覺的樣子。霍華德在院子裡一看到傑克，心裡就會突然間變得暖暖的，甚至一想到自己是與他住在同一個地方的，也會覺得心裡突然之間就變得暖暖的。他不會因為傑克擁有與自己不同的興趣愛好而去排斥他、嫉妒他。只不過在他們見面時，通常沒有什麼好說的。

這時，僕人宣布請他們用午餐，霍華德領著傑克來到了牆面鑲嵌著裝飾板的露臺上，在那裡可以看見小河。吃飯時，他們兩個的食慾都不錯。傑克看了看霍華德周圍，說道：「這裡真漂亮！你是怎麼把房子弄得這麼漂亮的？」

「沒什麼大改動，我的房間改動得很少，保留了它原有的韻味。」霍華德說，「這些鑲有裝飾板的房間是不需要進行其他任何裝飾的。但要注意，如果不論什麼家具都往裡放，格調就毀了，就像你毀了我的貓一樣。」霍華德這麼說是因為傑克正從餐盤裡拿東西餵貓吃。

「這隻貓很不錯，」傑克說道，「至少在你家我喜歡逗牠，而不是在我那。就算是別人倒貼錢給我，我也不會養貓的。就像我們老師說的那樣，養貓的責任太大了，養了牠，就得對牠負責。」一時間，兩人都沉默了。過了一會，傑克說：「和大學老師有親戚關係確實很方便，我想。順便問一下，他們開了多少錢給你？—— 我的意思是問你的薪水有多少，或許我不應該問這個問題？」

「一般人通常是不會這麼問的，」霍華德說，「但我不介意你問，也不介意你知道。我在這工作，一年大概有 600 多。」

「哦，那我猜對了，」傑克說，「西蒙茲說所有的老師加在一起大概能從學校費用中得到 15,000。他說老師們能拿到這個數目已經很不錯了，但我覺得太少了。我老爸每年能賺 200，全都拿來供我在劍橋念書。當他心煩的時候，他就跟我嘮叨這些事情，他一定有很多煩心的事。我希望他能對我說實話，他一年到底能賺多少。你覺得人們應不應該告訴兒子他們能賺多少錢？」

「當然應該，但我怕你是一個唯利是圖、見錢眼開的人，」霍華德說。

「不，當然不是，」傑克說，「我認為人應該了解家長能賺多少錢，那樣他就可以安排一下自己到底應該怎麼花錢。我老爸很善於理財呢，真的。但如果我花錢太多，他就會搖頭，談到救濟院的孩子生活過得多麼清苦，與救濟院的孩子相比，我怎麼能浪費呢？過去他一跟我講救濟院的事情我就感到害怕，但現在我不相信救濟院了，我知道，情況並不像他說的那麼糟糕。」

吃完了午餐，他們走進了另外一個房間 —— 書房。確實，正如傑克所說的那樣，霍華德總能設法將房間布置得令人感到愉悅。這是一間很大的書房，在房間裡可以看到院子。書房裡擺滿了書，四面的牆上全都安著書架，書架底部距離地面約 3 英尺，書架自身的高度為 4 英尺。書房的布置展現了霍華德的觀點 —— 你應該在不彎腰、不爬高的情況下就能夠找到所有的書。書房裡面還擺放著一張兩頭重的大書桌和幾把椅子，壁爐架上方掛著一幅古老的肖像油畫，架上放著幾張照片，旁邊有幾把扶手椅，其中一把椅子還帶著一個看書的支架。除了地毯和窗簾，書房裡幾乎再也沒有其他的東西。傑克點了一根香菸，坐在椅子上，然後說道，「你一天又一天地教著學生們，肯定會感到噁心厭煩的，是不是？」

「不，不會的，」霍華德說道，「事實上，我必須要說的是，我喜歡這份工作。如果不能工作，我就會感到無聊，不過這一點也正說明我已經老了。」

「呵呵，我才不在乎我的學業呢，」傑克說，「我想，在你還沒有指導完我的功課之前，我就會感到厭煩了。指導功課實在是一件毫無意義的事，我想。我想做一些實實在在的事，真正賺些錢，做做生意，當然你聽起來可能會覺得很好笑。我認為我應該去城裡。」

「我不知道除了錢你還能在乎些什麼，」霍華德說，「你真是個沒教養的野蠻人。」

「不，我並不在乎錢，」傑克說，「我在乎的事情，有一件就足夠了，不過這件事情必須是實實在在的。我可不能一直學到 23 歲，然後把我學到的東西再教給學生，一直教到 63 歲。當然，你當了這麼多年的老師，實在是很偉大，但我還是不明白你是如何做到這一點的 —— 教了這麼多年的書。」

「可能是我並不在乎那實實在在的東西吧」，霍華德說。

「嗯，我確實對你不太了解，」傑克微笑著說道，「當然你完全不同於其他的老師。光看你的樣子，就不會有人想到你是一個大學老師，每個人都會這麼認為。」

「非常感謝你能這麼說，」霍華德說，「但我不知道你說的話是不是包含著恭維的成分 —— 人總要做一行愛一行，而不是做一行羞於一行吧。當然，我的口才不錯，是個詭辯學者。」

「什麼？詭辯學者？」傑克說，「哦，明白了。你上學期在課堂上講過『詭辯學者』。我記不清他們都是誰了，但是你的課確實是太棒了，非常有趣！而那些人卻都是牧師一類的人，不是嗎？」

「你真是太有意思了，傑克！」霍華德笑著說道，「我敢說，這最後半小時的談話，沒人能比你說得更精彩了。」

「嗯，我想去了解別人，」傑克說，「我想，多向他們提一些問題總是有好處的。你不會介意我向你問問題的，是吧？我也想問很多關於你的事情，我可以跟你想說什麼就說什麼，而且還不會讓你覺得我失禮。剛才你說你想要教育教育我，讓我意識到我的錯誤，那麼來吧。」

「不，」霍華德說道，「我今天不會批評教育你的。你今天一點也不嚴肅、不認真。我也沒那麼多的煩心事，非得找個出氣筒來發洩不可。我是怎麼想的，你知道得很清楚。你沒受到過任何傷害，總是無所事事，好奇心十足。我喜歡你現在這種樣子，並不希望你做出改變。但不管怎麼說，你總要多用點功，對事情多感點興趣吧？」

「嗯，」傑克說，「我對有些事情確實是蠻感興趣的 —— 比如惡作劇。我沒有時間學習，這倒是真的！我勉強通過了旅行課，然後又好不容易糊弄完了古典課。那些都是騙人的課程，不是嗎？我也不知道為了什麼而忙碌。我喜歡那些想說什麼就說什麼的書籍，而不是那些滿紙胡言亂語的書。我看不出這種書有什麼好處。我為什麼要學習那些我不感興趣的東西呢？」

「因為無論你做什麼，都要去做一些你不感興趣的事情」，霍華德說。

「嗯，那我們就走著瞧吧，我認為不會出現這樣的情況。」傑克說，「現在我得走了。我今天真地說了一些不該說的話，我向你道歉。可是當我和你在一起的時候，我就總是情不自禁地信口胡謅，腦子裡想什麼就要說出來，我感覺自己都要飛起來啦。謝謝你的午餐。我真的可以做得更好的，不過我只是為了你才這麼做的，而不是因為覺得這樣做有好處才做的。」他吻了一下貓，把貓放在了地上。「再見，小貓咪，」他說，「記住我啊，求求你啦！」然後，傑克就匆匆地離開了。

霍華德看著爐火靜靜地坐了一會，然後大笑著站起身子，伸了個懶腰，就出去散步了。

即使是一個人靜靜地散步這種事情，也不能不出於禮節與碰到的熟人打招呼。霍華德在路上就碰到了 6、7 個熟人，他們有的舉舉手杖示意，有的抬抬僵硬的手示意，但是臉上並沒有笑容，甚至好像根本不認識他一樣，只不過是出於禮貌才跟他打了招呼。只有一個人還算不錯，說了句：「喂，甘迺迪！」還有個很愛說話的人甚至對他說了句：「出去散步嗎？」霍華德繼續往前走，腳步十分輕快，不經意間就來到了巴頓。它是個令人愉悅的田園村莊，緊緊環繞在劍橋的周邊，古樸的農舍這裡一處、那裡一處，有些零零落落的樣子。農舍的外牆被粉刷得雪白，屋頂上鋪著茅草。農舍間點綴著幾抹常見的綠色。還有一座古老的莊園農場，旁邊是柵欄和草堆，外圈環繞著一條護城河，河邊種了很多小榆樹。教堂那古老的鐘塔莊嚴地俯瞰著地面的一切。遠處，也就是這片田園風光的那頭，是綿延起伏的低矮丘陵，其中散落著幾個小村舍，村舍的四周都是果園。在這些古老的田園和村莊裡，人們都按照傳統的方式勞作，就像世外桃源一樣不會受到外人的打擾。在這裡生活的人們幾乎意識不到自我，他們沒有人生目的，也沒有人生理論，只是辛苦地勞作，世代繁衍生息。他們的村子之所以存在，似乎僅僅是為了供養世界上更加積極的那部分人，給他們提供衣食。霍華德喜歡這裡的安靜，一如他喧囂生活中的小夜曲。在這清新的鄉村，有平靜的小樹和草葉，那乾燥、均勻、細膩的微風如同耳語一般，撫慰了他煩躁不安的思緒。他努力控制著自己那紛繁雜亂的思緒，卻在無盡的遐想中迷失了自己。

四點鐘時，他回來了，給自己沏了一杯茶，喝完之後就戴好帽子，穿上外衣，出門去開會。委員會的例會在大學辦公樓裡寬敞的空房間裡召開。副校長是位身材高大魁梧、一臉嚴肅的人，同時兼任聖·班尼迪克學院的院長。他坐在那，顯得彬彬有禮。幾張大桌子被擺成方形，幾名老師圍坐在桌子邊。會議的程式十分正式。副校長用洪亮的聲音宣讀檔案，提出了很多意見和建議，祕書對會議紀要進行記錄。與從前一樣，讓霍華德感到非常吃驚的是，很多重大的原則性問題都是一帶而過，幾乎沒有引起人們的注意，更不要說進行討論了。而那些不重要的地方，比方說通知的措辭等等，卻被那些頭腦敏銳、口才絕佳的老師們熱烈而幽默地討論著。半個小時後，會議便結束了。霍華德和其他老師從會議室走出來，回到了自己的房間，先是寫了幾封信，又備了一下第二天要上的課，直到學院的放學鈴聲響起。

寶福德是一個熱情、友善的學院，經常會請客人參加晚宴。今天晚上也不例外。雷德梅因先生坐在長桌頭的那張椅子上，出席晚宴的教師大概有8到10位，開飯鈴聲一響，一個充當侍者的學生便端著盤子走了上來，把菜放到了餐桌上。活潑的年輕老師們立刻興致勃勃地吃了起來，一邊吃，一邊輕鬆愉快地交談著。霍華德的一邊坐著一位同事，另一邊是雷德梅因的好朋友 —— 鄰近學院的一位院長。他們談論的主要內容是與當地相關的事和與同事相關的事，偶爾也會談及政治，他們也會有政治上的分歧。不過整體而言談話是非常活潑、聰明、善意的，一點也不枯燥。雷德梅因先生是一位徹頭徹尾的保守黨，大聲咆哮著譴責當前的民主政府，說這個民主政府犯盡了太陽底下所有的邪惡罪行，說這個內閣成員乘人之危用慈善做誘餌來撈取選票。有一名年輕的老師屬於狂熱的自由黨派，他溫和地抗議了一下。「啊，」雷德梅因說道，「沒想到你還是理想主義空幻的獵物。政治並不是基於某種原則或方案，而是基於對敵人本能的仇恨。」

大家都笑了起來。「你可以笑，」雷德梅因說，「但你會明白這才是真理。和平與善意不過是用來玩玩的漂亮話，只有競爭才能推動世界的發展。並非出自對和平的渴望，而是想要打敗敵人的欲望推動了世界的發展！」

這些人平日裡忙忙碌碌，現在聚在一起並非為了爭個青紅皂白，而是為了在一起吃飯、聊天，談話只不過是為了消遣。即使是爭論，也不生氣。言辭的銳利也不過是進一步證明了彼此之間的互相信任和尊重。

當晚宴達到高潮的時候，霍華德向學堂的大廳望去，它是那麼的如詩如畫、令人愉悅、充滿生機。學堂的大廳寬敞無比，沉重的銀燭臺上點著巨大的蠟燭，長長的餐桌被照得亮通通的。陰暗的大廳牆面上有幾盞燭臺，燭光寧靜明亮，大廳的椽子上布滿了灰塵，牆壁的鑲板上掛著昏暗的肖像畫，鍍金的牆角線反射著燭光，人們在大廳裡愉快地談著話，學生充當侍者來往其間，為大家端菜和送酒。觥籌交錯、盤碟叮噹，一時間形成了一種令人賞心悅目的對比。大廳是顯得有些嘈雜，可是並不顯得喧鬧，就像是舉行健康而友好的家庭聚會一樣，用餐的人們不時爆發出陣陣笑聲，然後又安靜下來。這裡也沒有紀律的約束，但一切卻是那樣井然有序。廚師在切肉，侍者們來回穿梭，當人們走出去時，旋轉門發出了吱吱的聲響。這是一個非常正式的場合，很有英國特點，雖然沒有任何的儀式或者慶祝遊行，但不可否認的是它無比的莊嚴、生動。

學生們以一種令人難以想像的速度吃完了晚餐，然後便都退去了，除了坐在桌子前面的那些莊重、沉穩的老師們，大廳已經沒有其他人了。吃完了飯，老師們陸續走進客廳，客廳很大，緊緊地連著大廳，牆面上的裝飾板讓人看了以後覺得很舒服。老師們圍坐在爐火旁的小桌子旁邊。先喝了一杯小酒，然後就是喝咖啡、抽香菸，大家所交談的話題也更是海闊天空。霍華德認為——他以前也總是這麼認為，即使是那些能力卓著、學識淵博的英國人也很少關心他們談話的形式和內容，因此老師們談話的時候也並不在意形式和內容。同事們甚至刻意地連一個符合語法的句子都不說。談話的目的就是盡快和盡可能地以一種漫不經心的狀態來表達自己的意思，而且往往是將很長的故事縮減到短得不能再短的篇幅。時鐘響了九響，雷德梅因站起身子，宣布聚會結束，霍華德也回到了自己的房間。

他坐了下來，想看一摞作文。但是今晚的他有些煩躁不安，倒不是由於回憶過去讓他感到心煩意亂，以前自己一直處於一帆風順的境遇，現在也活得很簡單、很充實、很活潑，他對自己似乎是很滿意的。身為年邁雙親唯一的兒子，他還記得自己很輕鬆地考上了溫徹斯特學院。他想，他還從來沒有遇到過任何挫折和困難呢。儘管在人群中顯得不是十分出眾，但他也頗受大家的歡迎。他曾經是一個很不錯的運動員、很不錯的學者，沒有招致別人的嫉妒和仇恨。他的天性是溫和的，並且善於進行自我約束。最終，他在寶福德學院當了教師，他沒什麼野心，也沒經歷什麼挫折，結交的朋友也不算少。父親去世之後，他自然而然成了父親生前所在協會的一員，同樣的生活仍在繼續。他不得不在父親去世後立刻開始工作，因為母親的生活並不是那麼寬裕，腿腳也不是很方便。父親去世後不久，母親也去世了。他透過教書來賺錢，收入還算不錯。他幾乎沒有時間旅行，也不怎麼與外界進行接觸。他曾與一個老朋友一起到國外旅行過幾次，這倒也可以算是他記憶中的一抹亮色，但是除了回憶和感慨，也沒有留下更多的東西。突然，他想起了傑克·桑迪斯上午曾經對他說過的一些話——「真實的東西」。傑克當時把話說得那麼輕鬆而果敢。他甚至懷疑自己是否曾經和「真實的東西」有過什麼連繫。他從來沒有遭遇過逆境，更沒有遭遇過悲劇；不曾被野心、幻滅摧毀過，也不曾在感情上遭受過失敗和打擊。他的生命完全處於自己的掌握之中。對於那些無法控制自我的人，他甚至有一種蔑視的態度，認為那些人總是受著本能和激情的驅使，這樣的人在他眼裡是失敗的。他非常確信自己正過著一種十分舒適、安全、幸福的生活。他對自己的工作很滿意、對自己與他人的關係很滿意，對朋友們也很滿意。但自己是否已經過上了一種接近於完美的人生了呢？自己內心到底是滿意還是不滿意呢？自己無論是說的還是做的，都顯得太空洞，沒有經歷過什麼，當然也沒遭過什麼罪。「遭罪？」他幾乎不明白這個詞代表著什麼。自己曾經遭過罪嗎？曾經受到過背叛嗎？沒有。但是，確實還有一件小事是值得一提的。他曾經有個小小的理想——他曾經非常認真地研究過《比較宗教學》這門學問，也曾經做過一些講座，在他的腦海中，曾經突然產生過一個偉大的想法，這個想法非常的宏大，如果實現的話肯定能夠取得顯著的成果。他曾經研究過奇妙的人類情感，並且認為在人類情感的最深處，是厭倦生活、厭惡成長過程、厭惡人性等各種本能行為的，即使自然力量再強大，也奈何不了人們內心深處那種厭惡的感覺，正是這種厭惡的情感讓人們故意遠離了「性」。這種奇異的厭惡感隨時隨地都會出現，是個人的精神對於物質束縛的背叛，是受到束縛的精神在絕望地哭喊。罪惡的概念，是自然的自我否定、自我批判。而自然卻不斷地採用奸詐和誘惑的手段來驅使人們貪得無厭地、不斷地繁衍生息。一定有些祕密是他還不太明白的，他下決心要一直研究下去，以傳統研究作為偽裝和掩護，然後再看似禮貌的情形下大膽地進行推想。這就是他的研究、他的願望。

他懷著一種極大的熱情開始了自己的研究，但研究過程卻是斷斷續續的。他大致上草擬了一份理論提綱，但後來這份提綱就一直被擱置在了桌子的抽屜裡。它只是個理論提綱，就像一副骨架，並沒有血肉。他為什麼要把它放在一邊而不繼續做了呢？為什麼會對這種簡單的社交生活感到滿足了呢？他是一位好老師，但卻對自己的課沒有什麼信心。上課好像就是為了消耗自己的體力。人做了大量的體力活，就需要透過故意玩遊戲來彌補自己失去的東西。他從來沒有嘗試著去了解人性的根源。他覺得自己已經懈怠了，開始喜歡那種平靜的、被動接受的生活。人的自然天性戰勝了他。他很容易沉浸在一種愉快的環境中，什麼都不做，去幫助世上的人們維持自己的幻想。這一切正像人們用彩繪玻璃窗隔絕了風雨雷電一樣，所看到的只剩下美麗。他覺得，自己不管是在宗教、思想還是生活中，都算是一個墨守成規的人。但在骨子裡，他對一切都抱著懷疑態度。他一直在堅固的城堡裡享受著寧靜，自己是否已經就此失去了人生的目標，不會再有任何的人生體驗了呢？一想到這些，他的內心突然有一種刺痛的感覺。他所做的事情與世界無關，他也無法去體驗別人的情感、激情、痛苦或困難。他平靜、自在地待在屬於自己的伊甸園裡，而園內的舒適是由他在園外透過辛勤的勞作換來的。自己的生活是多麼地可憎啊！傑克說的是對的。無論生活中有多少的疲憊、多少的眼淚，一個人難道不應該與生活牽手相連，像朝聖一樣來體驗自己的人生嗎？

這時，有個人在外面敲門，然後一個非常害羞的學生走了進來。他孤苦、貧窮，也沒有人與他做朋友。他努力學習的目的就是為了能獲得一個學位，好讓自己將來能找到一個好工作，有一個好的開始。他來找霍華德是想問問他對自己的學業有什麼意見。霍華德盡可能地幫助他分析學業，告訴他應當把某些知識弄明白。霍華德為他上了一堂非正式的課，內容清楚明瞭、重點突出，還友好地指點了幾句他的功課。年輕人並沒有明白地表達自己的感激之情，但是臉上充滿了光彩，明顯是受到了很大的鼓舞。

「我這樣裝模作樣，還在說著廢話！」年輕人走了之後，霍華德自己想到。「他當然必須把知識全都學會，可是那又有什麼用呢？學習知識難道就是為了熟練地掌握它，然後再四處兜售嗎？這真是一個惡性循環啊！我們的教育方法和內容涉及了國家的高級文化，但其實什麼實質性的東西都沒有。我們的國家只是生活在一種思想和意識裡。對我們而言，文化只是粗糙牆面上的一層白灰 —— 無論表面多麼平整漂亮，都與內部結構的好壞沒有任何關係。我們的教育為什麼不能緊緊地貼近生活，讓學生知道人們究竟應該追求什麼，又該怎樣安排好自己的人生，度過美好的一生呢？我們現在所做的事情就像是為照片配上一個相框，為寶劍配上一個劍鞘 —— 其實就是讓人生的一切都按部就班地進行，然後就萬事大吉了。我們做的是多麼可笑的事情啊！難道我們的教育就是讓學生們在自己的前半生僅僅練習這些預備姿勢嗎？我們就不能教點實際的東西，教給他們學會做事、學會思考，摒棄愚蠢、荒謬、利慾薰心的傳統嗎？我必須要從事這樣一個像鬧劇一樣的工作，當個老師，只是因為我做不了什麼別的 —— 肩不能扛，手不能提，真是讓人慚愧啊。哦，閉嘴，你這個笨蛋！」霍華德心裡想著，他的叛逆想法稍微停頓了一下。「你不知道自己要去哪裡？你不能做任何事情，就因為你太軟弱，無法決定也無法勝任這一切，只能隨波逐流。」

第二章　煩躁不安

幾天之後，也到了這個學期的尾聲。老師和學生們的脾氣都變得越來越糟糕，不過突然又覺得彼此變得親近了，就好像客人在主人家住得久了，想要走了，可是本來已經不耐煩的主人突然又變得和藹可親了。

霍華德並沒要度假的計畫。他不想留在劍橋，可是也不想走。他沒有什麼親戚可以走動，也不喜歡隨便到別人家裡串門。所以就像往常一樣，他與一兩個學生住進了一家孤零零的小酒店，他們在那裡釣魚、散步或是學習。但是現在，他有一種模糊的感覺，想一個人待著，想一個人去面對一些事情，一個人去想事情，但是他不知道自己應該去面對什麼、應該去想些什麼。

春天就這樣一天天地過去了，有一天下午，空氣中彌漫著一絲絲倦怠的氣息。當一個人還年富力強、充滿希望的時候，那種倦怠的感覺就像天堂一般讓人感到愜意，那種感覺是那樣甜蜜；當一個人的精神處於崩潰邊緣時，那種倦怠感卻又那麼讓人感到沮喪。儘管他以前並不經常去拜訪別人，但他這次去拜訪了一位中年婦女。這位中年婦女是他的遠房親戚，是他已經去世的姑丈的姪女，名字叫做莫妮卡·格雷烏斯。她透過自己的勞動來養活自己，以前曾經做過與教育相關的工作，現在已經退休了，住在自己的小房子裡，天天為了各式各樣的社會活動而忙碌。她比霍華德大一兩歲，兩人並不經常見面，不過彼此之間的關係卻是融洽而又和諧的，就如同姐弟一樣。她個子嬌小、性格安靜、聰明能幹、舉止嫻靜、頭腦清醒、性格果敢。霍華德總說與她聊天時有一種寬慰的感覺，她總是能夠知道他在想什麼，並且能夠說出他想說的話。他登門拜訪時，她正獨自一人在喝茶。她平靜而熱烈地對他表示了歡迎。他說：「我想聽一下妳的意見，莫妮卡。幫我做個決定、下個決心吧。我有一種感覺，我需要做出改變。

不是小的改變，而是一種大變化。因為我突然意識到，我有點迂腐、呆滯，我想變得更活躍一些。」

莫妮卡看著他，說道：「是的，我想你是對的！你知道，我認為我們都應該在自己的一生中有一次重大的改變，尤其是像我們這個年紀的人，我的意思是說，你為什麼不去申請一下院長的職位呢？我常常想，你擁有當院長的才華。」

「我會的，」霍華德含含糊糊地說，「但是與其說我想換工作，倒不如說我想改變自己的思想。因為我突然感到厭煩，甚至有點厭煩我自己。我一直非常信奉威廉．莫里斯[01]的觀點，人們應當執著地生活在同一個地方，去做同一件事情，只有這樣，才能把事情做好。其實，我也沒想過要讓自己變得如此無聊——我好像一直都有這樣的想法。只是我突然間墮入了這樣一種思維的框框，能夠確切地了解自己所有的朋友都在想什麼、想要說什麼，這也讓我們的對話變得索然無味。我好像也能夠完全了解學生們的想法。這樣的推理好像不合理，但這種不合理也有其合理的地方，那就是由此及彼的推理。」

「我必須要考慮考慮，」莫妮卡笑著說，「我無法馬上做出評價，這時候做評價比不做評價要糟糕得多。我會告訴你現在應該做什麼。為什麼不去陪安妮伯母呢？我知道她想見你，你不去看她，真是太懶了。她是個多麼了不起的女人啊，她的家是那麼漂亮，你去過她家嗎？」

「沒去過，」霍華德說，「沒去過風之谷。小的時候，我曾經和他們一起在布里斯托住過，那時約翰姑丈還活著。風之谷是什麼樣子的？安妮姑姑是不是很富有？」

01　威廉．莫里斯（William Morris, 1834-1896），英國「工藝美術運動」的領導者之一，世界知名的壁紙花樣與布料花紋的設計者，被稱為「裝幀之父」，同時他還是一位小說家、詩人、商人，擁有屬於自己的印刷廠，是英國社會主義運動的重要領導人之一，在不少人的眼中，他是那個時代的全才。

「我不太懂得如何欣賞風景，」莫妮卡說，「但那卻是一座漂亮的老房子，雖然它不太符合我的審美。她在那裡住得很舒服，所以我想她一定很有錢。她很有趣，非常地虔誠，是我所認識的最虔誠的人之一。她見多識廣，我不知道她究竟經歷過什麼什麼。她是一位宗教藝術家，我想。這樣評價她好像不太正確，因為聽起來有些不自然。她不像有些人那麼嚴肅，而是一個很有幽默感、說話也不囉嗦的人。你知道如果遇到一位真正的藝術家——比方說作家、畫家、音樂家，而他們又在創作，那幾乎是世上唯一一件值得慶幸的事情。嗯，當我和她在一起的時候，安妮伯母就能讓我對宗教產生那樣的感覺。我回來以後，聽其他人傳教，就覺得太乏味了。他們根本連安妮伯母的萬分之一都趕不上。」

「真有意思，」霍華德沉思著說，「但我確實不太好意思去她那。她總讓我去，可我總是用一些愚蠢的藉口去推辭。」

「哦，別介意，」莫妮卡說，「她並不是一個傲慢的人。我知道她想見你，她曾對我說也許是你不想去，她理解你的想法，所以寫信告訴我說勸你去。」

「我想我會去的，」霍華德說，「我還有另外一個要去的理由。妳知道傑克·桑迪斯，妳的表弟，如今是我的學生。他是個令人著迷的青年。他的父親是一位牧師，是不是？」

「是的，」莫妮卡說，「他的教區有兩個村子——風之谷和瑪律風谷。教堂和教區牧師的家都在瑪律風谷。法蘭克很嚇人，起碼我是這麼認為的，或者說那人說起話來很讓人感到害怕！不過我喜歡傑克，儘管我只是和他見過幾次面，我一定要請他吃頓飯，我也喜歡他的妹妹——我擔心傑克將來也可能會變成一個沉悶的人，不過他現在倒是相當迷人的，想什麼就說什麼，這讓我感到新鮮有趣，原來那個可憐的法蘭克叔叔也是這樣的，可是後來就不這樣了！沒有什麼能夠比和一個老古板生活在一起、還要學習閉嘴更讓人覺得難受的了。可憐的老法蘭克！有一天晚上他在瑪律風谷布道，我們所有人都要被煩死了。他總是喋喋不休，眼神可憐兮兮的，好像是說，『有誰能行行好，把嘴閉上好嗎？』」

霍華德笑著站起身來，「好的，」他說，「我會接受妳的建議。莫妮卡，沒有人能像妳一樣能夠讓人下定決心。妳讓我不再猶疑。我想去見見安妮姑姑，我也想到他的家裡去看看傑克。妳能不能考慮一下為我帶路？我一點也不想離開劍橋，可也不願意像別人一樣一直在劍橋待著，知道變餿了為止！」

「是的，」莫妮卡說，「透過表象來看，劍橋確實是一個讓人傷心的地方。那裡有太多倍感失望的人，直到中年時他們才突然清醒，突然意識到，假如他們進入外面的世界，就可能會做得更好。可是我仍然喜歡劍橋。你想去哪裡就去哪裡吧，待在這裡也行，畢竟這裡雨下得也少些。」

霍華德回到房間，寫了封短信給格雷烏斯夫人，說想去拜訪她。他還寫道，很抱歉以前沒有拜訪過她，「莫妮卡說您想見我，莫妮卡說的話總是對的」。

那天晚上，傑克過來與他告別。他並不盼望放假，「在風之谷哪都不能去！那裡是全英國最無聊的地方！」

「要是我說，我們很可能會在那裡見面呢？」霍華德說道，「如果格雷烏斯夫人同意的話，我打算去那和她住一段時間。應該說，你和她的關係很親近，這也是我想去那的重要原因。」

「太好啦！」傑克說，「我們在一塊怎麼也待不夠。你有沒有很想做的事情？比方說釣魚？打獵？我們兩個可以在河裡釣釣魚，在谷裡打點兔子。格雷烏斯夫人有位管家，他們告訴我那是一個糟老頭，平時就會幫家裡人打獵。不過我覺得她肯定反對打獵的行為。你可以試著說服她，這樣我們可以一塊去。」

「嗯，」霍華德說，「我偶爾也會打獵釣魚。看看吧，我們能在那裡做點什麼。」

「我相信總有東西是可以看的，」傑克說，「那裡有教堂和屋子，如果你喜歡的話可以去看看，可是我並不喜歡。我們可以去探險，探險是很有趣的。我想你不會介意我妹妹跟著一起去吧。她是個不錯的女孩。但是，她不懂男人。她們總讚美你，好像十分理解你的樣子。她們總認為男人就喜歡這樣，但那只是她們一廂情願的想法。男人是喜歡獨處的。我敢說，她認為我並不了解她。還有我老爸！他確實是個好人，但用喬治的話說，他一說起話來就讓人受不了！我常常想，如果讓他在我們學校的公共教室裡講課，讓他隨便講，他肯定能沒完沒了地講下去，根本沒人能插上話。雷德梅因根本沒法和我父親待在一起，他們兩個都是那麼能說，他們兩個要是在一塊，那可有好戲看了。我發明了一個相當不錯的遊戲——老爸一開始講話，我就數數，看到底數到多少他才能讓我說話。有一次我數到了950、951，老爸才停下來喘了口氣，我當時差一點就數出聲來了。他看了我一眼，不過我敢打賭，他肯定不知道我在做什麼。不過，身為父母，他並不壞，只是有點像別人常說的那樣，經常小題大做。但他能夠讓你做自己想做的事，說自己想說的話。我的妹妹墨德是一個歇斯底里的人。也許我不該這樣談論自己的家人，但我不明白為什麼不能談論自己的家人呢，就好像談別人一樣？我不認為自己的家人是神聖不可侵犯的，院長老說：『沉默！沉默！這是英國紳士和虔誠的基督教徒共有的真正特點！』」傑克還引用了學院院長在對新生發表的著名的年度演說裡的話。

「你說話的方式真是讓人討厭，」霍華德說，「你毀掉了我那些天真美好的想法。你這麼說你父親，到時候我該怎麼和他見面啊？」

「你應該和我一起玩我發明的那個遊戲，」傑克說，「那個關於法蘭克的遊戲，我們坐在那裡，輪流數數，我們再賭點錢。你一定要數清楚，切記！」

過了一會，傑克說，「我們為什麼不一塊走呢？啊，你想先去？我可不想早走。你一定要盡快趕來、盡可能地多待一段時間。我已經差不多答應要去特拉弗斯家住上一個禮拜了。不過我現在不想去了。事實上，還沒有哪個老師能像你一樣讓我那麼尊敬呢！校長來也只是讓我血液凝固、無動於衷。我連出門露臉迎接一下都不願意。那個人讓我渾身流汗。他那絲綢長袍的味道讓我的頭直迷糊。」

「我會告訴你我打算怎麼訓練你，」霍華德說，「我要讓你進行晨練。如果有人需要晨練的話，我想那個人一定是你！」

聽了這話，傑克的臉都綠了，一副很不開心的樣子，但他說道，「晨練一定是要免費的喔，因為我身無分文。而且，我會做得越來越好的。我的責任心已經越來越強啦！」

「你的責任心才沒有越來越強呢！」霍華德說道，「充其量只是產生了小小的變化罷了，你會明白的。你會有一種比責任心更強的理性心理。責任心不會讓你變得多麼成熟，但理性心理卻可以，為什麼不多些理性心理，讓我高興高興呢？」

「好吧，」傑克說道，「你能列個書單給我嗎？說實話，我本打算好好休息的。但我現在打算在風之谷讀很多很多的書，學著做一個充滿理性的人了。我是不敢讓朋友來我們家玩了，因為我老爸太能說了，他的嘴巴能咬掉他們的後腿。但他其實並不是一個壞老頭。」

第三章　風之谷

格雷烏斯夫人回信給霍華德說很高興他能夠來自己這裡住一段時間。「我現在年紀越來越大了，」她說，「總是喜歡想起從前的那些事。你那充滿熱情的學生傑克跟我說了很多關於你的事，這更加讓我渴望能夠見到你 —— 我的姪子了，我為你感到驕傲。我的家裡很安靜，我想你會喜歡這裡的。你能來對我來說真的是太好了。我敢肯定我會喜歡你的，我也非常希望你能夠喜歡我。你不必非要定下到這裡來的日期。只要在你方便的時候來就行，有需要的時候你就走，來去都隨你的意。」

霍華德很喜歡這封簡潔明瞭的信，於是決定去一趟。兩天以後他就動身了。這是一個晴朗的春天，原本空曠的田野此刻正逐漸變得綠意盎然，從這樣的田野走過，真是令人感到愉快。下午時，他到了路邊的小站，車站位於索美塞特郡的東南角，這裡有霍華德最喜歡的自然景致，長滿綠色的陡峭高地，富饒而又綿延起伏的平原被長滿繁茂森林的幽谷分隔成了一塊一塊的，縱橫交錯的灌木籬笆與小溪點綴其間。一位老車夫駕著一輛老式的四輪敞篷馬車到車站來接霍華德了，老車夫說格雷烏斯夫人原本是打算親自來接他的，可是夫人的身體不舒服，就沒來。她說甘迺迪先生也許會喜歡乘坐敞篷馬車，所以就駕著敞篷車來車站接他了。

霍華德被眼前的田園美景驚呆了，他們沿途經過了好幾個小村莊，村子裡的農舍都是那種漂亮的老房子，這些房子都是用那種柔軟的橙色石頭建成的，石頭被風化以後就變成了銀灰色，漂亮的直櫺窗與拱形門廊都設計得十分認真和精緻。一簇簇精雕細刻的教堂塔尖，石牆上的百葉窗，都讓他感到無比的開心。路上的行人簡單而有禮貌地向他打著招呼。他有一種久違了的回家的感覺。道路向前延伸，直到高地中間的一片綠色山谷。左邊，峻峭的懸崖上聳立的古老城堡長滿了青苔。他們在群山之中前行，山坡變得越來越陡，山路兩邊是茂密的森林，還有邊緣被白色燧石漂成白色的高高的灌木叢。最後，他們進入一個修建了教堂的村莊。灌木叢中掩映著一座牧師樓。老車夫對霍華德說，這裡就是瑪律風谷，這座牧師樓就是桑迪的家。霍華德看到一個女孩正在草坪上散步。他猜她應該就是傑克的妹妹，可是離得太遠，霍華德看不清楚她的長相。5 分鐘之後，他們的車駛進了風之谷。它位於山谷的底部，有一座小橋橫跨在一條清澈小溪的上方。這裡只有幾座農莊，有一座設計簡單而又美麗的大莊園緊挨著農莊前面的道路，房子後面的小溪邊上有一座大花園。霍華德吃驚地發現這是一座古老而又宏偉的建築物。正對著大道的那面牆除了一扇設計得莊嚴肅穆的飄窗之外，並沒有其他的窗戶。飄窗的邊上是一扇高高的都鐸式拱門，橡木做成的大門完全敞開著，牆頭長著金魚草和纈草，看起來十分古老，明顯是擁有悠久的歷史。馬車走到拱門前就停下了，他又看到了一個小院子。右邊有一座馬廄，馬廄的上面是一座鉛質的炮塔。整棟房子既簡單而又莊嚴，隔著一扇巨大的格子窗，可以看到裡面好像是一座大廳。精雕細刻的門廊是那樣的與眾不同，這棟房子與教堂的房子一樣，都是用橙色的石頭修建而成的，房頂鋪著的是教堂專用的那種石瓦，看上去非常的舒適堅固。

霍華德在門口下了車，一個老僕人從敞開的大門裡走出來迎接他，霍華德看到路的兩邊插著小旗，左邊立著一道普通的木屏風，繞過去以後就可以進入大廳。這裡有學校的味道，霍華德非常喜歡。隨後他被帶到了門廳的另一頭，老僕人說：「格雷烏斯夫人在花園裡等您，先生。」霍華德走進了一片四周長滿了樹木的草坪，草坪那邊是一座帶有詹姆士一世時期風格的石頭花園房，花園房牆頭上的欄杆裝飾著石球。在礫石鋪成的小路上有兩位女士，其中年長的一位手裡還拄著拐杖，那位女士走到霍華德的面前，把手搭在他的肩膀上，像母親一樣輕輕地吻了一下他，說道：「你終於來啦，我親愛的孩子，真誠地歡迎你。」她又向霍華德介紹起了另外一位女士——一位長著小塌鼻、個子嬌小的中年婦女，說道：「這位是麥麗小姐，她與我一起生活，負責照顧我的飲食起居。她一遇到老師就總是很興奮，因為她非常尊敬有學識、有天賦的人，像她這樣的人現在已經很少了。」麥麗小姐非常崇拜地望著霍華德，像一隻長毛垂耳狗伸出小爪一樣與他握了握手。霍華德的姑姑挽著他的手臂，說道：「讓我們隨便走走吧，我的生活很有規律，現在屬於散步時間，要知道，這是麥麗小姐給我定下的規矩，幾分鐘之後我們就該喝茶了。」

霍華德大聲地讚美著這座莊園，他的姑姑指點著莊園回答道：「是的，這是一座很好的老房子。你的姑丈在這方面是非常有品味的，而那個時候人們還不太在意這些東西。他買這座莊園的時候非常便宜，而且，我相信，他非常喜歡它，可是他並沒有享受多久，你知道的。他去世快 30 年了。我本來打算賣掉它，但卻沒賣。現在我希望自己能夠終老於此了。它並沒有看上去那麼大，當然還包括沒有使用過的穀倉和農舍。有時候我覺得自己一個人住在這所房子裡實在是太自私了，應該還有好多孩子，可是我們兩個卻沒有孩子。不知怎麼回事，這莊園習慣了我，我也習慣了它。畢竟，我現在能做的只有等待死亡，這並不算是世界上最糟糕的事情！」

在姑姑倒茶的時候，霍華德終於有機會好好地看看這位夫人了。姑姑是一位迷人的老夫人，她不是多麼漂亮，但是面色紅潤、頭髮銀白，整個人看上去非常的嫻靜穩重，就好像已經經歷了無數的艱苦磨難一樣，她的眼角眉梢都帶著那麼一絲憂傷。不過在經歷了無數的磨難之後，那張臉已經變得完全豁達了，展示出了一種特殊的無畏力量。她笑起來總是懶洋洋地十分滿足，讓人感到非常有活力，非常的真實、非常的生動。她的眼睛明亮柔和，霍華德喜歡讓這雙眼睛注視著自己。當他們坐下喝茶時，她突然把手放在了他的手上，說道：「親愛的孩子，你讓我想起了你的母親！我想你甚至都不會記得她年輕時是什麼模樣了。儘管你長著濃密的絡腮鬍，可你長得還是很像她，我覺得自己好像又回到了漢斯頓的教室裡。不，我並不是一個多愁善感的人。我不想回到過去，我不怨恨死亡會把我們分開。我們回不到過去，我們只能往前走。畢竟，心是為了愛而生，而不是為了破碎而生的！」

他們在寧靜的房子裡度過了一個平靜的夜晚。格雷烏斯夫人對霍華德說道：「我知道，男人在喝完茶以後總是想做一些神祕的事情，但今天晚上你必須坐在這裡，習慣一下與我相處的方式。你不用擔心總是要來見我。午餐之前我是不會見你的，珍會照顧我。你可以在下午去做些運動。我走得最遠時都沒走出過這村子。你恐怕還需要備課吧，在這裡你可以做任何自己喜歡做的事情。」他們在裝飾著牆面鑲板的房間裡坐著，輕鬆地談論著往事，又吃了些簡單的晚餐。大廳的長廊並不大，中間是一張圓桌，圓桌上點著蠟燭。晚餐雖然簡單，但葡萄酒還是不錯的。

「馬倫哥雞，」格雷烏斯夫人給霍華德遞過一個菜盤子，說，「關於這道菜，珍經常會說一個歷史典故。如果你不知道它為什麼被稱為馬倫哥雞，珍會很願意告訴你的。」晚飯後，她請霍華德抽菸。「我喜歡菸味，」格雷烏斯夫人說道，「我以前一個人待著的時候總抽，但現在不敢了，現在一抽就會發病，到明天整個教區就全都知道了。」

晚飯以後，他們又回了到客廳，麥麗小姐的鋼琴彈得很好，她在燈光柔和的房間一角彈著一首溫柔的老曲子。格雷烏斯夫人早早地回到了自己的房間。「你最好不要在這裡抽菸，」她對霍華德說道，「這裡有書房，明天你可以在那裡一邊工作一邊抽菸，今晚多美好啊！你能夠來這我別提有多高興了，要多高興就有多高興！」

霍華德獨自一個人在客廳裡坐著，他擁有極強的觀察能力，強得甚至讓他覺得有些痛苦，要想一下子記住那麼多新鮮事也讓他感受到了很大的壓力。今天所看到的新鮮事多得就像是瀑布一樣傾倒進他的腦海中，他毫無睡意，今晚可能根本就睡不著了。自己怎麼那麼傻，以前從來沒有來過這座漂亮的大莊園呢？為什麼要錯過這個充滿濃郁家庭氣氛、充滿愛的地方呢？一想到自己位於寶福德學院的家，霍華德就感到厭惡。木頭在壁爐裡吱吱地燒著，抽菸所產生的煙霧在空中繚繞。這不正是他長久以來所期望得到的嗎？最後他站起身子，熄滅了蠟燭，走進了姑姑為他安排好的那間裝飾著鑲板的大臥室。他舒舒服服地躺在床上，很久都無法入睡，腦袋裡胡思亂想，傾聽著灌木叢中微風的低語，漲滿水的小河裡發出的潺潺水聲。

第四章　池塘

清晨，當霍華德醒來的時候，就聽到了鳥兒在灌木叢和常春藤中間輕輕地、嘰嘰喳喳地叫著。剛開始，只是一陣陣帶著濃濃睡意的啾啾聲，好像是在詢問「你醒了嗎？你醒了嗎？你醒了嗎？」然後，所有的麻雀就都大聲地叫了起來，畫眉也跟著大膽地叫了起來，就像是在嗡嗡的弦樂伴奏下，有一聲嘹亮的獨唱直穿雲霄。這是一個美妙的時刻，但是霍華德的睡意仍然繾綣綿綿，內心彈撥著快樂而又溫馨的思念，他又懷著甜蜜的心情睡著了。早餐是他一個人在大廳邊的小屋裡吃的。這是一個 4 月的清爽的早晨，陽光播灑在草坪上，照亮了古老破舊的飛簷，一時間，他似乎又回到了少年時代，那時，他從學校回到家以後，在睡醒的第一個早晨，總能感受到一種的狂喜，那種狂喜與現在是一樣的。他吃早餐的時候，僕人送來了傑克的一張便條。

「聽說你昨天晚上就到了，真不湊巧，我不得不出去一趟，今天就不能去看你了，雖然很早以前我們就約好了。我必須誠摯地表達歉意，明天大概這個時候我一定去看你。我想你今天應該沒有什麼事可做，那就好好計劃一下怎麼度過這個美好的假期吧。我老爸和老妹要去伯母家裡吃晚飯。我很想知道你是如何看待我這些家人的。老爸總能找到可以談論的話題。不過，我警告你，你可能會打瞌睡的。他一講話，墨德就嚇得要死。

——你的傑克。

附：另外，在我老爸說話時，我建議你一定要記得數數。」

不一會，麥麗小姐就來了，她問霍華德是否想參觀一下莊園。「格雷烏斯夫人，」她說，「本來很想親自帶你參觀，但她走不了多長時間就會變得疲勞。」於是兩人一起去參觀這座莊園，霍華德驚訝地發現莊園真的沒有看上去那麼大。光是走廊和通道就占用了很多空間，不過莊園的設計很討人喜歡。辦公室和僕人的房間分布在長廊的兩側。閣樓很大，由巨大的木柱支撐著屋頂沉重的石瓦，閣樓也從來沒有被當作起居室用過。大廳占了整座房子相當大的一部分，對著大路的一面，延伸出了一個小客廳，霍華德就是在那吃的早餐。小客廳的上面是書房，裡面裝滿了書，書房的飄窗下面就是大路，書房的另外兩扇窗戶對著花園敞開著。樓上除了書房之外還有幾間臥室。每個房間裡的家具並不多，格雷烏斯一向喜歡豁朗，即有幾件家具也確實是出於實用的目的，而不是為了裝飾，因此房間談不上美感，不過家具不多也顯得足夠清爽。霍華德認為這是他所看到過的最讓自己喜歡的莊園了。麥麗小姐像嘰嘰喳喳的小鳥一樣對霍華德不停地說著，有時也說說格雷烏斯的家族史。霍華德這才知道格雷烏斯先生是提前退休的，他很有錢，喜歡看書也喜歡休閒，但就是身體不怎麼樣，他修建了自己的房子，實現了自己的夢想。房子旁邊還有 1,500 畝地，被分成了幾個小農場。

麥麗小姐的臉上寫滿了對格雷烏斯夫人的崇拜:「她是最了不起的人，我敢保證！我總覺得她在這個偏遠的地方被埋沒了。」

「可是她喜歡這裡，不是嗎？」霍華德說。

「是的，她什麼都喜歡，」麥麗小姐說，「她讓所有人都感到開心，她的話不多，但只要有她在，你就會覺得一切都好。甘迺迪先生，能夠跟她住在一起，是我莫大的榮幸，而且這種感覺一天比一天強烈。」

霍華德聽到她對姑姑的真摯好評，感到很高興。麥麗小姐走了以後，他開始寫文章。他覺得自己內心很不平靜，但卻很愉悅。寫了一會，他又到花園中徜徉，這座花園很大，與眾不同，草地被精心地修剪過。灌木叢後面還有一大片花園，一直延伸到山谷的河邊，只不過看起來有些荒蕪。從一片片樹木和一個個長滿草的土堆就可以看出，這裡曾經是很正式的遊樂園，只不過是因為後來疏於管理才變得荒蕪了。在花園的盡頭，小溪的旁邊，有一條長長的插著小旗的水榭，扶著石欄杆就可以俯視小河，再遠的地方，圍種著一圈樹木。他離開花園，沿著溪流向山谷走去。兩邊的山谷變得越來越陡峭，走到最後，他來到了一個他認為是平生所見過的最可愛的地方。他突然發現這條小溪竟然是從一潭寬闊、清澈的池塘裡流出來的。池塘掩映在一片老楓樹之中，池塘裡的水漲得滿滿的，清澈見底，甚至可以看到水底的泉眼捲帶著沙子一吐、一沉的。池塘邊有一條寬敞的石椅，椅背、椅角都刻著花紋。在這裡已經看不到莊園了。山谷順著池塘一直延伸到遠處一片灌木叢生的高地。這裡非常寂靜，只有池塘的泉水的汩汩聲和鳥兒在灌木叢中的鳴唱聲。

霍華德突然意識到這個地方對他來說具有非常重大的意義。他是否曾經來過這裡呢？自己是在夢中抑或是現實？他有些分不清楚了，但這個地方是那樣讓他感到熟悉，這真是太奇怪了。在他的印象中就是這樣的，樹依偎在一起，清澈的泉水緩緩親吻著河岸。他的身上將要發生某種既奇異又美麗的事情，那究竟是什麼事情呢？這是此刻他內心無法解開的祕密。

他坐在陽光下很久，眼睛注視著池塘，那種幸福的感覺簡直是無法想像的。然後他慢慢地往回走，內心充滿了的幸福的愉悅。

回到莊園，他看見姑姑坐在花園裡，正在晒太陽。他彎下腰吻了她一下，她握住了他的手。「感覺隨意嗎？」姑姑說，「快樂嗎？這正是我所期望的。你去過那個池塘了？是的，那個地方非常可愛。也許就是因為那，我想，你姑丈才買了這個地方，他很喜歡水。後來我失去了他，那段日子我很不開心，就總是去那裡，總想著如果他還活著該多好。但是，現在，一切都過去了！」

吃過午餐後，麥麗小姐告辭說要去村裡看望一位農場工人的老婆，她剛剛失去了一個孩子，非常痛苦。「可憐的人啊！」格雷烏斯夫人說，「告訴她我愛她，如果可能讓她儘早來看我。」格雷烏斯夫人和霍華德兩個人坐在一起，霍華德吸著菸，她問了一些關於他工作上的事情。「你能告訴我你具體都做什麼工作嗎？」她說，「可能我不大懂，但是我想知道人們都在想什麼，不用專業詞彙啊，說說你的想法就行了！」

此刻，霍華德的思想有些僵化，他試著讓思想的老火車開動起來，如果能酣暢淋漓地闡述這個議題，無疑將是大有裨益的，他這樣自我解嘲地說道。他向姑姑解釋起自己的腦子裡到底在想什麼，說起了所有宗教在本質上具有同一性，他試圖從宗教的外在形式和條條框框中抽絲剝繭地解開宗教的核心動機。格雷烏斯夫人用心地聽著，時不時地問個問題，這說明她始終都能跟上他的思路。

「啊，這真是太有趣、太美妙了，」她最後說道，「我敢說你的理論深深地吸引了我，雖然我還不能完全從哲學角度來理解它。現在，」她接著說道，「我要完全從實踐的角度來看待這個問題，實際上也沒有必要去全方位地思考這個問題！我想問你一個簡單的問題。你有宗教信仰嗎？」

「啊，」霍華德說，「誰又能說得清呢？我是一個循規蹈矩的人。當然，宗教具有一種能夠讓人保持清醒、保持文明的作用，如果妳必須要我在信和不信做出選擇的話，我會選擇信，而不是不信。對於我來說，宗教似乎是一種本質上十分抽象的藝術，那種感知的影響力隱藏在許多人的心靈和內心之中。別人一說起特定的宗教經驗，我就覺得那是一種對真實東西的感受，就像感受音樂和繪畫的真實性一樣。可我又不相信有些人甚至是所有人都有這種感知能力。我也不知道這種感知能力到底是什麼東西。我確實遇到具有這種感知能力的人，只不過透過或醜陋、或沉悶、或好勇鬥狠、或正式的方式來擁有這種感知能力，在我看來是非常邪惡的行為。」

「是的，」格雷烏斯夫人說道，「我大概明白你的意思了。我能舉個例子嗎？這樣你就能知道我是不是已經明白了你的想法。這裡有個好牧師，我的夫家表弟法蘭克，也就是傑克的父親 —— 今晚你就能夠見到他，他是一位忠實的信徒，至少他自己是這樣認為的。他宣揚自己所謂的『筋骨學說』。在講壇上，他非常嚴肅，因為他喜歡為人講經布道！事實上他確實是一個很好的牧師，但他也說不清楚宗教到底為何物。那天他嚴肅地宣講了皈依的問題 —— 我確信他自己都沒弄明白皈依是怎麼回事 —— 他讓我的一個女伴感到不安，她甚至走過去問他怎樣才能做到皈依。他開始有點吞吞吐吐、閃爍其詞了，然後對她說無需為這個問題感到煩惱，因為她是個好女孩，只要履行好自己的職責就可以感到滿足了。他為人很善良，也許這就是他所信奉的真正宗教，他不懂如何傳播他在神學院裡學習到的宗教，他講經布道完全是出自身為教區牧師的責任。」

「是的，」霍華德說，「我想要表達的正是這個意思。人不一定能夠解釋清楚宗教的奇怪形式和教義，因為不同的教派之間有太多的矛盾之處。肯定是有什麼東西激發了宗教的產生，並賦予了它力量！」

「是的，」格雷烏斯夫人說道，「就像是發動機的某個部位產生了蒸汽，然後推動活塞桿開始運動。宗教的智慧就在於甲方能夠適應乙方。但是，正如你所說的，讓宗教表現出奢侈和暴力的原因又是什麼呢？」

「這是由人的本性造成的，」霍華德說，「人性是如此的謹慎、保守、喜歡公事公辦，不會讓任何東西不了了之。在我看來，一切宗教都是從道德力量的爆發開始的，它的原動力就是試圖化繁為簡、探尋真理。一竅不通的人將自己都沒弄明白的事物進行文字化、概念化，不懂得批判性接受的人們又把種種讓自己感到模糊的奇蹟歸結於宗教，所有未被證實的事情 —— 例如大自然的各種異象，都歸結於宗教的原因。人們在頭腦發熱時做出的聲明，提出的不可能實現的要求，也都促使了宗教的發展。然後宗教被賦予傳統的外衣，就像一匹可憐的老馬，背負起了與自身能力不相稱的負擔。」

「是的，」格雷烏斯夫人說，「可是宗教的力量是永恆的。那些晦澀難懂的古老詞彙，比如『再生』和『贖罪』，並不一定意味著更深的含義 —— 這只是一個惡作劇罷了。因為那些愚蠢、頑固的人無法理解真正的含義，就憑空杜撰出來了這些詞語。不過這些詞語代表著一種偉大而美好的經歷，就像孩子們描述夢境時所用的語言。不過那些道德上的『天才們』早已看透了這一切，他們的第一反應就是直接、坦率地面對生活，對宗教採取徹底的否定態度。可問題是，人們誤把宗教的存在環境當成宗教產生的原因了。當然！我並不會這樣錯誤地看問題。我知道你想說什麼。你想要解釋所有的現象，並且將錯就錯地把它們都歸於宗教現象，而不是把它們稱作宗教產生的真正原因。」

「是的，」霍華德說，「是這樣的，我想我天生就是一個懷疑論者。我想拋掉一切站不住腳的證據，以及所有來自混亂的超自然的虛假術語。我想放棄、清除那些不確定因素，用切實的理論來檢驗實際情況，看看最後究竟能夠剩下些什麼。」

「嗯，」格雷烏斯夫人說道，「我把我的一些非常簡單的體會跟你說說吧，一開始，在年輕的時候，我篤信一種正式的宗教，並且本能地從事著一切與宗教相關的活動。可悲的是，它令我陷入了一種混亂的精神狀態之中，我不敢直接面對生活。我一度非常擔心，不過你姑丈似乎並不在乎這些事情。他是一個聰明善良的人，內心純真，一切低賤、殘忍、惡毒的東西對他來說都是微不足道的，絲毫不能侵犯到他。他死了之後，有一段時間我過得簡直糟透了，整天魂不守舍。我原先所處的環境對我沒有絲毫的幫助。我試圖從知識的海洋裡尋找答案。那個時候我遇到了戈登小姐，她是一位偉大的布道家，她看出來我的不開心，有一天她對我說道：『妳不必如此不高興。妳想要的是一種力量，而這種力量一直都在等著妳去找到它！妳是在和上帝爭辯，妳認為受到了不公正待遇，想要為自己推卸責任，為自己所犯的過失找藉口，想要把妳所遭遇的不幸都歸咎於祂。妳的生活已經變得支離破碎，可妳還一直躲在廢墟裡。妳必須要將廢墟付之一炬，並且感謝上帝幫助妳擺脫了禁錮和監禁。妳必須直接走到上帝面前，敞開妳的心扉，就像打開窗戶迎接陽光和空氣一樣。』她沒有繼續解釋什麼，也沒有再說什麼妙方，她只是指引著我找到了光明，並且讓光明照亮了我。」

「那天早上，當我在樓上的房間裡待著的時候，我突然一下子完全醒悟了。我確實是很痛苦，不管是坐、臥、起、居，我無時無刻不在思念著我親愛的丈夫，根本無法面對自己的生活，整天因為痛苦而顫抖著縮成一團。就在那天早上，我終於把痛苦拋在了一邊，開始與上帝交談。我對上帝說：『您創造了我，讓我生到了這個世界，您賜予了我真愛，給了我富足的生活。但我卻一直在意著不該在意的事情，就連愛的方式也表達錯了。現在我把所有的事情都拋到了一邊，開始尋找力量和光明。我將不再有痛苦，也不再有所希求。無論您賜予我什麼樣的生活，我都可以接受，不管您讓我做什麼，我都願意去做。我既不會做作，也不會抱怨，不管您想讓我做什麼都可以。』」

「我也弄不清楚到底發生了什麼事情，但是有一股強大的力量和快感湧遍了我的全身，這就是生命之水，它像水晶一樣清澈透明。我還是原來的我，並沒有什麼不同，可我卻從那時開始變得純潔、聰明、可愛和永恆。」

「從那以後，那種力量和快感就再也沒有離開過我。你也許會問，為什麼我不去做得更多一些，更多地去激勵自己，因為那是任何人無法辦到的。一個人所做的任何事情都是不重要的，它們都是幻象，讓我們無法找到上帝。人其實並不需要努力工作，不需要訓斥別人，也不需要安排生活，只要有愛，一切順其自然就足夠了。我跟你說一件事。我年輕時很怕死。我是如此熱愛生活，熱愛生活中的每一個時刻、每一件事情，一想到有一天我的生活會結束，我就覺得受不了。現在，儘管我還是會逃避痛苦，但我卻不會再逃避死亡。如果與上帝同在，生和死就沒有什麼不同，這種變化是很自然、很簡單的。我們的靈魂與上帝都是不朽的，人其實不需要知道，也不需要行動，只要有這種感覺就可以了。」

格雷烏斯夫人停止了講話，在椅子上端坐了一會，又接著說道，「當我看見你的那一刻，親愛的孩子，我就是那麼的愛你，事實上我一直都深愛著你。我一直有一種感覺 —— 上帝總有一天會讓我們團聚。我已經感受到了上帝這種力量，可是你還沒感覺到。因為你的內心並不平靜，你的生活充實、積極、祥和，你這個人忠誠、純潔，可是你的內心仍然沒有敞開，就像在四周堵著水晶牆一樣。你還沒有經歷一半的人生呢，將來你可能會遭受痛苦。你從前的日子是非常快樂的，可你對生活的欲望也很大。你感受到了自己的那種欲望，所以你就到了我這裡，這種感受不是上帝賜給你的，而是上帝展示給你的。我現在我能告訴你的就這麼多，你要去了解生活的全部，很多人以為它是經歷、行為、好奇心、野心和欲望，其實不單是這些，還有生活的全部。靈魂所要經歷的一切都是幻象。只有經歷過了，靈魂才不會駐足不前。生活的全部是一種最寧靜、最安謐的狀態，內心時刻充滿喜悅，從來都不會有什麼煩心事，也不會愁雲慘澹；愛是生活的一部分，但又不是生活的一部分，因為即使處於愛的狀態中，內心也會有陰霾，只有過了愛這一關，才能體會到更大的寧靜。」

霍華德坐在那裡，驚異於爐子裡的篝火是如此的美妙，更對他能夠聽到具有如此深刻內涵的話驚嘆不已。他無法完全理解她所說的一切，但他覺得自己好像觸碰到了一股非常強大的力量，只是一時間還無法理出頭緒。他只知道自己在不經意間觸碰到了一種平靜但極富影響力的核心能量。他猛地想起來了，早上他所看到的那個池塘正像一個寓言，象徵著他現在所聽到的話，猶如醍醐灌頂。一股清泉從碧草青青的山谷底部噴薄而出，滋潤了大地。人們會使用它、汙染它、改變它，但他卻看到，沒有什麼汙垢或汙漬能夠改變這股泉水純淨的本真。不管人們是引渠分流，還是攔腰建壩，都無法改變它潔淨的本質。溪水最終會匯聚成江河，那種堅不可摧的潔淨的本質最終會蕩滌汙垢。他不得不對自己的生活重新進行考慮，從嶄新的角度來審視自己的生活。他覺得他一直生活在一種表象下，完全依賴於自己對生活的印象，是的，完全生活在這種印象只中，卻根本不了解生活的本質。他站起身子，握住了姑姑的手，並且吻了一下她的面頰。

「謝謝！」他笑著說道，「我無法表達我對妳的感激之情，妳讓我想到了很多，我現在什麼都說不出了。我真的覺得我錯過了也許是這個世界上最偉大的東西。但同時我也在問自己，我能夠得到嗎，我配嗎？我是否會因為生活在表面價值中而受到上帝的譴責呢？」

「不，我親愛的孩子，」格雷烏斯夫人說話的時候，用一種非常溫柔的眼神看著他，那一瞬間他覺得自己就像一個匍匐在母親膝蓋上的孩子，「我們遲早都要回家的，為自己的心靈找到一個歸宿。你的機會已經來臨了。當我拆開你的信時，我就知道了這一點。我對上帝說，他已經走到門口了，我很高興，因為當大門打開的時候，我就在他的身旁。」

第五章　在高地

這次談話給霍華德留下了極為深刻的印象，在他看來，這次談話或許不一定，但是仍然有可能是一次令自己醍醐灌頂、猛然警醒的經歷。他能夠感受到在世間萬物平靜表面下所湧動著的巨大力量和情感，而他卻在一種偶然的情況下被這股力量和情感給警醒了。有多少表面上難以解釋的事情實際是能夠解釋的啊！一個羸弱多病的人，實際上是個能工巧匠；一個敏感的人身體狀況不佳，對生活充滿了失望，卻能平靜地、心滿意足地接受這一切；平日裡老實穩重的人們在進行選擇的時候大膽、任性而又出乎意料；一個心胸豁達的人仍然能夠委屈自己在一種擁擠不堪的環境裡做著枯燥的工作。霍華德也想過，有些事情儘管本身無聊透頂，但是出於某種原因，它們能夠使人開心和滿足，因此人們就承受著、忍受著，他以前從來都沒想過去解釋這種現象。當然，並非所有人都把自己的抗爭之心藏了起來。霍華德知道這個觀點雖然並沒有人認同，但總是有人勇於表示自己對這個世界不滿，勇於把自己標榜為異類。還有很多人不願意忍氣吞聲地過日子，他們不僅要表達自己對這個世界的不滿，而且還要努力地進行抗爭。他們不是一直都在戰鬥嗎？不管是在祕密的狀態下，還是在公開的狀態下。他們不是已經投身到革命的洪流中去了嗎？他們不正像《聖經》「福音書」[02] 中的人物嗎？他們相信在層層的沙土下面必然藏著無價之寶，其他財寶與之相比只能是相形見絀，人生其實就是一個尋求珍寶的過程。即使再給他們一次生命，他們也會做出同樣的選擇，做出同樣的事。這樣的

02　指《聖經．新約》中的「福音書」，所講的是耶穌生平的事蹟。「福音書」包括馬太福音：是馬太向猶太人介紹耶穌的一卷書，他指出耶穌是猶太人的君王、彌賽亞、「應許」中大衛的後裔，他的國度永遠長存。馬太福音將舊約和新約串聯在了一起，其中有多個地方指出耶穌應驗了舊約的預言。馬可福音：如同一部敘事小說，節奏明快，這一卷書中的耶穌用行動來支撐自己的話，不斷證明著自己是神的兒子。這卷書是給羅馬基督徒寫的。當地人信奉很多個神，因此馬可要讓讀者意識到耶穌才是上帝唯一、真正的兒子。路加福音：路加是一個外邦人、醫生、教會初期的第一個歷史學家；他從一種獨特的角度告訴了人們耶穌的生平。雖然他並沒有親眼見過耶穌，可是他的資訊和報導卻像親眼看到了一樣準確，並且成了基督徒信仰的基礎，完整地流傳於後世。路加福音中有很多耶穌所說的比喻，比其他的福音書多很多；書中還仔細記載了耶穌對女子的關懷。約翰福音：耶穌的教訓和事蹟與他的身分有不可分割的關係。耶穌既是人，又是神。雖然耶穌活在世上，有全然的人性，可他仍然是永恆的主宰。他創造了宇宙，維繫萬物，是永恆生命的源頭。這才是耶穌的真正身分，也是所有真理的根基。約翰寫這本福音書的目的，就是要讓人們從耶穌基督裡獲得信心，相信他就是上帝的兒子。

想法給他們平庸的生活帶來了一縷強光。霍華德原本過著一種異教徒的生活，既溫馨又精緻，從來沒有過熱情，從來不曾被什麼神祕的火焰點燃。這並不是說他的生命是錯誤的，或者說他應該放棄生命。他還是應該生活下去，比之前更專心、更認真地活下去，不再隨波逐流，不再將一切都當作無所謂……

他需要獨處，需要思考，需要集中精力。他在群山之中徜徉，跨過泉水，來到山谷，來到了高地與平原相連的懸崖邊，在懸崖邊上有一個大土墩。站在懸崖邊上，視野變得無比廣闊。高地左右兩側的山坡緩緩地伸向平原，緩坡上面長滿了樹林和果園，隱約可以見到幾間小小的農舍，炊煙正嫋嫋升起，遠處被開墾的平原就像炊煙一樣縹緲起伏，一片片的農田、一叢叢的樹林在遠處融合成一片深綠色，分不清彼此。在更遠的地方，是讓人充滿希望的幽藍色的群山和一抹泛著微光的蒼白海面。夕陽將天空渲染成一片金色的霧靄，同時為大地鋪上了一片柔軟的陰影。

生活就是用這樣的方式，而不是用其他的方法幫助他敞開了胸懷、對著他招手。在陰鬱的生活中，在苦苦的爭鬥中，生活能夠讓他辛苦地工作，過上一種按部就班的生活！不管他是由於什麼原因生活下去的，他就是這樣生活的。人沒有辦法改變自己的生活環境，陽光和雨露，寒冬和陽春，這些都是上天特有的力量。在所有特定力量的背後，還可能會有一種更強大的力量，這種力量足以推翻一切。霍華德雖然過著一種拘謹的生活，可是他喜歡那種力量，並且密切地關注著那種力量，不管是已經爆發出來的，還是沒有爆發出來的。在他的內心裡，似乎充滿了對未來的無限憧憬，他絕對不會選擇逃避，而是要重新投入到生活中去，以一種更廣闊的方式去生活。他一方面要積極地投身於生活中去，另一方面還要更加客觀地看待生活，將這兩個方面協調統一好。那天下午，他感到似乎要有什麼重大的事情發生，而且這件事情將會是他一生中最重要的事情，就好像在他面前打開了一扇門，通過這扇門，他能夠看到非常奇異的事情。

第六章　家

他到家的時候已經有點晚了，大家都喝過了下午茶，格雷烏斯夫人也已經回到了自己的房間。家人早就為他在書房準備好了一杯茶。他在書房裡看了一會書，似乎又從書中尋找到了點燃新的生命之光的火種。這也是他一直在尋找的力量之源。長久以來，他一直在猜測、懷疑、推斷，但始終沒有意識到什麼是生命之光、力量之源。在這個追求的過程中，他失敗過，如今是他的思想指引了他，讓他重新找到了方向。

時間差不多了，他回到自己的房間去換衣服，準備去吃晚飯。晚飯的鈴聲一響，他就來到了樓下，走進了燈光昏暗的餐廳，這時傑克的父親和妹妹都已經到了。桑迪斯先生站在格雷烏斯夫人的身邊，他容貌英俊、身材健壯、頭髮捲曲、鬍子刮得很乾淨，打扮得如同公司職員那樣精緻。霍華德趕緊走上前去與桑迪斯先生握手。「很高興認識你，甘迺迪先生，」桑迪斯先生說道，「我從傑克那裡已經聽說了很多關於你的事情了。你是他心目中的英雄。要知道，我非常感激你對他那麼好。我希望能夠和你好好談談他的未來。順便介紹一下，這是我的女兒墨德，她和我一樣，非常渴望能夠見到你。」霍華德看見有個女子正在角落裡跟麥麗小姐坐著說話，這時那個女子站起來，走到了亮處，帶著羞澀的微笑向霍華德伸出了手。

霍華德被這位女子美麗的容貌驚呆了，墨德和她的哥哥傑克長得很像，但是也有不同之處！霍華德立即從墨德身上看到了傑克所吸引他的那種特質。他很早就從傑克身上發現了這種特質，這種特質讓他感到困惑。他了解到她現在 19 歲，但她看起來比實際年齡還要年輕一些。她並不美麗，他想，至少不是十分美麗，但她非常精緻、纖巧，舉手投足間都帶著一種優雅。她皮膚白皙、頭髮金黃，看起來很健康。她的體型嬌小柔美，而不是端莊生硬。她有點像一種花 —— 百合，也許是這樣吧。她穿著樸素的白裙，這反而讓她更像一朵百合了。她的下嘴唇有點薄，這讓她的臉龐看上去有些憂鬱；但她藍色的雙眸十分清澈，眼神中充滿了信任、甜蜜和坦誠的感覺，她的容貌和氣質都讓人感到甜蜜、坦誠，因此輕而易舉地就打動了霍華德。她的沉著、冷靜讓她看起來不管做什麼事情都可以做到舉重若輕。霍華德抓住墨德伸過來的那隻堅實、精緻的小手，感受著她那纖巧柔弱的手指所充滿的堅強剛毅的態度。她低聲向霍華德道歉說傑克今晚不能來，霍華德回過神來說道：「是的，他已經寫信給我解釋了，我相信，我們以後還有機會在一起做很多事。」

「啊，你真是太好了」，桑迪斯先生說著，以父親的態度幸福地挽起了女兒的手臂。「恐怕傑克的長項不在用功這方面吧。當然，我很為他的未來擔心，可能你對這樣的學生早已習以為常、司空見慣了！也許我們可以在晚飯後談談。吃過晚飯，格雷烏斯夫人一定會讓我們好好談談的。」

「再說吧，」格雷烏斯夫人站起身來說，「要知道，霍華德來這裡可是度假的。霍華德，你來帶路，你知道我喜歡講究儀式的，而且希望這裡有位真正的男主人來主持餐前儀式！」

墨德也挽起了霍華德的手臂，她那麼輕輕一碰，就讓霍華德感到了莫名的刺激和快感，同時又覺得自己已經老得不行了。和這麼迷人的女孩在一起，能談些什麼內容呢？他希望自己能夠更多地了解她的品味和想法。這就是一直居高臨下對待別人的傑克所談起的那個人嗎？他的學生傑克沒有來，他真有點生氣 —— 因為傑克沒讓他做好遇到這麼一個可人的心理準備。

他們剛剛坐好，桑迪斯先生便迫不及待地開始發表自己的長篇大論了，他講起話來就像老鷹在天空自由地翱翔一樣。霍華德覺得他是一個心地非常善良，而且聰明活潑的人，他還有著很多很多非常健康的興趣愛好。他的話雖然很多，但內容卻沒有什麼差別。他的外貌能夠留給人非常生動深刻的印象，但他的語言表達能力卻差很多。他喜歡用排比的句式，但同義詞卻用的不好，所以排比句也就失去了感人的力量。桑迪斯先生不管說什麼話都要拆成兩句話，而不是用一整句話來表示，但第二句話與第一句話相比，卻並沒什麼新的含義，只不過是在重複第一句罷了。他從上大學這個話題開始談起，說他曾經在帕姆布魯克學院[03]念過書，這也是他為什麼後來千方百計地要送傑克到別的學院去念書的原因。「我對教育持有一種非正統的觀點，」他說，「事實上，我對教育的目的和教育的對象有著不同的觀點。教育不應該迷失了正確的目標和對象，教育的專業化、標準化是一種危險的現象，更準確地說是非常凶險的。我是透過古典典籍來接受教育的，古典典籍是非常好的訓練資料，我想，它們在強化閱讀和思維方面具有非常顯著的效果。修昔底德[04]的作品，要知道，還有其他書，這些都應該是基礎、是積澱。同時我們也不能忘記上層建築 —— 思想的殿堂，如果可以這麼說的話。甘迺迪先生，請你原諒我這些粗淺的想法。在拿到學位後，我便開始自學，通讀一切書籍。歌德[05]和席勒[06]，你知道他們的作品吧，是的，那才是經典呢！有時候我認為可能是出於日爾曼人的偏見，我們才不去好好向外國文學家學習。我們所需要的是日爾曼人的兼容並蓄，而不是偏見歧視。只有學習過經典之後，才能獲得評判知識的正確標準 —— 一種正確的評價體系。知識的評判必須要有一種標準，不是嗎？否則知識領域不就變成一盤散沙了嗎？甚至，也可以說，不就成為

03　劍橋的一個學院。

04　修昔底德（Thucydides, 西元前 460 或 455- 西元前 400 或 395 年），古希臘歷史學家、思想家，代表作為《伯羅奔尼撒戰爭史》，該書記載了西元前 5 世紀斯巴達和雅典之間的戰爭歷史。

05　約翰·沃夫岡·馮·歌德（Johann Wolfgang von Goethe, 1749-1832），出生於緬因河畔的法蘭克福，詩人、自然科學家、文藝理論家和政治人物，歌德是威瑪古典主義時期最著名的代表；而作為詩歌、戲劇和散文作品的創作者，他是最偉大的德國作家之一，也是世界文學領域中的一個出類拔萃的光輝人物。

06　通常被稱為弗里德里希·席勒（Johann Christoph Fridrich von Schiller, 1759-1805），德國十八世紀著名詩人、哲學家、歷史學家和劇作家，德國啟蒙文學的代表人物之一。席勒是德國文學史上著名的「狂飆突進運動」的代表人物，在德國文學史上，是公認的地位僅次於歌德的偉大作家。

完全虛假的東西了嗎？我完全贊成國民義務教育，正是因為國民義務教育的缺失，女性們——請允許我在3位聰明的女士面前坦白地說出這一點——她們受苦了。女性的教育並沒有形成完全發展為義務教育。至少在事實上是沒有的！現在，對於女性的教育非常不正規。就是現在，當我和墨德談話時，偶爾還會觸及義務教育這個問題。甘迺迪先生，要是你知道墨德在我的指導下都讀些什麼書，你也許會覺得非常驚訝。我不想讓她成為學富五車的學者，我只是讓她什麼書都讀一些。要知道，我才不在乎什麼學識豐富呢，有沒有知識需要一個標準，如果可以借用我之前的表達方法——知識也需要一種評價體系。」

他停頓了一下，發現自己吃飯吃得有點慢，便急急忙忙喝完了湯。

「是的，」霍華德說道，「當然，這當然是教育問題的癥結所在，教育需要提供一種知識的標準，而不是讓追求知識的人對知識的渴求泯滅，可實際上我們現在就是這麼做的，這也證明了這種教育的失敗。」

「或許現在我們不應該如此刻板地對待知識，」格雷烏斯夫人說道，「如果我們讓教育的力量發揮到極致，那麼以後再遇到問題的時候，就沒有退路了，我們害怕屈尊就駕地去解決問題。我所接受的教育就很差，而且沒有接受過標準化的教育。我想問問珍，親愛的，妳說我接受過標準化教育嗎？珍是我知識的試金石，她拯救了我，使我避免了精神上的貧窮、崩潰。」

「好啊，好啊，」桑迪斯先生高興地說道，「或許甘迺迪先生和我會在某個時候並肩作戰，去參加一場辯論大戰。事實上，霍華德能夠原諒我這樣一個帕姆布魯克學院的老畢業生那種想知道什麼是前進的迫切心情，體諒我想要嗅到戰爭硝煙味的心情。」

桑迪斯先生永遠都不會無話可說，他非常健談，但有時候聽上去卻很荒謬。霍華德無法不去喜歡他。他這個人很好，霍華德能看出來，因為桑迪斯先生總是能夠設法讓談話的氣氛變得溫馨、舒適。「我對很多事情都感興趣，」他在一口氣發表了一通長篇大論之後說道，「在知識戰爭的最前線，就有一個活生生的例子，我以前有個同學，他喚醒了或者說激發起了我之前做所有事情的熱情。今天晚上對於我來說將是一個難忘的夜晚，甘迺迪先生，我有很多事情想要問你。」他的確向霍華德問了很多問題，可這些問題基本上都由他自問自答了。桑迪斯先生不斷發表著熱情洋溢的長篇演說。他那強烈的學術好奇心，使他講話所涉及的範圍越來越大，甚至有一次，霍華德發現坐在他鄰座的墨德正饒有興趣地看著他，他立即明白她是在看他是不是在玩傑克教給自己的數數遊戲。四目相對之際，他們彼此心領神會。他笑著搖了搖頭，她則高興地微微一笑，霍華德突然感到一陣狂喜。當一個男人已經不再年輕，又被年輕人包圍，而不是在充滿敵意的中年人的圍攻之下，竟然能夠產生這樣一種狂喜，霍華德自己覺得很是荒唐。

他向她講述了一些關於傑克的事情，說自己在劍橋的時候非常喜歡見到他。「他真是個了不起的人，」他補充道，「在寶福德學院，沒人能像他一樣與別人建立那樣融洽的關係，上到校長，下到廚房的雜務工，他和誰談話都能夠做到從容自若、毫不尷尬，但是沒有人能夠真正了解他在想什麼！他很深邃，真的。我認為他擁有一個非常美好的未來。」

墨德聽了以後很高興，說道：「你真的這麼想嗎？」然後又說道：「你知道他是多麼崇拜你嗎？」

「我知道，我很高興妳能這麼想，」霍華德說，「不過要是妳真的聽到他所跟我說的話以後，妳是感覺不到他對我的崇拜的。別人批評他，我批評他，他都接受不了，這是很可怕的事情，但不管怎麼說，他從來沒有超越底線，讓自己表現得失態。」

「他這個人很古怪，」墨德說，「那天他跟副主教說話的方式簡直太可怕了，可是副主教只是笑了笑，還對我爸爸說，他羨慕我爸爸有這樣的兒子。那天下午，副主教大半時間都咯咯笑個不停，他說感覺自己都變得年輕了。」

「能把副主教逗成那樣，傑克可真有本事、有天賦，」霍華德說，「這天賦就像一根魔杖，能把南瓜變成一輛四輪馬車。」

「我們這麼議論傑克，我猜他的右耳朵現在一定發燒了，」墨德說，「不過他似乎從來不在乎別人會怎麼說他。」

霍華德與墨德在晚餐時一共只說了這些話。吃完飯以後，女士們都走了，桑迪斯先生的講話顯得對傑克的未來越發充滿信心了。

「我把你當成我的血親了，你看，」他說，「事實上，我斗膽想不用『先生』來稱呼你，你也別叫我先生好嗎？我們能不能再親近一些，直呼對方霍華德或法蘭克呢？我當然無法為傑克留下一大筆遺產，但是在我死的時候，兩個孩子會變得很富足，這一點我敢保證。你覺得他最好應該去做什麼工作？我想讓他去做神職工作，但並沒有逼迫他。做神職工作能夠讓人與別人接觸，我很喜歡。我覺得每個人都很有趣 —— 我並不害怕要承擔這樣的責任。」

霍華德認為傑克不會喜歡神職工作。

「那這件事就先放在一邊吧，」雖然桑迪斯先生是個好脾氣，但此時也忍不住哭喪著臉，說道，「我是不會逼孩子們的，他們想做什麼就做什麼，想怎麼生活就怎麼生活，想跟誰結婚就跟誰結婚。我不相信人性中具有自省的成分，他們也不見得能夠明白我的心意。當然，如果傑克能拿到獎學金，我應該讓他留在劍橋，並且在那裡安定下來。劍橋多好啊！在那裡，既可以有自己的生活，又可以在知識的最前線戰鬥！這也是我喜歡自己的地方——一直戰鬥在知識的最前線！傾聽來自知識最前線的消息，表達自己的思想，寫作、教書。這種日子多好啊！還能在談話和討論中堅持自己的觀點，我們的國民就做不到這一點。我有很多想法，要知道，這些想法都是我自己的，可我又不能著書立說——讓它們成形、成文。」

「我想，傑克可能更願意做生意，」霍華德說，「到目前為止，這是他唯一曾經向我提過的未來想要去做的工作，如果他能夠起步，我敢肯定，他一定能夠做好。他喜歡去做一些實實在在的事情，他說。」

「是的！」桑迪斯先生激動地說，「他總是這麼說。要知道，我是有一點虛榮心的，霍華德，我相信他遺傳了我的優點。墨德就不一樣，她更像她那親愛的母親——她的去世是一個無法彌補的災難。我親愛的妻子總是充滿了想像力，她擁有一顆美麗的心靈。有時間你到我家來吧，我給你看看她畫的畫。我盼著你能早點來我家。她畫畫的技巧不一定多麼高超，但看上去卻具有一種天然的美感。準確地說，畫面的形式並不是很完美，但是充滿了感情。嗨，傑克，就像我說的那樣，他喜歡做實實在在的事。其實我也是！牢牢地抓住現實確實是很好的。我的學問不夠高，無法研究高深的思想體系，但我可以研究活生生的人——這項研究非常吸引人！我敢說，可能你連想都沒想過，我喜歡研究這裡的人，住在這裡的人都很簡單，但是十分有趣。沒有兩個人是完全一樣的。我的老朋友有時候對我說，鄉村人很沉悶，但我總說，『沒有兩個人是完全一樣的！』當然，我一直在努力地保持著自己高雅的知識品味——當然，只是品味，不是能力，我無法像你那樣不斷地進行研究。墨德和我——我們一起讀書、交談、表達自己的觀點。當我們讀書讀累了，我們就會讀人，人是更偉大的書。我們才不想活得死氣沉沉呢。那天我跟副主教談到這個話題的時候，副主教說風之谷才不是一個死氣沉沉的地方呢。」

「不，當然不是，」霍華德禮貌地說。

「你能夠這麼說真是太好了，霍華德，」桑迪斯先生高興地說道，「這是一句真誠的讚美！你滿腹才華，思想深刻，我敢說，你並不知道我和你這樣的人談論這些事情有多麼快樂。我羨慕傑克，因為他有這麼好的條件，總是能夠和你談話。我確實是太羨慕他啦。我這個帕姆布魯克學院的老畢業生就沒他那麼幸運了。我讀書那時候，沒人可以說話，傑克告訴我他能跟你說話。與那些老派的老師相比，你不知強了多少倍 —— 如果我可以這麼說的話。我說話是很隨便的，你看！你認為傑克做生意會能夠成功嗎？啊，我是很贊成他做這個的。我只不過希望他不要失去和人的接觸。我不是一個形而上學主義者，在我看來，與人接觸正是我們來到這個世界的目的，和別人接觸 —— 當然只能和信仰英國國教的人接觸，我其實很希望自己能夠變得寬容大度一點，可以發現其他信仰的優秀的一面。請賜予我一些理解力吧，這是英國教會值得稱道的地方。嗯，霍華德，你對我的思考有所啟發，我回家以後一定要好好想想。傑克想要做生意，很好，不是嗎？不用著急，還是嘗試著把問題看得更全面一些。這是我永遠都不會改變的思維方法！」

他們一起走進了客廳，霍華德覺得自己被這個熱心而健談的人吸引住了，真是莫名其妙。難道是因為他的孩子們？他這樣想道。一個男人能夠生養這樣兩個孩子，他一定是個不一般的人，他還沒有把他的全部展示出來。桑迪斯牧師這個人非常熱情，而且發自內心地熱愛生活。霍華德覺得，在他誇誇其談、總愛長篇大論的表象背後，他一定是個非常理性、非常富有判斷力的人。他是一個值得信賴的人，也不太可能不招人喜歡。

當他們進入客廳之後，格雷烏斯夫人就把桑迪斯牧師叫到角落裡，開始談論村子裡的某個人。霍華德沒有再聽到他說話。麥麗小姐雙手翩躚飛舞，彈著一首曲子。霍華德只能與墨德談話了。他來到她的旁邊坐了下來。在昏暗的燈光下，墨德坐在了一把大扶手椅子上，神情並不疲倦，也不是無精打采的樣子，而是在安靜中保持著一種警覺，一頭光亮的金髮披散在她那年輕純潔的柔美頸部，她一隻手托著下巴，另一隻手拿著格雷烏斯夫人送給她的花，那花讓她渾身都纏上了一股香氣。當麥麗小姐開始彈奏另一首新曲的時候，偶爾有一、兩次，她的手輕輕點著節拍，看得出她被音樂深深地迷醉了。她把頭轉向霍華德，雙眸望著他，微笑著跟他打招呼。

「在我看來，聽音樂的時候說話是不好的，」她說，「打斷也是不禮貌的，我不忍心打斷音樂，打斷音樂就像踩到花朵一樣！不能那麼做。」

「是的，」霍華德說，「我明白妳的意思，但如果從未聽過見過美麗的東西，浪費也就無從談起。美麗的東西並不只是為我們而存在的。光亮、聲音或花朵之所以美麗，是因為它們能夠給所有的人都帶來快樂。」

「是的，」女孩說道，「格雷烏斯夫人也是這麼想的。要知道，我覺得很奇怪，你怎麼從來都沒有來過這了，她幾乎是你唯一的親人了。她是我所見過的最可愛的人，是我認識的唯一一個從來都沒有犯過錯誤的人，然而她從來都不希望別人知道她是對的。」

「是的，」霍華德說，「我覺得我一直很愚蠢，一直都是如此。不過她的好，就像音樂和光明一樣，雖然從來沒有受到別人的關注，但也從來沒有白費。今天我和她談話談得很好，我們進行了一次非常棒的交談，我想，也許是我一生中最棒的一次交談。雖然我無法完全明白她的話，但我多多少少明白了這麼多年來疏遠我的目的，她是刻意疏遠我的，因為我還沒有做好來這裡的準備，現在我來這裡的目的已經明確了。」

女孩坐在那裡，眼睛睜得大大地看著他，眼神中還帶著一點驚訝、奇怪的感覺。「是的，」她說，「就是那樣。但你這麼快就能明白了還是讓我感到吃驚。我從小就認識她，和她的感情無法用言語來形容。你不覺得，很多人和事不管怎樣改變或發生，都是毫無意義的嗎？可她就不這麼看，她能看穿一切。我不知道她為什麼會擁有這樣神奇的能力。」

他們安靜地坐了一會，然後，霍華德說道：「來到這裡以後，我的感覺真是太奇妙了，妳知道嗎，我對傑克很感興趣，和他說話的時候，我覺得他內心深處藏著很多東西，我想要進行深入的了解。我想，我能夠在風之谷找到答案。」他在房間裡揮揮手，「我姑姑、妳父親、妳和我，大家一點也不像是陌生人，你們像是跟我認識了很久的人一樣，有一種非常熟悉的感覺。我說不好這種感覺，自從我來到這裡以後，就像做夢一樣。我來到這裡只不過區區 24 小時，可一切對我而言都是那麼的古老而親切。」

「我了解那種感覺，」女孩說，「就像在裡面浸潤了很久很久一樣。今晚我也有那種感覺。這麼說有點奇怪，但你知道，傑克告訴了我很多關於你的事，我好像已經對你非常熟悉了。我早就知道，我們兩個很容易就會變得熟絡起來。」

「是啊，我們是親戚關係，」霍華德輕輕地說道，「這種關係讓人感到舒服，它不需要任何東西，我們彼此之間無需戒備，也無需那些虛假而繁瑣的儀式。我想聽妳談談關於傑克的事情，他對我來說還是非常神祕的。」

「是的，」她說，「他有時候確實很神祕，但也非常可愛。他是最能惹人煩惱的那種男孩，有時我真的恨他。過去我們總是打架，至少總是我在打他，但我想他只是假裝跟我比劃一下而已，因為他不會傷害我，我知道我曾經打傷過他，但那是他活該！」

「多好玩啊！」霍華德微笑著說道，「難怪男孩子們都跑到私立學校為生活而奮鬥呢。我沒有姐妹，沒人要跟我分錢。」他突然覺得自己是在用一種友好的諷刺口吻和學生在說話。讓他覺得意外和高興的是，他的意思被墨德很容易就理解了。

「你跟你的學生是不是也是這樣說話的，」女孩笑著說，「我看明白啦，就是這個特點讓傑克和我在跟你說話時都覺得很輕鬆，就像在草地上打網球一樣輕鬆。」

「我很高興妳能夠覺得和我談話是一件很輕鬆的事情，」霍華德說，「可是妳不知道我得打多少個球才能得分！打球可不是我的強項。」

「草地網球！是的，」桑迪斯先生在房間的另一邊說道，「那是一種不錯的遊戲，霍華德！我雖然玩得不是很好，但我喜歡玩。我才不在乎出洋相呢。要是怕出醜，害怕讓人覺得自己像個傻瓜，就會失去很多玩好東西的機會。我對自己說，這又有什麼關係呢？只要自己不覺得像個傻瓜就好啦。我希望你能去我家玩。事實上，我希望你能隨便來玩。我們是親戚，要知道，從某種程度上來說，我們的關係很親近。不知道你對族譜是否感興趣，我喜歡研究族譜。要知道，研究族譜用不了多少時間，還能解悶。我一口氣能說出好多族譜上的名字，但格雷烏斯夫人不喜歡族譜，我知道的。」

「噢，不是這樣的！」格雷烏斯夫人說道，「我認為族譜很有趣啊。你讓教眾們祈禱自己有個好祖先的做法，我倒是很贊成的。」

「哈！哈！」桑迪斯先生說，「好，嗯，有件事很奇怪，要知道，越是從上往下追溯祖先，祖先的人數就越多。我們總是說現在的人口過多，那要是從上往下追溯到 30、40 代去，世界的人口就更多了，全都成我們的祖先啦。我記得自己曾向一位很聰明的數學家提出過這個問題，但事實上他得出的結論與人們所想像的正好相反，越是從下往上追溯，祖先就越多。霍華德，你對新石器時代的人感興趣嗎？山谷裡到處都有他們的墓葬，不過也無法確定山谷裡的墓葬就是新石器時代的。山谷裡的墓葬習俗都非常奇怪。身體蜷曲，膝蓋碰著下巴。哈！哈！很有趣吧，哪天我駕車帶你去多賈斯特的博物館去看看。我真的還想再要問你幾個問題呢，但是時間不早了，我們必須要走了。今天晚上很愉快，安妮嫂子；今天晚上很愉快，霍華德，有這麼多需要思考的問題，我覺得自己也年輕了好多。」

霍華德把他們送出門的時候，墨德回頭衝他笑了一下，這讓他立刻就莫名地高興起來。告別了兩位活潑的客人，他帶著一絲淡淡的平靜回到了客廳。這裡多多少少已經讓他產生了一種愉快的家的感覺。

「嗯，」格雷烏斯夫人說，「現在你已經看到桑迪斯的全部個性了。完全可以肯定地說，那個親愛的法蘭克，他總是那樣喋喋不休，他總是那麼生氣勃勃，真是與眾不同。你覺得墨德怎麼樣？我希望你喜歡她，她是我的好朋友，一個天生的尤物。也許，她不是很開心。老法蘭克在看問題的時候從來只是看表面，在很多事情上都是如此！但是墨德她就能看到內在的東西。但我太累了，對此無能為力。我總是想跟法蘭克好好談談，但我知道，這就像讓狗來拉車犁地一樣，根本無濟於事！」

第七章　鄉村生活

清晨，霍華德很早就醒了，夜裡他做了一個非常甜美、非常狂野的夢，他夢見了壯麗的風景，夢見自己經歷了一段奇幻的冒險旅程。隨著自己的思想變得逐漸成熟，他覺得自己在昨天已經超越了自我，就像一個孩子衝破熟悉的花園進入了一片廣袤無垠的森林一樣。確實，與格雷烏斯夫人的談話讓他的頭腦和靈魂第一次開闢出了一個新的領域，讓他見識到了某種古老的力量，這種力量也許早就存在於他的身上，只是他從未嘗試過去使用。墨德的形象閃過他的腦海——那是多麼美麗的一個人啊，就像一顆冉冉升起的星星一樣照亮了他。他還沒想過，這就是愛情，事實上，他壓根就沒往那方面想。只是墨德是那麼的魅力四射、美到了極致，讓他變得心緒不寧，讓他對她崇拜不已，讓他為她魂不守舍。在微弱的燈光下、在昏暗的房間裡，那個小女孩是那麼的可愛、清純、甜美，而且又是那麼的從容淡定、坦誠直率！他從她身上感受到了一種只有可愛的、美麗的東西才所特有的感覺，一種只可遠觀、不可褻玩的感覺。就連他平常覺得非常滿意的劍橋生活，現在也似乎離他十萬八千里遠了，而且模糊得就如同塵埃一般！

他獨自一人吃完早餐，讀了幾封僕人呈交給他的信，便來到了書房。幾分鐘以後，麥麗小姐敲門走了進來。「格雷烏斯夫人讓我代為轉達，說她很抱歉忘了告訴您，如果您喜歡打獵或釣魚的話，管家會隨時奉命的。她想您可能會想和傑克一起吃午餐，然後與他一起出去。她讓我轉達她對您的愛，希望您喜歡做什麼就去做什麼。」

「真是感激不盡，」霍華德說道，「如果格雷烏斯夫人同意的話，我希望傑克能夠在這裡，我想問問他想做點什麼，比如說打獵或者釣魚。我知道他會喜歡這兩項活動的，我也會的。」

「哦，是啊，」麥麗小姐微笑著對霍華德說，「她總是支持別人去做他們喜歡做的事情。」

麥麗小姐在門口又待了一會，「我可以問您一個問題嗎，甘迺迪先生，希望我沒有為您添麻煩。我想知道您是否可以給我們推薦一些書籍來看？我已經給格雷烏斯夫人讀過好些書了，可是讀來讀去總是那一類。我想我們應該讀一些新書了。我們想知道別人都在說什麼、想什麼，我們可不想變成落後分子。」

「哦，當然可以，」霍華德說，「非常願意效勞，但恐怕我也幫不上什麼忙。因為我讀的書也不多。如果您能夠告訴我您喜歡什麼類型的書，平日裡都在讀什麼書，或許我們可以一起列一張書單。請坐吧，看看我們能做些什麼，好嗎？」

「哦，我原本不想打擾您的，」麥麗小姐說道，「您可真是個好人。」

她在桌子的另一面坐了下來，霍華德心裡暗暗地產生了一種感覺，那就是如果讓這位小姐與別人並肩坐在一起的話，對她而言是一種浪漫的小冒險。當他們開始談論閱讀的時候，他驚訝地發現，麥麗和姑姑已經讀了很多很多書了。他問她是否有下一步的讀書計畫。

「不，真的沒有，」麥麗小姐說道，「我們都是隨便讀的，讀完一本就接著讀下一本。格雷烏斯夫人喜歡長篇幅的書。她說她喜歡平靜地、深入地去體會某一個方面的內容，一本書用不著包羅萬象，那樣反而什麼都說不明白。她喜歡那種節奏緩慢、內容豐富的書。」

「恐怕已經很久沒有人這樣讀書了！」霍華德說，「現在人們根本就不願意為了了解一個主題，而去讀幾百頁的書。我可以向您推薦一些好的歷史書、文學批評和傳記，詩歌和小說我知道的不多，哲學、科學和神學，我知道的就更少了。不過如果您喜歡的話，我還是可以推薦一些書給您的。劍橋好就好在這一點，因為那裡有很多人能夠向你推薦應該去讀什麼樣的書。」

正當他們列書單的時候，傑克上氣不接下氣地跑進來了，麥麗小姐羞紅著臉走了。霍華德抱歉地向麥麗小姐說道：「或許我們……我們明天再繼續討論吧，我想我開始明白您想要看什麼樣的書了。」

傑克顯然非常興奮。

「你剛才在做什麼？」他一邊說著，一邊隨手關上了門，「和那個令人沉悶的老處女？」

「我們在列書單呢！」

「啊，」傑克用一種非常深邃的語氣說，「書是一種危險品，談論讀書其實就是用一種文雅的方式來做愛！想必你在這裡已經讓所有人都感到非常興奮了吧，因為你所有的想法都是那麼的與眾不同！但是現在——」他繼續說道，「我趕緊就回來了，但是回來的時候，大家都已經吃完早餐了。昨天真是無聊透頂，那個草地網球的聚會，女人們也都去了，一點意思都沒有，搞得一點都不像比賽，那根本就不是草地網球比賽，倒像是一場遊戲，我很懷疑那是一個相親市場，而不是體育比賽。」

「你看起來情緒不怎麼好啊，」霍華德說，「你先是指責我在和別人調情，接著又批評起草地網球來了。」

傑克搖了搖頭。「我痛恨愛情！」他說，「它把一切都給弄糟了，它妨礙了一切事情，它讓人們變得愚蠢。活的時間越長，我就越明白，大多數人所做的事情只是在為做其他事情找藉口！算啦，不提了！我得回去接受『諄諄教導』啦。我說過，有個老教授就住在村子裡，現在他盯上我啦，不去可不行。我想知道你是否安排了打獵或釣魚的活動？你說過如果可以你就會去的。」

「到時候叫上管家就行了，」霍華德說，「我們得跟他提前說一聲，但是有個條件，上午學習，下午鍛鍊，中午要到這來吃午飯。」

「安妮伯母好客的興致又發作啦，」傑克說，「墨德下午就要來。我還沒有時間來跟她多說一些關於你的事呢，但是，我要說很多關於她和我老爸的事給你聽。昨晚上過得還不錯吧？我看見老爸嘴唇很乾，到家以後直舔嘴唇，他一定是說得太多才那麼口乾舌燥了。」

「啊，別再絮絮叨叨地沒完沒了了，」霍華德說，「去把書拿來，我們馬上開始讀書。」傑克點點頭，轉身走了。

等他回來的時候，管家已經在那裡等著了，他是個非常和善的老人，似乎很喜歡他們出外運動這個主意。傑克說：「看吧，我把一切都安排好了。今天打獵，你可以拿老爸的槍。他幾乎從來都沒用過它，我用我自己的。明天釣魚，後天再打獵，我們一天一天交替著來。山谷裡野兔成群，不愁打不到獵物。」

霍華德盡可能清晰、快捷地教了傑克一個小時，還讓他做了筆記。他發現傑克思維敏捷、頭腦靈活。最後，傑克說：「如果每天我都能在劍橋這麼學習，我應該很快就能學得很好了。我說的都是實話，你教得太好啦！你肯定做過大量的練習，才把知識掌握得如此爐火純青，一想到這一點，我就對你敬佩得發抖啊。」

霍華德讓傑克自己再做一些練習，同時自己也開始寫論文，很快就到了吃午飯的時間。

格雷烏斯夫人熱情地和傑克打招呼，並問他們下午有什麼安排。霍華德把計畫告訴了她，並說希望她不會反對他們去打獵。

「不，一點也不，」格雷烏斯夫人說道，「只要能憑良心打獵就行，反正我是無法去打獵的！我就這樣，無可救藥，不願殺生。我自己不願動手殺生，但我還是吃肉的，因此我不反對打獵。爭論這些事並沒有什麼意義。要是對殺生有爭議的話，那就有充分的理由不吃任何東西、穿任何東西，甚至踩踏草坪都不行！我一直認為植物也是有意識的。但是人類的生存本身就是以其他物種的死亡為代價的。本能是女性唯一的行動指南，如果女性也開始理性思考了，就會憑藉理性來逃避一切責任。一切狂熱的行為都是在這種情況下做出來的。除了祝你們玩得愉快，我無法再多說什麼了，不過兔子你可以隨便去打，打完了就給村裡人送去，這樣也算是寬慰我的良心。」

他們又談了談霍華德所推薦的書，格雷烏斯夫人一心想讓傑克成就一番大事業。

「我不敢讓你經常來這裡，」她說，「我不敢讓一個現代的年輕人總是來看兩個老古董，嗯，我是說一個老古董！我知道你有屬於自己的觀點，傑克，雖說我現在還不太懂，但總有一天我會弄明白的。我想，在這樣一個小地方，與其說我們互相懷疑對方不了解自己，倒不如說彼此非常了解對方。令人欣慰的是，我們都能管住自己的舌頭，不隨便議論什麼！一旦我們試圖隱藏的所有荒唐事變得眾所周知，那我們就活不下去了。不過，如果我們只是透過取笑對方的缺點來娛樂一下，卻不去糾正它們，大家還是能夠和平共處地生活下去的。我希望你不要反對別人，傑克！如果你堅持這種態度，那麼將來不會有出息。」

「嗯，我確實恨一些人，」傑克說，「我恨他們，但我很高興見到他們，我想看他們如何下地獄、什麼時候下地獄，要是他們都變好了，下不了地獄了，我才會感到遺憾呢。」

「我才不會那樣呢，」霍華德說，「我最多就是感激他們沒有變好，還能逗我開心。對真正古怪的壞人來說，再怎麼感激他們都不過分。但我承認，我不喜歡看到刻毒、卑鄙、邪惡的人，我希望那些人能夠從我眼前消失。」

「我希望那些人消失，」格雷烏斯夫人說，「但我覺得自己還沒有讓他們消失的本事。哦，哎，不要再討論這麼嚴肅的話題了！這種惡作劇一樣的話題。不過我並未阻止兩位位紳士追求更為『實實在在的東西』，是吧，傑克？」

「甘迺迪先生居然打我的小報告，」傑克說，「我不喜歡看到卑鄙、刻毒的人，那會讓我感到痛苦，我希望那些人消失。」

「連我的學生都這麼說我，」霍華德說，「打小報告？幹嘛，傑克，你不該暴露我和家長溝通的方法。」

他們和老管家一起出發了，霍華德帶了一整袋胡亂扭動的雪貂，有個男孩幫他們扛著鍬、拿著線、背著一袋子彈。走的時候，傑克緊緊跟在霍華德身後。

「你覺得我的家人怎麼樣？」他說，「你希望他們消失嗎？我希望你和我們家老頭能處得很好，別忘了他是一個很好的人，他這個人別提多有意思啦，最終你會明白我為什麼要那樣評價他。我是最後一個承認他是個好人的，雖說他一直就是個好人。記住，平時人少的時候，他的話還不算多，可人一旦多起來了，他可就不好玩啦！他能沒完沒了地講上大半天。如果我讓他隨便說，只要聽上 5 分鐘，我就會覺得噁心難受。從表面上看，他是有點不著邊際 —— 但沒關係啦，他辦事還是很妥當的。」

「是的，」霍華德說，「我也感覺到了，我可以清楚地告訴你，我非常喜歡他，並認為他是一個徹徹底底的好人。」

「嗯，墨德怎麼樣？」傑克問道。

霍華德的心裡突然一陣顫抖。他不想談墨德，也不想讓傑克談論她，談論她就好像是褻瀆了某種神聖而高遠的東西一樣。因此，他說：「這個，我還不太了解她，我只跟她談過一次話。我說不準。我認為她很快樂，像你一樣，但她不像你那麼無禮。」

「那隻小貓！」傑克說，「她才是天生的無禮呢。我敢肯定，她已經摸透了你的底細，連你的腳多大尺碼她都知道了。她都跟你說了些什麼？星星和花嗎？那是她的詭計，故作純真。」

「這我不能告訴你，」霍華德說，「我不會讓你毀了她在我心目中的形象。讓我自己來判斷她的好壞吧，行嗎？」

傑克看了看他，覺得自己剛才說的話太直接、太刻薄了，於是就點點頭，說道：「好吧，我不會出賣她。我看你已經被她迷惑住了，到時候我會解救你的。」

說這話的時候他們已經走上了山坡，灌木叢裡到處都是兔子洞。他們把雪貂放進洞裡。霍華德和傑克在洞外藏好，隨時準備開槍。兔子從洞裡鑽出來，驚得到處亂逃。霍華德對打獵的收穫非常滿意，他覺得收穫太大了，完全出乎意料，他打到的兔子居然比自己教過的學生還多。他想起了以前打兔子的訣竅，因此打兔子的時候乾淨俐落，完全像一副行家裡手的樣子。

「看來你很擅長打兔子嘛！」傑克說道，「要不要讓我在寶福德學院幫你大肆宣揚一番啊？你的知名度會迅速提升。我不明白你為什麼總能打到兔子頭呢？」

「這裡面有個訣竅，」霍華德說，「你先練習打晃動的物體，如果晃動的物體都能打到，那麼兔子就能打著 —— 這麼練就行，我曾經打過好多兔子呢。」

霍華德那天下午莫名地高興，那是個風和日麗的下午，陡峭的山坡在他們面前鋪陳開來，山坡上長著一片英國特有的古老林地，林子裡滿是荊棘灌木叢，還有更為古老的樹叢。霍華德心想，有史以來，這裡就是這個樣子，人類從來沒有染指過、改造過、影響過它。充滿期望的等待、迅速地瞄準、突然地射擊，使他的大腦擺脫了昨天那種不安的感覺。為了打到兔子，他們要在那裡站著，靜靜地等待半晌，一種奇怪的安寧和滿足感籠罩著他的內心。這裡是那麼古老、那麼安逸、那麼寧靜，他既不用想過去，也不用想未來，只是很高興地保持著一種警覺，也很高興身邊能有這麼一個健壯有力的友好同伴。他的腦子裡閃過了以前看過的幾幅美麗的風景畫，那讓他非常愜意，如今自己的眼睛居然飽覽到真正的秀麗美景——長滿青草坪的陡峭山崖，綿延不絕的幽谷，春天的和暖陽光輕輕地普照萬物。太陽漸漸西斜，陰影越來越長。他們不得不把兔子洞挖得很深，想要收起當初放開的最後一隻雪貂。霍華德看了看錶，說他們必須要回去喝下午茶了。傑克說天還亮得很呢，不過他的抗議沒用，霍華德沒有同意繼續玩，只是說他們還會再來的。他們讓管家收起雪貂，便迅速下山了。傑克感到從來都沒有這麼高興過。

「嗯，這樣消磨時間，感覺真是太好啦！」他說，「說實在的，要是我自己在這裡，就只能是瞎晃蕩，做不了什麼正事，這對我的健康不利。但是，的確，我希望我的打獵水準能像您一樣好，甘迺迪先生，我的老師。」

「為什麼突然用這種語氣說話，真是讓人討厭。」霍華德說。

「嗯，我不知道該怎麼稱呼你，」傑克說，「我不能叫你的教名，因為你並不信教，叫甘迺迪先生吧，似乎又是一件很荒唐的事。你想讓我怎麼稱呼你？」

「不管叫什麼，自然就好，」霍華德說。

「好吧，只有我們兩個在一起的時候，我就叫你霍華德，」傑克說，

「但要小心，在竇福德學院就不能這麼叫啦！怎麼著也得叫您甘迺迪先生。我很討厭同學和老師稱兄道弟。老師們倒是挺喜歡的，這麼稱呼能夠讓他們覺得自己年輕，他們也很高興。稱呼老師的教名也不好。要知道，想要知道人家的教名也是挺費力的！劍橋有時候就像女子學校一樣，無論什麼事情都弄得神祕兮兮的，不願告訴人家，真是搞不懂，與其說劍橋是公立學校，倒不如說它更像女子學校。也許是劍橋的人都太感性了，我最討厭這一點了。」

當他們回到家時，墨德已經在那裡喝下午茶了。整整一下午，她都在伯母的莊園。她高興地與霍華德打招呼，但是看到傑克在場，她還是覺得有點尷尬，傑克嚴厲地瞪了她一眼，叫了聲：「小姐，您好」。

「他跟我有點小小的積怨，」墨德對霍華德說，「他一生氣就叫我小姐。」

「那我還能叫妳什麼？」傑克說，「甘迺迪先生一直在跟我說，跟人打招呼只要順其自然就好。今天我就稱呼妳為小姐，沒錯！妳不懂我們說話的意思！」

「算啦，傑克，你少說一句吧！」格雷烏斯夫人說道，「瞧你們說話的樣子，就像是英國議員們在開會似的。你不應該讓女士在公共場合感到不舒服，不要總是一副趾高氣揚的樣子，應該保持優雅的騎士風度！」

「我才不喜歡神經兮兮的騎士風度呢，」傑克說，「但我會保持得體的舉止的。我老爸說，不能在別人吃奶的時候就認識他，否則你就能夠看透他了。我不再稱她為小姐了，她自己能明白就好。」

「玩得怎麼樣？好不好玩？」格雷烏斯夫人對霍華德說道。

「是的，恐怕是的，」霍華德說，「事實上，我們玩得非常好。」

「那天我看了一本書，」格雷烏斯夫人說，「書上說，男人應該過一些原始生活，比如吃很生的牛肉，和衣而臥，酗酒，殺生等等，聽起來讓人覺得挺噁心的。我想你今天是不是覺得自己在過原始生活了？」

「我不知道這算不算是原始生活，」霍華德說，「但我很喜歡。」

「相信我，他打獵的本事非常棒！」傑克對格雷烏斯夫人說，「跟他比，我簡直就是個笨蛋。袋子裡有五分之四的獵物都是他打的，有好多兔子，就像風之谷的山一樣多。」

「太可怕了，太可怕了！」格雷烏斯夫人說，「這些兔子夠分給全村人的嗎？」

「每人能分到兩隻，」傑克說，「每個男人還能分到一兩個女孩呢！嗯，墨德，明天 10 點鐘再來吧，老師，明天要不我們去釣魚吧？」

「你最好等到吃完午飯再說，上午你來了是要學習的，傑克，」格雷烏斯夫人說，「過不了多久，我要考你一次。」

霍華德帶著戶外那種好心情去工作了，然後又和大家一起靜靜地吃了晚飯。晚飯以後，他又和格雷烏斯夫人坐到了一起。

「傑克是個好孩子，」她說，「非常好，你可別讓他變得那麼粗俗無禮！」

「恐怕我根本無法改變他什麼，」霍華德說，「他堅持要走自己的路，我無計可施，他其實並不粗俗，起碼在禮節上，他不會在眾人面前顯得格格不入，他懂得禮貌。他是個真正的紳士 —— 他也不會有意去冒犯誰。」

格雷烏斯夫人笑了，說：「是的，是這樣。」

霍華德繼續說道：「我一直在思考我們兩個昨天的談話，它就像是為我點燃了一盞新的指路明燈。我想我並不能完全理解，但我能夠感到這次談話的背後蘊含著很大的力量，我想徹底弄清楚 —— 妳談到過的那種偉大的力量，它是人生的目標嗎？」

「你這個問題提得太好了，」格雷烏斯夫人說，「不，它並不是目標。就目標而言，它太大了。目標只是一種較低水準的東西。一個人是不會為了一個低水準的目標而無怨無悔、奮鬥終生的，因為它的隨意性太強。」

「那麼，」霍華德說，「目標充其量只不過是一種有些人具備，有些人卻不具備的藝術天賦啦？我認識不少真正的藝術家，除了藝術，他們對世間的一切都不在乎。在追求藝術的道路上，他們餘下的生命就是為了工作，而且要保持這種工作狀態。對於他們來說，活著就是為了工作，為了追求藝術。我認識一位藝術家，快死的時候，醫生問他還有什麼心願，他說：『讓我再工作一天吧。』」

「是的，」格雷烏斯夫人說，「差不多是那樣的，目標就是一種值得去做、去堅持的事情，但它還不像計畫那樣，需要自覺地用所有的時間和機會去實現。目標能夠讓我們的生活變得更充實，能夠讓我們更愉快地去生活、去看、去解讀、去理解。過什麼樣的生活並不重要，重要的是應該怎樣去生活。生活就像一杯美酒，你可以細細地品味，也可以隨意灑掉。用句老話說，叫做『富有某種精神』[07]。你也許會問『富有某種精神』是否是一種特殊的天分，當然有些人的天分就是比別人強一些。不管這種精神是不是天生具備的，我們所有的人遲早都會擁有。不過讓人感到神祕的是，很多人似乎不知道自己擁有它，很多人都是在漫長的生活中逐漸或是突然明白自己擁有這種天分的。」

「這是什麼意思？」霍華德說。

「啊，」格雷烏斯夫人說，「很大程度上是由於宗教在社會上處於一種奇怪的地位。有些人不了解這個祕密，有些人卻已經知道了謎底，但是為

07　這是個雙關語，英文原版為「inthespirit」，意思既可以理解為「富有某種精神」，也可理解為「在酒裡」

了掩蓋真相，便動用了宗教的力量。就像父母總是試著不讓孩子了解什麼是『性』一樣。宗教和其他那麼多的東西混淆在一起，真是太可怕了，比如尊嚴、社會秩序、習俗、教條、形而上學、儀式等等。宗教已經成為牧師手中的專利，他們用龐大的機構去宣傳宗教，用灰塵蒙蔽了人們的眼睛。當人們開始認識到宗教的祕密時，立刻又被那些無聊的教條主義學說給包圍了，『就是這樣，而非那樣；就是那樣，而非這樣。』『這是條例學說，那是傳統繼承。』嘿，那種宗教真是一個非常特殊的宗教 —— 是教會的宗教。我並不否認教會宗教也具有藝術上的特色，但它真的只是一個貧窮、狹隘的東西。因此狂熱的宗教分子看到教民做出種種離經叛道的行為，就像是漁民看到魚群想要逃出漁網時，就會猛烈地拍打水面，魚群就會害怕地認為還是待在原地安全。正因為這樣，我們才能捕捉到成罐的沙丁魚！教民就是一群被恐嚇、被愚弄、被扼殺的魚。」格雷烏斯夫人笑著說道，「這就是我的觀點，教堂，其實就是一個極盡造勢和輿論之能事的地方。」

「啊，」霍華德說道，「您說得太對了。基督教原本是這個世界上一個非常標新立異、勇於進取、富有創造力、充滿無政府色彩、代表純粹個人主義的宗教。它是在蔑視人類所有活動的基礎上，進而駕馭了人類所有活動的。它並非一種社會改革活動，更不是什麼政治改革活動，而是一種創新的精神，它的目的是建立一種新型的人際關係，只要基督教存在，便足以摒棄所有的團體和組織。但是後來它就變得越來越逆來順受，教派分裂，紛爭也變得越來越多，我認為它已經被馴服了。」

「是啊，」格雷烏斯夫人說道，「現在已經不是世界對宗教表示反對了，而是那些有組織的宗教來反對真正的宗教信仰，因為宗教的地位高於其他一切組織，但又脫離於其他一切組織之外。基督說過：『他們在一座城市迫害了你之後，又跑到另外一座城市去迫害別人。』這樣的結果就是人們所說的『門羅主義』[08]。」

「您不是信奉基督教的嗎？」霍華德問道。

「應該算是吧，」格雷烏斯夫人說道，「我是一個基督徒，這也難怪你會對我說『您的生活不是非常富有、非常舒適嗎？』這是一道難題，基督徒應該生活得清貧一些。但是假如將錢捐給教會的話，實際上等於對世界上的邪惡力量提供資助，我的心理就是這麼想的。想讓自己捐出去的錢用到正地方實在是太難了。基督說要把錢捐給窮人。但是如果明天我就把自己的錢都分給鄰居們，他們會受到很大的傷害，而且拿別人的錢也不是基督徒的應有的作為，再說他們的錢也足夠用了。如果他們沒有錢用的話，我就可以把錢給他們。我沒有受到什麼損失，反而是他們受了損失。我知道這從道理上似乎有點說不通。但是你應該能夠明白我的意思了吧，如果有必要的話，明天我就可以去小農舍裡去，我根本不在乎。」

「是這樣，我確信你會這麼做。」霍華德說。

「只要不把錢當作唯一的依賴，那麼怎麼樣都行。」格雷烏斯夫人說道，「錢並不是最重要的東西。關鍵是要讓人接受本來的世界，同時還要堅信人是單純的、真誠的、真實的。我不會裝出一副已經解決了所有問題的樣子，而是希望能夠了解得更多。每一天，我都能夠學到很多東西。擾亂別人的生活，這是不行的。貧困也不是最邪惡的事情，保持潔淨也是一

08　西元 1823 年 12 月 2 日，美國第 5 任總統詹姆斯·門羅在國情咨文中提出了美國對外政策所堅持的新原則，歷史上稱為「門羅主義」。這是美國執行對外擴張政策的一個重要象徵。當拉丁美洲國家的獨立運動開展得如火如荼之際，美國就已經將拉丁美洲視為自己的勢力範圍。西元 1822-1823 年，歐洲的「神聖同盟」企圖干涉拉丁美洲的獨立運動，美國趁機極力強調「美洲是美洲人的美洲」。西元 1823 年，美國總統門羅向國會提交諮文，宣稱「今後歐洲所有列強都不能再將美洲大陸已經獲得獨立自由的國家視為將來殖民的對象」。他又宣稱，美國不會干涉歐洲列強內部的事務，但也不允許歐洲列強去干預美洲的事務。這篇諮文通常被稱為「門羅宣言」。它所堅持的原則即人們通常所說的「門羅主義」。門羅主義的主要包含三層意思：(1) 要求歐洲國家不要再在西半球進行殖民活動。這一原則既是對西歐國家在拉美的擴張表示反對，同時也是對俄國在北美西海岸進行擴張表示反對；(2) 要求歐洲國家不要干預美洲已經獨立的國家的事務；(3) 美國保證不去干涉歐洲內部事務，包括歐洲在美洲的現有殖民地的事務。

種善行，有時我就在想，財富帶給我的唯一的好處就是讓我擁有了保持潔淨的條件。不過話說回來，潔淨只是一個習慣問題！人生真正的意義在於體驗生活、觀察生活、熱愛生活、實踐生活，還要與身邊的每個人進行直接的接觸，不要讓別人覺得你高高在上，不要讓別人覺得你在面對他們時充滿了優越感。我一直在慢慢地生活著，在生活中體會這一切——信任、恐懼、希望、熱愛和歡樂，即使到了將死之時，我也不會畏懼死亡。人唯一需要放棄的是那種『為我獨有』的觀念。我無法真正懂得欣賞落日與春天的美景，懂得欣賞對別人所付出的愛和關心。人生是非常公平的，比我們想像的還要公平。我也曾經有過很多的悲傷和痛苦，但是我比以前更加留戀生命，願意幫助別人，也樂於接受別人的幫助，渴望做出改變，並且隨時準備迎接改變的到來。這並不一定是最偉大的生活方式，人也不能指望著這一點去活著。但是請相信我，親愛的霍華德，這確實是唯一的生活之路。」

第八章　繼承

霍華德來到風之谷之後的頭一兩天，感覺像是過了一個禮拜一樣那麼漫長，但是當他逐漸適應了這種生活後，接下來的一個禮拜又讓他感覺像過了一天似的那麼短。他好像越來越能夠站在姑姑的角度去感受自己，靜靜地審視自己——自己的喜好、自己的想法。姑姑提出的問題總是那麼的微妙、深刻、發人深省，總是讓他有一種很想表達自己觀點的欲望。他並不討厭這樣的問話方式，因此也不會用外交辭令來敷衍。他認為姑姑是一個頭腦精明、年輕自然，能夠令人勇於反省自己的人。她說話的時候，總是習慣性地帶著一絲諷刺的意味，但又不是過於辛辣，讓人無法忍受，有時她的諷刺甚至可以被當作一種讚美和喜愛的表示，例如當她談到蘇格拉底[09]非常喜歡英俊的男子圍繞在自己身邊的時候，就是這樣的一副表情。她一點也沒有憤世嫉俗的意思，而是極具幽默感。霍華德覺得，在她高興而且人們又給她提供了非常多的娛樂資料時，她向這些人展現出來的幽默就有些過頭。她從來都不會故意裝出一副神聖莊重的樣子，霍華德對她在興趣和冷漠之間所展示出的優雅平衡十分欣賞，她在生活中體會到的快樂，以及她對宏偉的、永恆的和不斷進步的東西所表現出的強烈信心，也讓霍華德讚賞不已。她的健康狀況顯然已經變得非常糟糕，不過她並不在乎，身體的健康對她而言，似乎是一件不值得感興趣的事情。霍華德總是問自己，這樣一個聰明、活潑的女人，是怎樣在孤獨、乏味的生活中呵護和抱有那顆美好、清新、甜美的心靈的呢？他可以想像的到，她永遠都是聚會中的焦點人物，她具備所有女主人應有的特質，能夠隨意地掌控局

09　蘇格拉底（Socrates, 西元前 469- 前 399 年），古希臘著名的思想家、哲學家、教育家，他與學生柏拉圖，以及柏拉圖的學生亞里斯多德並稱為「古希臘三賢」，更被後人認為是西方哲學的奠基人。蘇格拉底當時是雅典公民，歷史記載，蘇格拉底最後被雅典的法庭判處死刑，罪名是「引進新的神」和「腐蝕雅典青年思想」。儘管他曾經得到了逃亡的機會，但蘇格拉底最後仍然選擇了服毒而死，因為他認為逃亡只能讓雅典法律的權威受到進一步的破壞，同時它也擔心自己逃亡後雅典就再也沒有好的導師來教育人們了。古希臘時期的男子十分注重儀容、風貌，當時，同性戀現象也極為盛行。蘇格拉底、柏拉圖、亞里斯多德三人都是同性戀者，他們認為成年男子之間的愛情要比男女之間的愛情高尚得多。

面和話題，同時讓客人了解到她的全部思想。儘管她個性孤獨，不想拋頭露面，可是她就像一把永遠都不會生鏽的寶劍，總是能夠將自己的智慧、愛心慷慨地傳播給每一個和她相像的人，傳播給前來訪問他的客人、村民和她的僕人。霍華德從來都沒見過她有厭倦或沮喪的時候。她認為生活該怎樣就怎樣，喜歡簡簡單單的生活。他覺得自己很願意陪在她的身邊，因為她能夠激自己進行思考。如果她對某些事情產生了興趣，就會直截了當地說出來。她對某些事情表現得很有興趣，只是她純粹的興趣使然，而絕不是為了取悅某個人。她對霍華德的生活很感興趣，也了解了很多，甚至比霍華德對她說的還要多。她總是想了解事實、細節以及別人對於事物的印象。「慢點說，說得詳細些，把更多的細節告訴我」，這話經常掛在她的嘴邊。霍華德也很高興，他相信她對自己精神和生活的探索感到非常滿意。他慢慢開始明白，她是一個擁有豐富閱歷的女士，她的平靜完全是後天形成的，「在我感到不滿足的日子裡……」她曾經這樣說。「說您會覺得不滿足似乎是一件不可能的事，」霍華德說道。「嗯，」她輕輕地說，「我也有自己的夢想，這和其他人是一樣的；但是最後我明白了 —— 人只能接受生活而不能創造生活，還要心悅誠服地接受生活，儘管它帶著種種的局限性。」

一天早晨，管家敲開霍華德的房門，交給他一封信，這封信是姑姑大約兩個星期之前寫給他的。他打開信，以為信裡會說自己生病了。但是信的內容卻如下所說：

「我親愛的孩子，我一直覺得應該在信裡而不是以談話的方式把這件事情辦妥。我年紀大了，說不定什麼時候就會死去。我想立下一份遺囑。我可以告訴你，我是一個非常富有的女人；我那親愛的丈夫把他所有的財產都留給了我，包括他買下的一塊地，總價大約有 6 萬英鎊。現在我打算將那塊地還給我丈夫的家人。他還有幾個姐妹活在世上，她們都不太富裕。我還攢下了一筆錢。我願意在處理完一些小額遺產之後，把房子以及其他的所有財產都交給你來繼承。這塊地並不是多麼值錢，因為其中有大片未開墾的丘陵地。我死了以後，就由你來繼承，每年大約可以收入12,000。你必須答應我，每年都要在這住上一段時間，因為我不相信一個不住在這裡的主人，因為那樣的話他是不會管理好這個地方的。但我並不是說完全把你捆在這裡了。我只是希望你能夠為佃農和鄰居們做些事情。如果你還在劍橋工作的話，每年就來這裡度度假吧。我希望你能夠結婚，因為這座房子非常適合一個完整的家庭來居住。如果你不喜歡住在這裡，那就賣了它吧。在我還活著的時候，我希望你能願意在這裡待上一段時間，與我們的鄰居們——我是說村子裡的人，交個朋友。我要把我的這個決定告訴法蘭克表弟，他會轉告給所有人的——告訴他就等於讓所有人都明白我的想法。我十分熱愛這個地方，而且根據我的了解，你也會和我一樣愛它的。

你無需因為感激而產生沉重的心理負擔，因為你是我唯一的近親，而且我可以告訴你，如果我死了，在死之前我就會把遺囑簽好，你將是繼承我所有財富的唯一的親人。你能明白，我並沒有讓你變得富有，而是要讓你在很大程度上犧牲一些東西！如果你同意的話，就直接告訴我。我不要你的承諾，也不想以任何方式來約束你。我唯一想說的就是，我很高興能夠在我這麼老的時候找到了一個兒子。我一直就希望能有一個兒子。根據我的經驗來看，上帝總是會讓我們產生各式各樣的心願——好的、壞的、大的、小的，現在他讓我最大的那個心願實現了。

愛你的姑姑

安妮·格雷烏斯」

霍華德讀完信之後愣了一會，與其說他是因為可以繼承一筆遺產而內心激動，倒不如說是被姑姑的愛和信任所感動。他從來都沒想過要繼承什麼遺產，從來都沒有。他覺得感動是因為他終於找到了自己的家。他一生中最大的遺憾是從來沒有過對家的依戀，他需要有個家，並且在那裡生活下去。在劍橋雖然也很快樂，但根本不是一回事。一種奇怪的感覺向他襲來，這個美麗的地方，這座漂亮的老房子就要成為他的了。他的腦海中又浮現出了另外一個遙遠的夢想，他不敢接著往下想了。他站起來又坐下，寫了一張小紙條。

「親愛的姑姑，您這封信讓我吃驚不已。我只能說我將懷著無限的感激和愛意來接受您的饋贈。我突然有一種找到家、找到母親的感覺，這實在是太讓人感到意外了，讓我的內心充滿了歡樂和幸福的感覺。一想起曾經錯過的那些美好時光，我就會很傷感，我們本來是可以更早地生活在一起的，那時的我是多麼愚蠢、多麼固執啊，現在我不再想它了。我只能全身心地再次向您表示感謝，這封信證明了您是多麼的愛我。

感激並且熱愛您的姪子

霍華德·甘迺迪」

那天早晨，當他走出房間的時候，覺得滿屋子都是歡迎的氛圍，就像是想要耐心地擁抱他、向他求愛一樣。但是上午和傑克待在一起的時候，他卻一副心不在焉的樣子，這讓傑克感到很奇怪。

「你怎麼了？」最後傑克忍不住說道，「你的腦子裡根本沒有思考你正在做的事，就像是裝模作樣地慰問獲得勝利的隊員一樣。是不是學院的系主任已經當上了院長，而你則榮升系主任？他們都說你有機會做到的。」

霍華德笑著說道：「你的眼睛可真夠尖的，傑克！我都沒有參加競選，上哪去榮升系主任啊。有一件意想不到的事情發生了。現在我先不告訴你，不過很快你就會知道的。我中了頭彩啦。現在別逼我說！」

「還頭彩呢！」傑克說，「明天你到我家來吃午飯，順便討論一下我未來的職業。這可是你的榮幸，不能不來啊！不過我不能在場，老爸會千方百計地讓我們一起吃午餐，不過他失敗了。我打算拿些三明治到廚房外面的花園裡去吃。墨德會在場，可以表態，不過老爸說她『沒有表決權！』」

霍華德在客廳裡遇到了格雷烏斯夫人，她吻了他一下，然後拉著他的手說道：「謝謝你的便條，我親愛的孩子。所有事情都解決了，好啦，這將成為我最大的快樂，沒有討價還價，我得到的東西要比付出的多得多。這真是一種無恥的賄賂啊 —— 就為了讓我那漂亮的姪子陪著一個友善的老夫人。有時候我想讓你多了解一下這裡的人，可又不想讓你煩；還是讓我們平靜地來習慣這裡的一切吧。人不能把錢看得太重，它已經為我們帶來很多的好處了，對我來說，最大的好處就是，我得到了一個兒子。」霍華德微笑著吻了她的手，不過什麼也沒說。

下午，牧師來了，他向格雷烏斯夫人道歉，說第二天要請霍華德到家裡去吃午餐。「事實上，」他說，「我非常渴望他能夠給傑克的前途提出一些建設性的意見。我認為我們應該從各個角度看問題，霍華德是個很有能力的人，又有向年輕學生開展工作的專業知識，他能消除我們這些做父母的人的偏見，他的能力難以估量。我是一個好父親，我覺得自己並不傻，我相信我們能夠為傑克設計一個好的未來。」

「那就讓傑克和墨德到我這裡來吃午飯吧，」格雷烏斯夫人說，「我想你暫時不需要他們。」

「你真是個女巫，」桑迪斯先生說，「從文學角度講，你讓我的靈魂變得高尚了！」很顯然，桑迪斯想用點外交手法 —— 不讓傑克和墨德到格雷烏斯夫人家裡吃飯，但他有點失望了。他接著說道：「讓傑克來您這吃飯就太好啦 —— 我需要墨德的幫助。我是非常認可女性的觀察力和洞察力的，而我就缺少這種力量。請原諒我這麼直率，因為她們處理實際問題的能力確實非同一般。女人能解決突發事件，男人能預見突發事件；女人能指出突發事件，男人能斷言突發事件 —— 我是說預言突發事件。不管怎麼說，我覺得，女人的思維是很清晰的。好吧，那麼，明天就這麼定了！我請霍華德到我家去吃午餐，這事很簡單，然後再散步；到下午 5 點的時候我們就能計劃好傑克的未來了，對於這一點，我深信不疑。」

「很好，」格雷烏斯夫人說道，「但在你走之前，我想讓你陪我散散步。我想跟你說點事。霍華德和傑克都十分希望讓那些無辜的生命擺脫生活特權的束縛，所以最好還是讓他們走吧，讓他們離開我們。」

那天晚上，霍華德和姑姑靜靜地談了很久。她說：「我不想談正事。我們的律師星期六就會來這裡，你最好去向他了解所有的細節。你得跟他到處看看 —— 你要繼承哪些土地，看看還有什麼地方是你想修改的。把一切都交給你來打理，對我來說，是一種莫大的安慰。用心一點吧，親愛的孩子，」她說，「你需要馬上開始熟悉這一切。我隨時都準備著去做一切有必要的事情。」然後她又換了一種語氣接著說道：「有件事情我現在就想說，我希望能夠看到你結婚 —— 順便說一下，不要愛上親愛的珍，她很崇拜你的工作環境！但是我不希望你愛上她。我一直都在觀察你，我毫不懷疑 —— 你最需要的東西，就是美滿的婚姻。我沒指望你能一直惦記著找對象！也許是因為你覺得自己還不具備結婚的條件，如果是這樣，我就不會感到難過了，因為你已經是這座莊園的繼承人了，擁有自己的產業，可以找對象了。也可能是因為某種特殊的原因，我想，一個能夠照看很多男孩的男人，他父性的本能很大程度上已經在工作中得到滿足了，但是父性的滿足只不過是婚姻中的一小部分！我不單是想讓這座房子變成一個家 —— 這種想法聽起來有些傷感 —— 而且還想讓它成為你擁有愛和被愛的地方。在婚姻中，要為身邊的人去擔心、去憂慮，同時也需要得到別人的關愛，沒有什麼能與婚姻相比了。它並非你所認為的那種對自我的簡單超越 —— 知識分子經常會在認識上犯下這種錯誤，這是很自然的事情，也是顯而易見的。婚姻對於女性來說，比男性更重要。沒有婚姻的生活是不完整的。它能夠讓我們的生活發生最大的改變。我只是想讓你好好考慮一下，是不是能夠結婚。不要對婚姻有畏懼感！我丈夫就是在你這個年紀娶了我，儘管那時候的我是個喜歡胡攪蠻纏的女人。但我知道，結婚對他來說是一件快樂的事 —— 儘管他覺得自己太老了。這樣吧，我也不想在這個問題上或是任何問題上替你增加壓力。如果沒有一位妻子，我不認為你能夠在這裡生活幸福，即便是繼續在劍橋工作也是一樣的。一個人不可能事事都如意。我的缺點就是想為大家安排好一切，以前我一直都是在瞎安排。現在我希望自己能夠改變這一點。如果在有生之年，我能聽到你對我說，你已經贏得了一位女子的芳心，那這將是我一生中第二件最快樂的事 —— 第一件最快樂的事是我得到了一個兒子。還有，親愛的孩子，我不會因此而過於激動的。但這就是事實，人老了，就喜歡這樣。也許明天早晨醒來，或是在未來的很多天裡，我都會感念好運降臨到了我的身上。我是一個可憐的老太婆，我們早就該互認為母子了。你給了我所想要的一切。如果可以的話，就再為我帶來一個女兒吧！」

「好的，」霍華德笑著說道，「關於這個問題，我並沒有什麼要說的。我從來都沒覺得婚姻是一件可能或不可能的事情。婚姻就像是人被抓到了一輛著火的戰車上備受煎熬，或是坐在杜松樹下享受清涼；只要自己覺得好就行了。我想我已經擁有了自己想要的一切，我覺得有點頭暈，有點不知所措，因為一切都來得太突然了。現在，我的生命之杯裡，已經斟滿了美酒。一個人能夠在短短的兩個星期之內就找到自己的家，母親還有妻子！真是太不可思議啦，」

「我不知道，」格雷烏斯夫人微笑著對他說，「我所知道的最幸福的一樁婚姻就是匆忙決定的。那個女士和那位男士認識不到 10 天就訂婚了，我還記得那天和她聊天的內容。我說：『啊，你一點時間都沒浪費啊。』『哦，』她說，看起來有些受傷了，『亨利已經等了我很久，我必須要想清楚。我還不確定自己是否真的想要嫁給他。』我還有個老朋友，他和一位女士剛剛認識 3 天，就向人家求婚了，用他的話說，『我不知道！我喜歡她，希望總能見到她！』」

「那我就必須要列出一份新娘候選人的名單了，」霍華德笑著說道，「我敢說珍會幫我忙的，在每位候選人的名字後標上她們的優點。在劍橋的時候，我們用分數說話，選新娘也一樣，打分就可以了。不過在這之前我需要一段時間來適應我所有的新禮物。」

「哦，你不需要那麼長時間來適應你的幸福，」格雷烏斯夫人說，「這是世界上再自然不過的事情了。丁尼生[10]錯誤地理解了悲傷含義。悲傷不過是隨便的情婦，而非妻子，注定難以長久。一切不幸最終都會過去，只有幸福不會，這是人的本性，人都願意把不幸忘掉，去牢牢地記住幸福。」

10 阿佛烈·丁尼生（Alfred Tennyson, 1809-1892），英國維多利亞時代最受歡迎、最具特色的詩人。他的詩歌準確地反映了當時的主流觀點，代表作品為組詩《悼念》。

第九章　牧師

桑迪斯牧師的家布置得很溫馨，並且帶有一種令人感到舒適的現代化氣息。霍華德覺得這個家也是法蘭克．桑迪斯思想構成的一個部分。法蘭克對退休後的簡樸生活很滿意。霍華德不管做什麼事都非常的專心——即使度假也不例外，他接受法蘭克的邀請，進入了這間經過擴建和修繕的書房，同時也認真的參觀。這是一個很大的房間，中間擺放著一張很大的、雖然製作簡易但卻非常完美的深褐色書桌。牧師興致勃勃地向霍華德介紹這書桌的四面，每一面都被法蘭克賦予了神聖的意義。他解釋說：「我的帳簿放在這裡，布道書放在這裡，來往的信件在那裡，宗譜放在那裡。」在這間書房裡還有很多放書的小櫃子和桌子，桌面既可以支起來，也可以折進桌子裡，這樣紙張就可以從桌面和桌子折疊的縫隙中直接滑進抽屜裡。桌子旁邊有一根繩子，繩子及閘門相連——這樣他即使不站起來也能開門關門。「對這個，我還覺得不太滿意，」牧師說，「我一直在不斷地進行改進，」他說，「不過很遺憾，我的時間太少了。為了布道，我既要讀書，還得做摘要，書中所寫的奇聞軼事，我在布道的時候會略過不講。在與教眾讀《衛報》（*The Guardian*）時，我會不時地提出一些問題讓他們思考，這樣做的後果是我會收到很多教眾的來信。甚至，我不得不承認，有時候我還會對很多重要人物發表的公開演講提出自己的質疑。我總是能收到很多有意思的回應，當然，大部分都是由他們的祕書代筆的長篇大論。我經常去對索美塞特郡的宗譜進行研究，這也意味著我必須閱讀大量的歷史信件。當然，這些信件讀起來讓人感到非常的瑣碎繁雜，就像人的身體構造一樣，非常的複雜。我無法從這些信件的細節中提煉出思想的精髓，我的研究方法就是這樣的，不過做這些事情能夠讓我的思想保持靈敏和活躍。要知道，我最喜歡研究的論題就是我最推崇的人性題材。這樣我就能夠與不同思想的人進行交流。我並不是炫耀我的工作有多麼重要，但我確實非常喜歡這份工作。畢竟這是最重要的事情。我敢說，如果我把自己偽裝成一個很失意的人，那麼人們都會覺得我更加高貴。」牧師說這些話時面帶微笑，這樣的微笑贏得了霍華德的心。「不過我不是那種虛偽的人，我是一個快樂的人，就像寓言裡的蜜蜂一樣，我不會去嘗試著讓自己改變。有一件往事，我可以告訴你 —— 我差一點就能當上副主教，當塵埃落定，白丁頓最終被任命為副主教的時候，我覺得非常輕鬆。我記得在任命頒布後的那個早晨，我醒來以後對自己說道：『啊，太輕鬆了。』我不是說我不喜歡當副主教。但是當了副主教就意味著我必須要放棄一部分我正在做的工作。我已經得到了自己喜歡的生活，如果不是我親愛的妻子早早地離開了我，我會成為這個世界上最幸福的人，但那是不可能的事，她已經去了很久了。我會讓你在方便的時候看看她的素描作品。當然，我不應該把這種痛苦強加到你的身上。」牧師說道：「昨天我有幸從格雷烏斯夫人那聽說了她為你所做的打算，我告訴她，我聽完以後感到非常高興。在這個地方，能夠有人稍微深入地看問題，可是一件大事，讓一位具備陽剛之氣的人對我們目前的瑣碎繁雜生活產生影響，是一件很好的事情，如果你能來到這裡，我們會覺得很榮幸。不過對於我來說，在學術氛圍更為濃烈的環境中生活，能夠獲得難以言表的好處。我一直期盼著能夠進行一次極具啟發意義的討論。我敢說，我們這裡的人都會非常熱烈地歡迎你的到來。事實上，你已經成為我們之中的一員了。但是現在我們要去吃午飯了，當然，我們還需要討論很多的事情呢。墨德會跟我們一起吃，我知道你不會在意這個的。你知道嗎，我的兩個孩子彼此之間其實是相親相愛。我仔細琢磨了他們兩個的脾氣秉性，要知道，他們正處於青春躁動的年紀，可不管怎麼說，我想，她能夠為我們要討論的小問題提供些許的光亮和新的思路。」

他們一起走進了客廳，這是一間具有古老風格的舒適房間。「居家平怡的聖殿，」桑迪斯牧師說，「卡萊爾用了一個絕妙的詞彙——『居家平怡的聖殿』，墨德擁有自己的小客廳，實際上看起來有些像老教室，她會樂意讓你參觀的。我想，對我們家的每一個成員而言，如果可能的話，讓他們擁有屬於自己的私密空間——一個從來不會被侵占的私人空間，是非常有必要的。在這個家庭中，正是由於彼此獨立，所以才會更團結了。」

兩個人進屋的時候，墨德正在窗戶旁邊坐著。她趕緊站起來，快步走到兩人面前，微笑著與霍華德握手。她的外表有著少女的新鮮和甜美，在清晨的陽光下面，帶著些許的神祕感。霍華德有一種奇怪的感覺，一部分原因可能是由於他對她過於讚賞了，還有一部分原因是由於自己對這個女孩的過往了解得如此之少而心生嫉妒，再有就是由於自己不了解她的生活背景，不知道她還有哪些祕密，不知道她還與誰有親戚關係，因此感到有些恐懼。他想知道她都在意哪些人、在意哪些事；她的願望是什麼，她在想什麼，她都關心什麼。霍華德以前從來都沒有過這樣的感覺，這樣的感覺並不能讓自己感到完全適應。他感到自己的心理變得失去平衡了，由於受到了干擾，所以脫離了正常的狀態。他想要透過做一些事、說一些話來吸引她的注意力、獲得她的信任。那種真誠的近乎兄妹般的關心無法完全讓他感到滿意。這種奇怪的感覺還融合了某種未知的恐懼感。他害怕會受到她的批評、害怕她會否定自己。他突然感到自己既蠢又倔。在她平靜而又帶又某種期待的凝視中，他覺得自己的內心空虛、悲觀、笨拙和不安。這種感覺像電、像光，轉瞬即逝，卻讓他渾身都覺得不舒服。

「就在這裡吧，」桑迪斯牧師說，「我必須要說，這更像一次令人感覺非常舒服的家庭會議。」墨德領著他們來到了餐廳。「我們需要把所有的食物都拿出來，擺到桌餐上來迎接貴客，」桑迪斯牧師說，「用不著女僕來侍候我們，這樣我們就能夠隨便展開討論了。這樣做並沒有失禮，相反，霍華德，對客人來說，這是最大的尊重。這裡的人生活過於平靜，所以這些誠實的人就很喜歡說閒話了。要知道，閒話傳千里。女僕再善良，也屬於愛說閒話的人，如果我是她們，我也會愛說閒話的。霍華德，跟你說說這隻雞吧，這是我們自己養的雞，菜是我們自己種的菜，酒是我們自己釀的蘋果酒，桌上的所有菜餚都是我們自己家裡出產的。再說做事，我們應該每一樣都精通。在選擇職業方面，我認為需要考慮到所有不好的可能性，然後再將它們一個個都解決掉。」

「是的」，霍華德說，「可是我們首先會遇到一個問題 —— 你可能會面臨多個工作的選擇機會，而你又有可能哪個都不想選，只想堅持自己最初的想法，雖然我從來沒有見過這種人 —— 他們非常清楚自己想要去做什麼、又不想去做什麼。」

「你說對了，」牧師說，「沒有什麼能比你所說的這些話讓我感到開心了。我這個人是很獨立的，這是我性格的一大特點。霍華德，請原諒，我還有點愛慕虛榮，不過這才是我的全部。你知道嗎，這能夠讓我們的交往變得非常簡單。」

「是啊，」霍華德說道，「確實是這樣。傑克告訴我他想要去賺錢的時候，我根本就沒有懷疑過他所說的話，討論這些話的真假是沒有任何意義的。因為他並不像其他的年輕人那樣，心裡只是有一個模模糊糊的想去賺錢的願望，他這種願望非常強烈 —— 就是想賺錢。我與很多年輕人都談論過他們的事業。一般在談到最後的時候他們都會說自己想當個祕書什麼的，這樣的工作既有意思，又可以享受很長的假期，讓自己擁有較多的可支配時間。還有一個更大的好處，就是將來可能會早點退休，並且能拿退休金。」

牧師聽了這些話以後高興得大笑起來，「真是精彩！」他說，「這種觀點很普遍，它真實地反映了人性。」

「但是對傑克來說，」霍華德接著說，「他並不是這樣的人，他喜歡享受生活的過程，而且會盡最大的努力去尋找生活的快樂，他認為在劍橋讀書簡直是在浪費時間。我從來沒有見過有哪個年輕人能夠如此明白地知道自己想要從事一份真實的工作。他不像其他年輕人那樣懶散、無所事事和虛度光陰。他是一個超級混合體，他很享受自己的學生生活，又很想要參加工作。」

「好啊，他可以說是一個催人奮進的典型啊，」牧師說，「看起來傑克還是一個很明智的人。我承認我更多地看到了他學生的一面，真讓人高興，他居然還有非常嚴肅認真的另一面。我們來聽聽墨德的想法吧，我想你也會感興趣的。」

「是啊，」墨德接著父親的話茬，抬起頭來應和道，「我覺得甘迺迪先生對傑克的判斷是非常正確的，我也認為傑克如果要想工作的話，那麼他明天就能去。」

「哈哈，」桑迪斯牧師對霍華德說道，「看到了嗎？她認可你的觀點，我發現自己被曲解了，但我不會生氣，我承認，我沒有發現傑克具有這種品質，他看上去好像只想著享樂。」

霍華德說：「是啊，他喜歡找樂子，而且對此非常熱衷，但那只不過是在消磨時間。」

「這已經讓人覺得很滿意了，」牧師接著說道，「你覺得他很有做事的天賦 —— 做生意的天賦嗎？好吧，我必須承認，我更希望他能夠從事一些更具學術性、更需要智力的職業，比如學者什麼的。因為我無比敬仰您那出眾的見識，所以我也希望他能夠成為一名學者。但是，霍華德，我們必須把剛剛起步時可能會出現的狀況考慮到。嗯，我很享受創業之初的狀態。我的錢，不管什麼錢，都是我爺爺從事紡織行業時賺來的。現在，我想，紡織業是不是還算得上一個發家的好行業呢？服裝加工業還有重要的職位空缺嗎？我的幾個堂兄仍然做著這一行，我可以問問他們需不需要用人。」

「他想做什麼都可以，我知道你會盡自己的所能來幫助他。」霍華德說，「如果他對某一行業很感興趣，那麼你可以幫他好好諮詢一下。」

「今晚，在我睡覺之前，」桑迪斯牧師說，「我會寄去一封信給堂兄，把傑克的情況向他介紹一下，讓他幫忙參詳參詳。瞧，我們這就開始動手幫傑克找工作啦。」

「你不先和傑克商量一下再決定嗎？」霍華德問，「他可能有自己的想法。」

「最重要的是，」牧師說道，「我必須把其他所有的工作都放到一邊，一喝完下午茶，我就和傑克談這件事。如果有什麼問題，我還得問問你的意思。這樣安排太好啦！這件事一直在我的心裡懸著，已經很長時間了。是你，用你的理解力和洞察力幫我解決了這個難題，這件事情一下子就變得不那麼複雜了，一切都清楚了。啊，我真要好好謝謝你。」

談話的內容又變得泛泛而空洞無物了，或者說又是牧師一個人在那裡講了。他說：「我斗膽向墨德暗示，昨天晚上，她的安妮伯母好心地告訴我了一個消息 —— 她沒有封鎖這個消息的意思 —— 我們也對你的遺產繼承問題很感興趣。我非常期待今天下午和你的散步，我們可以聊聊你將來的工作。」

簡單的幾句恭維，讓霍華德產生了一種奇怪的感覺。他以前從來沒有意識到，姑姑一宣布遺囑就會讓他的職業生涯發生翻天覆地的變化。他可能會成為一個鄉紳，或者是當一個屋主，那就像一場奇怪的夢，他實在無法想像自己將來會變成什麼樣子。

午飯後，桑迪斯牧師離開了幾分鐘 —— 去教堂，向那裡的司事們講話。墨德帶著霍華德在花園的周圍轉了轉，並帶著他參觀了她的房間。「我想讓你知道，我們的家庭背景很簡單。」

當只剩下他們兩個的時候，霍華德對墨德說：「關於傑克的事，我們解決得好像有些草率了，不過我確實希望妳能夠同意我的看法。」

「當然，」墨德說，「我完全同意，你居然這麼了解他，真是太好啦，你還有那麼多學生需要照顧呢。他不是那種喜歡跟別人吐露自己心事的人，儘管他看上去是個很喜歡表現自己的人，但就連我父親恐怕也不了解他的真實想法。傑克並不喜歡別人去干擾他的生活，他一定會對別人幫他設計一切的做法感到厭惡。爸爸不管做什麼事情都十分積極，總是無端地干涉別人。現在好啦，你來了這裡，所有問題就都解決啦。但還有很多事卻不都是這麼容易就能解決的。」她突然了停下來，又說道：「傑克想要的，是他所說的那種真實的生活，他對這裡的生活已經厭倦了，儘管他對目前這種生活狀態一直都很適應。」

「妳不喜歡這裡的生活嗎？」霍華德問，「我說不好它到底是怎樣對我產生影響的。它是那麼的簡單、那麼的寧靜。我也知道人不應該相信自己的第一感覺。人如果總在優美的環境中，也就不覺得生活有多美了。也許，讓自己的生活更加戲劇化一些，會讓人覺得很浪漫，可是人不能總是生活在戲劇性的浪漫中吧，至少我就無法接受，我覺得生活就應該像生活本身那個樣子。」

霍華德從這個女孩的臉上看到了一種非常吃驚又非常感興趣的表情，

她就那樣看著他，過了一會才說道：「是這樣的，這的確是一個問題。我很願意與你談論這些事。我知道很多關於你的事情 —— 都是從傑克那聽來的。你根本就不像個陌生人。爸爸是一個天生浪漫的人，生活中的一點一滴都能讓他感到快樂和興奮，可是傑克卻一點也沒有繼承爸爸這種個性。對於他們兩個，我好像都能夠理解，可是卻無法替其中的一個向另一個去解釋。我不是說他們兩個相處得不好，只是他們誰都不了解對方到底想要做什麼。我覺得我應該為他們做些什麼。我不知道你遇到這樣的問題時是怎麼解決的，如果你能幫助我，我會非常高興，也會非常感激你，以前，這就是個非常棘手的難題。安妮伯母在處理這種事情上很有一手，她能夠讓事情順其自然地向前發展，可是我做不到。」

「等傑克長大之後就能明白了，」霍華德說道，「人不能遇到什麼事都要爭論個是非曲直，只能滿懷著希望和期冀，如果可能的話還需要繼續等待、繼續理解並且堅持下去，就一定會有個好結果。有一段時間，我和學生們相處得也不是不好，我總是試圖讓他們按照我的意願行事。但是一個人真的只能去建議而不是說服別人去做什麼，順其自然才好。畢竟，沒有人會由於自己受到了關注而真的生氣。首先，要讓自己感興趣，才能樂意去做一件事，而不是讓一個人出於責任感去做一件事。」

「安妮伯母也是這麼說」，墨德說，「當我和她在一起的時後，我也是這麼想的。可是當有一些煩心事發生之後，我因為愛管閒事就干預進來了！完全是瞎摻和！傑克也說我喜歡對他指手畫腳，可那真的是不對的，因為沒有人會去理會這些。」

第十章　與墨德獨處

兩個人的談話被突然衝進屋子裡來的桑迪斯牧師給打斷了。「墨德，」他的聲音中帶著極大的焦慮，「我發現老達比夫人病得非常厲害 —— 我在她那裡時，她看上去很虛弱。我已經派鮑勃去請格雷爾森大夫了，並讓他們火速趕來。」很顯然，牧師的情緒很激動，就像戰爭前夕的大將軍一樣。「一分鐘都不能耽擱了，」他接著說，眼睛裡閃爍著一種亢奮的光芒，「霍華德，我親愛的朋友，我們兩個約好的午後散步恐怕只能向後推遲了。我必須馬上回老達比夫人那裡，她還在那裡躺著呢，我讓她平躺在那裡。我認為我這樣做是對的。」牧師說：「她屬於輕度昏迷，我叮囑他們什麼都不要做，可是如果我不回去的話，我可不知道他們會不會往她的喉嚨裡灌煎過的薄荷油呢。這個女人只要咳嗽一聲，藥水就會嗆到肺裡，她就會死。我喜歡做救死扶傷的事情。死亡當然會讓人感到傷心，因此我要和死亡抗爭，這就是一場與死亡的抗爭。我掌握了很多醫學知識，格雷爾森已經不止一次地讚美過我，說我的診斷很正確，他說我的診斷水準是專家級的，請原諒我這點小小的虛榮心。可是我不能耽誤你散步，墨德，親愛的，妳和霍華德一起去散步吧，我相信就這麼一次他是不會介意的。你們可以在村子裡走一走，也可以去找傑克。你一定要原諒我啊，霍華德，我手頭的事確實是太重要了。」

「你真的不需要我嗎，爸爸？」墨德說，「我能幫忙做些什麼嗎？」

「當然，不需要妳，」牧師說，「格雷爾森來之前妳什麼都不用做，有親戚們幫忙我就行了。她必須要躺著，我認為是昏厥，這是毫無疑問的。每種疾病的發生都可能導致昏厥，那個可憐的人啊。不過救人還是一件很有意思的事情的。」

桑迪斯牧師像一陣風一樣跑出了屋子，接著他們聽到他跑出花園的聲音。兩個人互相看了對方一眼，笑了。「可憐的達比夫人！」墨德說，「她可是個好人啊，不過我相信爸爸會盡一切可能來救她的。他很擅長治病，而且從來都不會驚慌失措。他表現得很紳士，因為懂醫道，他曾經救過村子裡很多人的命。你真的願意和我一起出去散步嗎？我要稍微準備一下，馬上就好。」

「我們去高地吧，」霍華德說，「我很喜歡那裡，在那裡我們也許能夠聽到傑克打獵的聲音。」

很快，墨德就回來了，她披了一件粗布斗篷，頭上戴了一頂帽子，在霍華德的眼裡，她看起來溫柔而又嫵媚。她跟在他的身邊，腳步輕快地走著。「還是按照你自己的步伐走吧，」霍華德說道，「我會試著跟上妳的 —— 劍橋的人都很懶，不經常鍛鍊。妳不接著說妳剛才的話題嗎？我知道，妳爸爸已經把我姑姑的計畫告訴妳了。當然，現在我還沒有繼承那些財產，我希望在這裡能夠有一種家的感覺 —— 事實上，我確實已經覺得這裡是自己的家 —— 我也了解了很多情況。我們是親戚，我必須盡力尋回我失去的東西。我好像已經非常了解姑姑這個人了。她非常有天賦，能夠讓別人了解她的思想和內心。我也很了解妳爸爸和傑克，我還想了解妳。我們是一家人，所有我們共同關心的事都應該開誠布公地討論。」

「哦，是啊，我當然會這樣的，」墨德說，「我覺得和你交談是件非常輕鬆的事，你看上去就像是我的親人一樣，好像一直都和我們生活在一起。我無法過多地去談論我自己 —— 我和安妮伯母倒是可以喋喋不休地談上很長時間。我認為過多地談論自己是一種不好的行為，你覺得呢？這樣會讓人感覺自己有點自大！」

「那要取決於妳在和什麼樣的人交談，」霍華德說，「如果信任別人，就不會過多地管束自己的舌頭，這對我來說是最為簡單的事情。也就是幾年前吧，我發現開誠布公地與人交談，能夠得到很大的收穫。在我看來，害怕讓真實的自己暴露在外，這是不文明的，又是很原始的。如果別人對我的焦慮、擔心產生了興趣，那麼我並不介意他是誰。任何與我相關的事，只要妳想知道，我都可以告訴妳，因為我想讓妳了解我是如何生活的。事實上，我應該讓你們所有的人都來看看我在劍橋是怎樣生活的，然後你們就會了解我們在那裡的生活，而且，我也想知道這裡的生活是怎樣的。放心吧，妳和我談話是很安全的。一年又一年，我認識了很多年輕的學生，很多他們內心的小祕密我都知道。難道你不知道衛理公會的小冊子中常見的標題嗎？——《生與死以及基督教牧師潘尼琺澤先生[11]的痛苦》。我想要了解一個基督徒的苦難生活以及其他所有的一切。」

墨德微笑著對他說道：「在我的生活中，恐怕並沒有那麼多基督徒的痛苦，但我還是很願意在這裡與你談論很多的事情。你知道，我母親在十多年前去世，當時我還只是一個小女孩，我已經記不清她長什麼樣子了。我和傑克一直都是有什麼說什麼，他對我也是直來直去，可也就是因為這樣，我們才總是鬧出一些小摩擦，他不再願意和我說話了。他結交了很多新朋友，又不願意說給我聽。他的腦子裡充滿了新思想，但也不願意告訴我。也許這些事注定要發生，當然我在這裡幾乎沒有什麼事情可做。爸爸什麼事都想做，而且是用他自己喜歡的方式去做，他不願意讓自己失去對事情的控制，所以我只能和別人交談。可我卻又是一個不容易滿足的人。我總想著要一些東西，可又不知道具體想要什麼。當我一個人待著的時候，就很難靜下心來做事。我想去紐納姆學院[12]念書，可又不願意把我爸一個人留在這。雖然我讀了很多書，可看起來好像並沒什麼用處。我也想去做一些更為實際的事情，就像傑克一樣。爸爸精力充沛，他擔負著管理全家、支付所有帳單的職責。我雖然並非一無是處，但的確也沒幫上什麼

11　英國新教牧師。

12　劍橋的一所學院。

忙。我會主動找很多事情去做，我相信。」

「是的，」霍華德說，「我非常理解妳，很高興妳能對我說這些話。妳知道，在這方面，我是專家，我經常聽到學生想我提出相同的問題。他們焦躁不安，想要步入社會，趕快參加工作。一個人開始工作以後，就不會感到焦躁了。有事情可做，不管自己喜歡還是不喜歡，都是好的。工作可真是一件讓人感到奇怪的事，在劍橋時，有人經常在早上的時候問我——要麼正常工作一整天、要麼一整天什麼都不做——他們問我選擇哪種。可我絕不會什麼都不做。我很喜歡我現在的工作，不會因為任何事而放棄它。花了這麼長時間才學會愛上自己的工作，真是一件奇怪的事情，也許要弄清楚人為什麼討厭無所事事的狀態需要花上更多的時間。或許僅僅是為了擁有悠閒自在的權力，才讓大多數人投入到工作中去。悠閒自在看起來更高尚，也更尊貴。」

「是非常奇怪，」墨德說，「不過看起來我雖然沒有遺傳爸爸精力旺盛的優點，卻遺傳了他對於職業的偏愛。我希望你能給我點建議，讓我知道該去做些什麼。難道我就找不到值得自己去做的事情嗎？」

「我姑姑是怎麼說的？」霍華德問她。

「她就是神祕地笑了笑，」墨德回答，「還說我們必須要嘗試著去接受那些已經發生了的事情。她知道在無所事事的時候應該去做什麼，如何去靜靜地等待。可是我做不到這一點，我會覺得特別的枯燥無聊。」

「妳嘗試過寫作嗎？」霍華德問道。

「是的，」墨德回答，「你是怎麼猜到這一點的？我曾經嘗試著寫過故事。我拿給安妮伯母看，她說寫得還不錯。我給傑克看的時候把安妮伯母的評語也告訴了他，他只讀了一點，就說『也就那樣吧』。」

「是啊，」霍華德笑了，「我承認傑克的話是讓人覺得挺掃興的。我建議妳嘗試去做一些稍微簡單的事情。妳不是說妳和這裡的人都認識嘛，在和他們聊天的時候，妳為什麼不把他們所說的事情都記錄下來呢？還有妳和他們的聊天內容，看待事情的方式，這些都可以記錄啊，我曾經讀過一本類似的書，書名叫《鄉村閒談》，我猜沒有幾個人試過去寫同樣的書。為什麼不在書裡寫一些非常有趣的好故事呢？雖然這些故事根本就沒有發生，都是虛假的，但無傷大雅啊。城裡人並不懂得鄉村人的生活。他們對於生活的看法就像是貓狗對待食物一樣明確，這一點與我們對待生活的觀點完全不同。為什麼不選擇這樣的一個家庭來寫呢？去描述他們的房子、財產，他們都長什麼樣子，在做什麼工作，還有他們家的歷史。記下妳與他們聊天的內容。我想不出還有什麼內容能比這些更有趣了。也許妳的書現在還無法立刻出版，但是也不會浪費啊，妳可以拿給我看，因為我對這裡的所有人都很感興趣。妳不必因為很多事看起來很普通、很熟悉而忽視，因為他們吃什麼、喝什麼、穿什麼都是非常有意思的。我的話能帶給妳一些啟發嗎？」

「我非常贊同你的建議，」墨德回答說，「我馬上就要試試，即使沒什麼成果，也可以幫助別人了解這裡的人們。」

「很好，」霍華德說，「就這麼說定了。這正是我所希望的，立刻就動手開始寫吧。我已經迫不及待地想要看看風之谷編年史的第一集了。」

這時，他們即將走到高地的最高處了。崎嶇的白色山路上布滿了火石，路兩邊的樹籬笆遮擋了路面，春天的花從地下冒了出來，在高地的苔蘚地帶怒放，從草叢中隱隱約約可以看見。現在他們已經來到了最高處，向下俯視能夠看到整個的瑪律風谷，瑪律風谷就如同擺在他們面前的地圖一樣。他們可以看到教堂鐘樓的樓頂、鉛灰色的樓頂、桑迪斯牧師家的屋頂，還有果園和花園之間離散的街道。更遠處，也就是山谷那邊，他們還可以看到姑姑家莊園的花園。在山的那一邊，是一片浸染墨綠、綿延不絕的遠山。今天的天氣很好。左邊是平滑的山谷，長滿了毛櫸樹林，山谷的底部是一片開墾的土地。他們信步走向一座長滿苔蘚的古墳，周圍長著幾棵粗糙嶙峋的荊棘樹。因為這裡的風太大，樹也長得不高。

「我喜歡這裡，」墨德說，「它有個好聽的名字——『荊棘島』，我想這裡大概就是老酋長的埋葬之地，爸爸總是嚇唬我說要把老酋長挖出來，不過我並不想打擾他。他被埋在這裡肯定是有原因的，我想一定是有人懷念他。可能也有人後悔將他埋在這裡，也有人想知道他究竟去了什麼地方，我相信，一定有個與他相關的古老的悲情故事。人們一定會很願意帶著強烈的好奇心去猜測故事的內容。」

「是的，」霍華德說，「一個古老的、悲情的、遙遠的故事，人們把它改編成歌曲和說唱故事。我還有一個困惑，如果是自己的悲劇和痛苦，人們是不是還會願意把它改編成歌曲，去讓別人欣賞呢？我想身為後人我們應該覺得高興，因為我們獲得了一筆豐厚的文化遺產，但在當時，這似乎並不是那麼浪漫的事情，傳承下來之後，它們反而比那些古老的令人愉悅的文化遺產更能打動人——『荊棘島』，多美的名字！」

空氣中突然隱隱約約地傳來一陣音樂聲，如同蜜一樣甜美。霍華德舉起了手，「這音樂到底是來自人間還是天堂？」他說道。

「這是謝爾本的鐘聲，」墨德說道，「這個地方在起風的時候，鐘聲聽起來就像音樂一樣美。我喜歡聽這鐘聲，因為它似乎預示著有好事將要發生。這鐘聲或許就是為而你敲響的，它是特意為了歡迎你來到這裡才敲的。」

「啊，」霍華德回答說，「太美了，如果它能夠帶給我更多的快樂，我是不會拒絕的。」

他們兩個對視一笑，靜靜地在那裡站了一會。墨德指著附近的村莊說道：「這些都是你和安妮伯母的了，我認為就連荊棘島也是屬於你的。」

「這樣的話，酋長就不會被打擾了，」霍華德說。

「這種感覺多麼奇怪呀，」墨德說，「看著自己非常熟悉的土地就像地圖一樣每一寸都展現在自己面前，突然有一種很陌生的感覺，如果有人能夠親眼見證，一定會產生一種美好而奇怪的感覺。」

「是的，」霍華德附和道，「當我們了解了這裡，就不再覺得它浪漫，確實是非常奇怪。我剛到劍橋的時候，很多地方都讓我感到非常有意思。花園的圍牆貼滿了票單，門前的小路總是靜悄悄的，就像從來沒有人經過一樣，還有陰暗的庭院邊上那釘著柵欄的窗子，好像從來都沒有人從窗子裡往外看似的。不過等到後來我知道窗子裡面的情況之後，就覺得一切都是那麼普通。有一座隱蔽的小花園，是專門供教師們抽菸、打保齡球的地方，窗戶上釘著柵欄的屋子是學生們的私密空間，現在，對我來說，也沒有任何祕密可言。我今天看到的這個地方好像是這個世界上最浪漫的地方，充滿了生與死等無法言傳的祕密。我想總有一天我也會看到它的廬山真面目的。」

「這正是我喜歡安妮伯母的地方，」墨德說道，「她從來都不會把任何東西看得很平凡，她覺得所有的事物都充滿了神祕和奇蹟。每個人都應當為了自己而學會這種本領。」

「是啊，她的確是個了不起的女人，」霍華德回應道，「不過現在我們應該做些什麼？」

「哦，抱歉，」墨德立刻說，「我占用了你這麼長的時間，你是不是想去找傑克了？剛剛我聽到山谷裡傳來了槍聲。」

「不了，」霍華德微笑著對墨德說，「今天就不找傑克了。他和我在一起的時間還長著呢，今天我想讓妳陪著我 —— 就妳一個人。我想熟悉熟悉妳這個我剛剛找到的可愛的小表妹。」

「然後就失去對她的浪漫感覺？」墨德笑著回應，「你很快就會了解我的。」

「我會抓住這個機會，」霍華德說，「但是現在妳還是讓我感到一頭霧水，因為我根本就不了解妳。」

「可是我對你很了解，」墨德大笑著說到，「我也沒弄明白你究竟是如何溜進我們的生活中的，你很快就適應了我們的生活，還幫我們解決了所有的難題。我覺得我應該對你感到害怕才對 —— 我覺得我好像已經跟你認識了很久了。知道嗎，你很像安妮伯母。」

「或許有點像吧，」霍華德說道，「不過妳可不像傑克。順便告訴我達比的家住在哪吧，我很想知道她現在怎樣了。」

「就是那裡，」墨德指著離自己家不遠的地方說道，「那就是格雷爾森大夫的雙輪馬車。我剛剛都沒想過她怎樣了，希望她一切都好吧，祝願她早日康復。在別人生病時，你有沒有猜測過他們是否能夠康復？」

「是的，」霍華德回答說，「我經常猜，但很多時候我都猜錯了。」

兩個人在小山上漫步許久，最後墨德說她要回去準備下午茶了 —— 父親會邀請格雷爾森大夫到家裡坐坐。

他們一邊往山下走，一邊輕鬆地交談著。霍華德隱隱約約地從墨德身上感受到了女孩子的直率和天真，這讓他感到非常愉快。她說話的時候就像傑克一樣，總是很隨意的樣子，還總是自相矛盾，說話的風格也不斷地變化。霍華德認為墨德並不是一個完全樂觀的人，她似乎被某種責任感束縛住了，有一種很壓抑的感覺。他情不自禁地想她需要某種發洩的途徑。不管是桑迪斯牧師還是傑克，他們都不像墨德那樣需要同情或愛憐。他認為這父子倆都不是十分明白女孩子的思想變化，而他卻好像一清二楚似的。他突然覺得不滿意，因為自己無法好好地幫助這個女孩，這種不滿意讓他感到不開心。他多麼希望自己更夠年輕些，而不是像父親那樣跟她談話。墨德毫無保留地信任他，對他就像對待自己的叔叔和哥哥一樣，這讓他既欣喜又緊張。他們悠閒地散步，天漸漸黑了，最後一縷陽光也終於消失在黑暗中。霍華德跟隨她回到桑迪斯牧師的家，並且在她的強烈要求下，一起喝了下午茶。牧師和格雷爾森大夫已經到了家，達比夫人變得很平靜、很舒服，似乎也沒有什麼危險了。桑迪斯牧師的診斷是正確的，他的急救措施也很到位。「換我做也就是這樣了」，格雷爾森大夫說，他是一個慈祥而直率的蘇格蘭人。

霍華德意識到桑迪斯牧師肯定把他將要繼承姑姑遺產的消息告訴了醫生，因此醫生才用對待鄉紳的態度來對待他，這讓他覺得有點得意。傑克一下午都在打獵，回家以後他告訴霍華德自己的打獵水準已經有進步了。傑克對霍華德說：「我會趕上你的。」一想到霍華德整個下午都和妹妹在一起，傑克似乎很是高興。「全家人都支持你追求墨德」，他說。墨德不喜歡講話，但是從她那柔潤的皮膚和明亮的眼神中，霍華德能夠感受到——墨德和自己在一起也覺得很幸福。對於她對自己的默默關心，霍華德覺得很高興——這說明她很在意他。牧師因為他們沒能夠近距離地看看村莊而感到遺憾，「先大致看看也好，」他說，「先看看整體，再看看局部；先看看大致，再看看細節。」他高興地補充道。「你們去荊棘島那裡了嗎？」他繼續說著，「我本打算找個時間把那個老頭挖出來，不過安妮嫂子不同意，你們得去說服她。我們要舉辦一次非常有意義的戶外考古活動，把這個老頭的所有東西都挖出來，我敢肯定，他的墳肯定沒人動過。」

「我同意姑姑的看法，還是不要去打擾他了。」霍華德搖著頭說道。

「哦，你是受了墨德的影響了，我能夠覺察得到，」桑迪斯牧師說道，「你的觀點很女性化。啊，世界上真是充滿了有趣的事情啊！為了人類文化的發展，我們需要不斷地開發。」

他們在說說笑笑中分別了，並且說好明天所有人都到莊園裡聚餐。霍華德在與墨德告別的時候說道：「現在，妳可以告訴大家，明天妳就要動筆寫作了。」她向他微微點了點頭，又與他握了握手，霍華德認為自己又交到了一個新朋友。

當天晚上，霍華德和姑姑談起了墨德，並且把和墨德一起散步聊天的事情都告訴了她。「我很高興，你幫她找到可以做的事情了，」她說，「這才像個男子漢！我就無法幫她找到可以做的事情。墨德為人風趣，又很討人喜歡，可她待在家裡總是很不開心。跟法蘭克表弟住在一起，就像生活在瀑布底下似的，他一天到晚都閉不上嘴，沒完沒了地嘮叨。傑克又很有自己的主意，有什麼話也不想說給別人聽。嗯，你會覺得吃驚，我想你會遇到很多這類的事，並成為一個業餘的、像父親一樣的傾訴對象。我認為你在劍橋的生活就像是年輕人騎單車，又像小孩玩尖尖的四方陀螺——很不穩定、具有很強的挑戰性，雖然現在你可能還沒遭過罪，但這是不是也非常危險呢？霍華德，你是一個既務實又不切實際的人，這也正是我喜歡你的地方。你看起來很忙，也知道應該在什麼時候停下來歇一歇。當然我們無法給別人提供經驗，每個人都要自己去編織未來的生活。我認為有豐富閱歷的人才能有所作為。不過這個規律並不適合我，正如聖經上說的那樣，我的力量在於不變。比如說在這樣的地方，人們都是平靜而安逸的，而法蘭克對待生活卻像是鞭打陀螺一樣，要知道，是鞭打而不是抽打。這裡的生活就像個一動不動的陀螺，而你就是那個轉動陀螺的人，這裡的人們都需要你，需要你去傾聽他們的聲音，他們都很孤單。在適當的時候，讓人們獨處是很必要的，但他們需要你去改變他們，向他們提出建議。看看那些花園，總是需要人們經常的關注、修剪、整理，就像這裡的人們需要你一樣，只是花不像人類一樣擁有生命的意識。人們有時需要修剪花草，有時又需要任其自然。我相信組織管理，更相信自由成長。我確信你給了墨德很大的幫助，我非常高興。我想讓你和她成為很好的朋友，我覺得你的生活就是缺少了女性——你認識的女性太少了，當然，男人和女人永遠都不會理解對方，卻又不得不與不了解自己的人在一起生活、工作。你和那些學生不存在什麼祕密。你，毫無疑問，是完全明白他們的想法的，他們也完全明白你的想法，這確實是一件非常令人心情愉快的事情，不過人們在這種生活方式下並不能取得多大的進步。你不能把墨德當成一個還沒畢業的學生，也許你覺得自己已經很了解她了，甚至比我還了解她，但她根本就不是你想的那樣，可能連你都不是我想像中的那樣，我對你有誤解之處，但我也覺得很滿意。」

第十一章　傑克

第二天的晚餐很是令人失望。桑迪斯牧師又開始了他的長篇大論——傑克為了看他能講多長時間而開始了「數數遊戲」。因為專心地數數，傑克幾乎沒有說話。霍華德也不確定自己是否在為正在發生的轉折性事件——繼承遺產而高興，但是對墨德的喜愛確實已經讓自己深受觸動。在他看來，傑克的確已經有些嫉妒自己了，雖然這種嫉妒是無意識的。他來到風之谷之後的經歷可以說非常成功。傑克希望自己能夠像馬戲團的馴獸員馴練動物一樣，來表演最後的好戲，為霍華德的整個行程畫上一個完美的句號。霍華德覺得傑克已經懷疑他掌控了這裡的大局。傑克本來是打算把自己當成一個提線木偶的，可他卻覺得傑克並不喜歡自己擺弄的這個木偶，因為自己並沒有聽他的話。他的父親也沒有道歉或解釋的意思，只是自顧自地在那說話；而墨德始終都是淡淡的，一副我行我素的樣子；霍華德也一直在那裝模做樣，凡事都恭恭敬敬的。

這樣做的結果就是霍華德幾乎沒能跟墨德說上幾句話，不過她確實先開口和他說了話，墨德如此信賴自己，讓霍華德感到很高興。大家的談話幾乎沒有什麼重點，總是泛泛而談，就像受到什麼東西的干擾一樣。霍華德意識到兩個人的聊天內容漫不經心而且平淡無味，因此又覺得有些惆悵。

他們走了之後，格雷烏斯夫人對霍華德說：「我覺得傑克這個年輕人有些專橫，而且沒有什麼責任心，你有沒有發現，大家整個晚上都處於他的控制之下了。」

「是的，」霍華德說，「我也是有這種感覺。」

「他需要工作，」格雷烏斯夫人又說，「他在家也是閒逛，在劍橋也是閒逛——這是完全不應該的。他想辦成非常難辦的事，覺得這才刺激，年輕人都有這種想法。我們沒必要冷落他，因為他的方向是對的。但他不能過多地去干涉別人的事。也許他應該吃些苦頭。他確實會對別人產生影響，但是這種影響力那些真誠、脾氣好、坦率的人都具備。別人當然更願意去做他喜歡的事，哄著他開心，而不是反對他。他脾氣雖不算急躁，但也是很固執的。他是那種人 —— 如果娶不到好妻子就會被慣壞的那種人，因為女人寧願撒謊討好他，也不願去冒讓他不高興的風險。如果他自己不收斂一些的話，他就會成為這個世上唯我獨尊的人，因為他看不到世界的真實面目，覺得世界會按照他自己期望的方式運轉。」

「我覺得，」霍華德說，「他還是有很多優秀品質的，他從不會去做那些卑鄙下作的事，而是去做任何他認為與自己名譽相符的事情。」

「好吧，我們等著瞧，」格雷烏斯夫人說，「他現在就對墨德會產生了壞的影響，墨德從不懷疑他的力量，我不能讓她受到這種壞影響。霍華德，記住，我希望你能夠一直幫助她，你擁有理性處事的能力，你必須要利用好你的能力。」

「我還以為您更願意讓人們自由發展呢，」霍華德說。

「從理論上講，我是相信的，」她笑著回答道，「我確實不相信人能夠對別人產生影響，但我相信我深愛著他們。我們缺少的就是我所說的那種虛構的同情心。有些人有著豐富的想像力，他們能夠想像別人有什麼感受，不過到這種程度也就結束了，他們不會去做更多。還有很多人屬於同情心氾濫，那樣更糟糕。人必須要知道別人能做什麼，他們的路線方針是什麼，然後才能為他們提供最適合的幫助，不能一味地迎合他們，總是讓他們感到舒心，況且就算是想這麼做話，真做起來的時候也不像聽起來那麼簡單。」

第十二章　外交

幾天以後，霍華德被召回劍橋，因為他的一個同事生病了，學校不得不安排他為這位同事代課。霍華德吃驚地發現自己居然那麼不願意回去，在風之谷這個安靜的地方，他似乎已經找到了自己需要的生活。他與桑迪斯牧師一起散步，對這個教區的所有的事情都充滿了興趣。教區的很多事情都非常瑣碎，不過霍華德意識到牧師確實具備深入了解教民和教民生活的洞察力。因為沒能再見到墨德與她談話，所以霍華德絞盡腦汁千方百計地想找機會與她見面。他的思想和想像力已經完全被這個女孩俘虜了。他經常會想起她，回憶和她在一起時的很多迷人片段，他總是想著見到她。他已經教會傑克很多知識了，可是他越來越覺得，出於某種原因，他這個學生並不喜歡和他在一起了。

有一天，霍華德和傑克釣魚歸來，兩個人邊走邊說，幾乎到了大聲爭吵的地步，因為霍華德向傑克談到了一個學生，這個學生是傑克在校期間的朋友。

傑克看上去很厭煩霍華德對自己的批評態度，說道：「我不敢確定你是不是真的像你想的那麼了解他。你經常這樣去分析別人嗎？跟你在一起的時候，我偶爾會覺得自己好像身處一間裝滿了標本的房間，而你在對我炫耀你所收藏的標本，你把你的學生都當成標本了嗎？你所了解的，是死氣沉沉的他們，而不是活力四射的他們。」

「我的問題真的很嚴重，」霍華德說，「我只是試圖去理解別人，我認為大家都是這樣做的。」

「不，我就不是那樣的。」傑克說，「要知道，這樣做太古板了，我有一種感覺 —— 你覺得自己好像把所有人都了解得非常透澈。我覺得你還是不要去試圖了解別人比較好。」

「嗯，」霍華德說道，「這完全取決於你對別人的看法是怎樣的。事實上，我覺得你比我有著更強烈的耍弄別人的傾向，總想著利用別人來實現你自己的目的。知道嗎，你想要做什麼事情，別人就必須得跟著你去做什麼。當然，在寶福德學院的時候，我有時也是這麼做的，可那是我的工作，我的職業，我非這麼做不可。」

「打著職業的旗號，這是最糟糕的，」傑克說，「你就總是把職業當作藉口來批評別人、指責別人，好像你已經把這塊地方買下來了，你想怎麼處置就怎麼處置，完全沒有問題。我知道你就快成為鄉紳了，成為這裡的人了，你不想讓這裡的人都感受到你的內心，都了解你嗎？我確定你會成為耶穌的信徒。」

「算了，」霍華德說，「不要再繼續爭吵了，我們已經越說越遠了。你把你的想法說出來，我並不在意，不過既然你覺得自己擁有堅持自己路線的權利，你也要允許別人去擁有這種權利呀。」

「那得看情況了，」傑克沉默了一會才回答。然後，他又轉向霍華德，對他說道：「對，你完全正確。我對剛才所說的話表示歉意。你對我的幫助是說不完的，我是一個不知道感恩的小野獸。你太好了，沒有跟家人提起我惹你的那些麻煩，你確實盡力幫助我做了很多我喜歡做的事情。抱歉，太抱歉了。原來我覺得自己是這裡說一不二的老大，但現在我很生氣，因為我的風頭都被你搶去了。」

「沒關係，」霍華德說，「我能理解你的心情，聽著，你能跟我說出你的心裡話，我很高興。你完全沒有錯，也許是我干涉得太多了。但你得相信我，當我說這些話的時候，並不是想要管閒事。我希望別人都能喜歡我，而不是想去指揮他們。一個人唯一的一種不管怎麼做都不算過分的事情，就是如何討大家的喜歡，不過我做得可能太過分了，我應該換一種方式去做。」

「嗯，我也干涉得太多了，」傑克說，「想想這真是一種很糟糕的感覺，我竟然對自己老師的職責說三道四，接下來我恐怕就要去干涉他們的生活啦，但我根本沒這個資格。壞就壞在我從來都沒有想過要去讓大家都喜歡我，我算不上一個感情豐富的人，我只是想讓事情都順順利利的。」

快到莊園的時候，傑克說：「我答應了安妮伯母，要陪她喝茶。這個女人總是算計我，她對我有成見，她總是能夠平平靜靜地說出一些狠話 —— 就像刀子一樣，人們很難發覺她都做了什麼，可事後回想一下，才發現她其實是在殺人放血。我覺得我很生她的氣。現在她肯定已經算計好怎麼對付我了。她總是讓我覺得自己是個乳臭未乾的小孩子 —— 躺在床上需要別人來照顧，需要有人拍著、哄著才能睡覺。」

「啊，」霍華德說，「那你就一個人去接受她的垂憐吧。我去向你的家人道別。要不就該見不著他們了。我想，你不會介意我這麼做吧？我不會用我的影響力對他們施加影響的。」

「你總是在不自覺的情況下就這樣做了，」傑克扮了個鬼臉，說道，「我不介意，你去吧，你要經常跟他們聯絡，雖然我剛才還不贊同你這樣做呢。」

霍華德來到了牧師家。他為了傑克的話而感到不安，傑克的話讓他感到不愉快。他想，難道自己真的是那樣一個自負和虛偽的人嗎？他總覺得自負和虛偽是對一個人來說，算是最大的威脅，而他早就已經成功克服了這兩點。他想，自己所做的一切都是為了自由。難倒自己是一個外表看上去道貌岸然，但內心卻城府極深的人嗎？身為一個老師，他不是一直都在努力地提升大眾的素質嗎？自己怎麼又會成為這種人了呢？一想到這裡，他就覺得噁心，有一種恥辱感。

他到牧師家的時候，牧師並不在，只有墨德一個人在家。他不得不承認，這正是他夢寐以求的那種奇異的快樂。他不想像父親一樣，以一種太正式的方式和她一本正經地說話。他只想和這個可愛的表妹成為朋友，就像與其他懂事的大學生成為朋友一樣。懷著這種堅定的決心，他走進了屋裡。

墨德此時正在寫東西，一見他進來，趕緊匆匆忙忙地從椅子上站了起來。霍華德說：「我來這裡，是要和你們告別，我必須提前回到劍橋了 —— 這比我想像得要早。我想再看看妳和妳的父親。」

「他會非常遺憾的，」墨德說，「他見到你總是非常高興。他曾經說過，你們兩個的相聚讓他思考了更多的問題。」「啊，好吧，」霍華德說，「我希望 6 月分放假之後我可以再到這裡來。我要盡快學會履行我在這裡的職責。剛才我看到妳正認真地寫東西，是我們談論的那本書嗎？寫得怎麼樣了？妳可是答應過我的，只要妳寫得足夠多了，就要寄給我看。」

「是的，」墨德說，「我會寄去給你的，寫這本書對我有很大的幫助，你真是太好了，建議我做這件事情，我想也許它能夠發揮一定的作用。」

「我和傑克整個下午都待在一起，」霍華德說，「恐怕他對我有點生氣了，我不想變成這樣。他把我說成了一個讓人討厭的人，他認為我總是用大學老師的眼光來看待問題，覺得如果我還不改正的話，還不如死了的好。」

墨德用一種困惑的、憤憤不平的眼神望著霍華德。「傑克現在真實是來越不像話了，」她說道，「我搞不懂他腦子究竟都在想些什麼。你每天幫他補習功課，還陪著他打獵釣魚，他居然這麼說你，在我看來，傑克真是太可惡了。我不應該說這些的，不過你用不著跟他生氣，甘迺迪先生。我覺得他肯定是覺得自己已經很獨立了，他曾經向我說過，他每天帶著書去莊園，有一種還在上學了 —— 根本沒有放假的感覺。幸好他現在並沒有說什麼不情願的話。他是一個懂得感恩的人。如果不懂得感恩，他就該為自己害臊。請你不要再生他的氣了。」

霍華德笑了：「不，我並沒有生他的氣。真的，我很高興他能把這些話都說出來，像我這個年齡的人，已經很少有機會能夠聽到來自年輕人的如此直率的批評了。毫無疑問，如果一個人總是一副裝腔作勢、高高在上的樣子，有人幫他指出來總是好的 —— 雖然自己當時也學會不高興。現在我們已經和好了，他也感到後悔，我覺得這是很自然的事情。年輕人和別人生氣的時候都是這樣的，毫無疑問，不過一般情況下他們是不會說出來的。他們如果說出來，倒會讓我感到有些難為情。」

「啊，上帝啊，」墨德說，「我一直覺得自己在這個世界上活得挺難的。如果我很窮，還要自食其力的話，我會怎樣呢？可是我生活在一個富裕的家庭，因此我這麼說聞的有些荒唐。這樣思考問題真的是很愚蠢啊，不過傑克也在類似的事情上批評過我。傑克說女人總喜歡黏著別人，他還說女人不喜歡做任何事，只是看起來好像一副挺有主見的樣子罷了。」

「啊，看起來，我們我們兩個是同病相憐了，」霍華德說，「我們兩個一定要互相安慰，並為遭受了這麼多的誤解而惺惺相惜才對。」

他覺得自己這種帶有嘲笑意味的說話方式已經在某種程度上對這個女孩造成了傷害。他並不喜歡這樣的想法，他認為自己這種說話方式帶著一絲機智、幽默，起碼沒有讓現場的氣氛變得傷感。短暫的沉默之後，墨德怯生生地問霍華德：「你想回劍橋去嗎？」

「不，」霍華德回答道，「我不想回去。真是太奇怪了，我已經開始對這個地方感興趣了，而且我也懶得動彈。現在我覺得自己在大學的教書生活簡直是無法忍受的。我不想再教希臘散文這門課了，也不想再開什麼會，不想再調侃別人的師生約會，不想再要什麼小陰謀，不想再參加篝火晚會，不想再看到一排排的大學生。我想在這裡生活，去山崗上散步，撰寫自己的著作。我不想變成一個死板的人，就像傑克說的那樣，不過沒關係，我已經決定抓住這樣一個機會，留在這裡生活。我回去一週以後，這裡的一切就會漸漸變得不真實，漸漸融入一種不可能的歡樂夢境中去。」

他意識到他似乎是又傷害到了這個女孩。墨德的臉色變得很難看，看著他說道：「這是人的普遍想法。我經常想如果不待在這裡，換個地方，找一份工作對我來說是否會變得更好一些。可是我什麼都做不了，我不能離開爸爸。」

「一切都會好起來的，」霍華德弱弱地回答說，「好事和壞事發生的幾率都各占一半！還有很多事情等著你做呢，我得走了。記住，有時間一定要讓我拜讀妳的書，它能夠讓我在講授希臘散文這門課的間隙想到風之谷這個地方。」

在站起身來和墨德握手的一瞬間，霍華德感覺自己表現得並不友好，而且很愚蠢。他原本是想對她說——和她成為朋友的感覺真好——坦率、簡單地把心裡所想的一切都告訴她。他十分想對墨德說出自己的心裡話，說很多很多，讓她明白自己的心裡一直在想著她，然後確認她對他是否也有感覺，最後讓自己確信他們的友誼已經變得堅不可摧。但他是那麼聰明謹慎的一個人，他不可能感情用事，只能裝出一副若無其事、對一切都無所謂的樣子。

他原本可以只留給她一種印象——他對風之谷挺感興趣的，可是他的心已經完全放在工作上了，因此他覺得還是留給別人一種淡淡的感覺更好些。他考慮得非常周到，理智和冷靜讓他的舉止顯得矜持有度。儘管當他轉身即將離開的時候，他的內心突然產生了一種想把她擁入懷抱的不理智的衝動——他要告訴她——她是那麼甜美、那麼可人，可他最終還是什麼都沒做、什麼都沒說。他們一起坐著的時候，她的手裡拿著書，好像很期待他能夠開口要求看看這本書，但他什麼都沒說。當他隨手把門關上的時候，他看到她把書放到了桌子上，然後輕輕地嘆了一口氣。

第十三章　敞開心扉

霍華德打算第二天就離開，當天晚上，他和姑姑進行了最後一次聊天。姑姑與他道別，並表示自己希望他 6 月分能夠再來這裡。她不像往常那麼安詳，在以一種親切、溫柔的口氣對他的來訪表示高興之後，姑姑又說道：「我有一種莫名其妙的感覺 —— 我們好像同時陷入困境了，我說不出理由。不過你是讓大家感到煩擾的原因，親愛的霍華德。我可以說得再直白一些嗎？我覺得你對別人的影響已經超過了你自己的想像。你把大家原本平靜的生活給攪亂了。我並不是在批評你，因為你的所作所為給了我驚喜 —— 讓我喜出望外。但是你太缺乏自信了，你沒有意識到你身上具有一種同情的力量。你善於觀察，能夠很快地察覺別人的情緒。但是你並不讓人覺得可怕。你對別人有很大的興趣，你帶領他們展現真實的自我，暴露自我，雖然他們並不明白自己究竟想要什麼。我覺得你很害怕去喜歡一個人。你想要和每一個人建立起一種親密的關係，同時又想維護自己內心的安定。你對感情有一種畏懼感，但是你是無法以那樣的方式去喜歡一個人的，喜歡就要大膽地表達出來。表達情感並不會讓你遭受什麼損失。在感情方面，你就像個富人一樣，完全消費得起，我覺得正是因為有你的存在，才讓別人覺得自己是感情上的乞丐。你在這裡待了三個星期，這裡的人不會忘了你，也許你會忘了我們 —— 沒有受過苦的人是不會在乎感情的，我認為你就是沒受過苦的人，對你來說，生活幾乎完全是愉悅和快樂。你贏得了別人的心，但卻沒有付出你的真心。不要以為我不懂得感恩，你對我的生活產生了巨大的影響，當然你也讓我受到了傷害。我覺得你就像丁尼生的詩中的鐵拉馬庫斯 [13] 一樣，你在『親切執政中不失正派』[14]。我知道你是一個值得我信賴的人，任何善良、體貼、公平的事，

13　《荷馬史詩》中奧德修斯的兒子。奧德修斯常年在特洛伊征戰，回家後發現有好多人在追求他的妻子，於是就在兒子鐵拉馬庫斯的幫助下，把這些求婚者全都殺死了。

14　出自丁尼生的詩〈尤利西斯〉。

你都可以做到，而且不會讓我失望。你是出於本真的善良和友好來做善事，而其他很多人只是出於愛才去做善事。你不會把他人的財物據為己有，也不會插手旁人的事。你看上去毫無私心，而我還對你說三道四，這是多麼可惡啊。我認為你應該敞開自己的心扉 —— 以前你從來都沒有這麼做過吧。親愛的，我這麼說是因為我像母親一樣愛著你，你就是我的兒子。但是你一定要擺脫內心的束縛，我們都要打破這種束縛。這樣你才不會留下任何遺憾。你在幫助那些需要幫助的人的同時，也會給自己帶來無盡的麻煩，不過同時你又是一個很有耐心、很溫柔、很堅強的人。你還不了解愛的真正含義，因為愛還從來沒有傷害過你。你就像阿基里斯[15]，從小就在死亡之河中浸泡過，無懈可擊。我想，你不會生我的氣吧？我知道你不會這樣的，你也不會為難我，而是希望我說得更透澈一些，我希望你能被愛傷害一次，而不是讓你去思考如何改進它。你不能改進它，只有上帝和大愛才能做到。所以你只能靠自己來拯救自己。你不需要總是那麼聰明、寬容，好了，我不多說什麼了。」

霍華德握著她的手吻了一下，說：「謝謝您，太感謝您能夠對我說這些話了。您說得太對了，每一句話都很對。真是奇怪，今天一天的時間裡，竟然有 3 個人說出了完全不同的我。我不喜歡自己現在這個樣子，實際上，我既不自滿，也不願意聽奉承話，可是我卻不知道自己究竟該怎麼做才能不讓人誤解我！我就像一個病人，已經病入膏肓了，卻聽到了善良智慧的醫生的建議，覺得自己還有救。可是我又能做些什麼？我缺乏衝動的活力。我很真誠。確實，我只是生活在事物膚淺的表面，這話一點錯都

15　阿基里斯，特洛伊戰爭中的勇士。他的母親忒提斯是海中女神，天神宙斯和海神波賽頓都對她有意，可是都不敢向她求愛，因為命運注定她所生的兒子會比父親更厲害。最後她下嫁給身為凡人的佩琉斯國王，並生下了阿基里斯。阿基里斯出生後不久，忒提斯就抱著他來到被稱為「死亡之河」的斯堤克斯河的河邊，用手捏著他的腳跟，用河水為他洗澡，使他變得刀槍不入。可是因為阿基里斯的腳後跟被忒提斯的手抓著，沒有泡到水，成了阿基里斯唯一的弱點。特洛伊之戰中，阿基里斯被特洛伊城的巴里斯王子帕里斯一箭射中後腳跟而死。後人用「阿基里斯腱」表示致命傷，或是最大的弱點。

沒有。我對書籍、想法、思想是那麼感興趣，我對人類性格的研究已經到了痴迷的狀態。人們會讓我覺得高興、興奮和愉快，但從來沒有人能夠走進我的內心。我不是在為自己做辯解，但我不得不說『是耶和華創造了我們，而不是我們自己創造了自己』。我就是那樣 —— 像妳描述的那樣，我的內心多麼空虛呀，可我還在用友誼和興趣來麻痺自己，我從來沒有受過傷害，我也從來沒有愛過。唉！我很想改變這一切，可是我能做到嗎？」

「啊，親愛的霍華德，」姑姑說道，「這是一個永恆的話題。你能夠溫和地接受我的意見並且坦率地講出來，非常好，不過下一步已經沒有人可以幫你了。你是一個擁有大量精神財富的年輕人，會受到耶穌的眷顧，你連自己有多富有都不知道！我是不會讓你去追隨耶穌的，你永遠都不會失去屬於你的精神財富。但你必須要追隨愛，從很久之前，一直到現在，我都有一個願望，不光是這些，因為我們或早或晚都會找到屬於自己的人生路，現在我能看得出來，你已經明白了人生的真理，不久之後，生命之光就會照耀在你的身上。願上帝保佑你，我最親愛的孩子。你將會面臨痛苦，不過我並不為你感到擔心，因為痛苦並費最糟糕的事情，也不是人生的終點。」

第十四章　重返劍橋

「從很久之前，一直到現在，我都有一個願望」，當天晚上對霍華德來說是一個不眠之夜，姑姑這些話一直在他的腦海中盤旋。情況再清楚不過了，所有的事情都攪和在一起了。他和姑姑談話時那種洋洋得意的感覺早已消失得無影無蹤，就像是被沖洗掉了的杯中的殘酒。「我一定要弄清楚 —— 我一定要弄明白，究竟發生了什麼事，我一定要把問題好好解決掉。」他一遍又一遍地對自己說著。他想了很久，終於弄明白了，原來一切都是由於自己缺乏道德、勇氣、和熱忱的緣故。他只喜歡簡單的事情、簡單的關係。但是生活中的各種突發事件卻莫名其妙地糾纏在了一起。他非常輕鬆地獲得了劍橋的工作，他所承擔的責任其實不費吹灰之力就可完成。他原本打算將自己所謂的率直和深情帶給周圍的每一個人，但現在他覺得自己已經讓所有人都感到失望了。直到陽光透過窗簾的時候他才睡著，因為夜裡幾乎沒睡，當他醒來時，他覺得自己疲乏又激動。

他下了樓，一個人在這個清爽的早晨吃了早餐。陽光已經照亮了整間屋子，但房間的美對霍華德來說已經形同虛設。一輛輕便的雙輪馬車停在了門口。當霍華德走出門時，他吃驚地發現傑克正站在臺階上與車夫說話。「我想送你到車站」，傑克說道。霍華德聽了以後非常高興。他們一起上了馬車，路邊閃過了一幕幕熟悉又陌生的風景。當他們路過桑迪斯牧師家時，霍華德盯著那座房子望了很久，猜想墨德此刻會不會也正從窗戶裡向外看著他。他和墨德上次的談話真是太笨拙、太愚蠢了。這時，傑克突然說道：「哎呀，我不得不再說一次，昨天我真是太討厭了，我也不知道是怎麼了，那麼自大。」霍華德說：「啊，沒關係，那都是處事不當造成的，是我的錯，我想，能夠明白自己的缺點是什麼也是一件好事。」

「不，不是你的錯，」傑克說，「我現在完全明白了。你來到這裡，與所有的人都成了朋友。這是多麼好的事情啊，可是我卻愛嫉妒、小心眼，我希望完全地占有你、控制你。看到你對所有人都感興趣，我就非常生氣。啊，現在好啦。我明白了，這完全是我自己的錯。你在每一個方面都做得很好，現在你走了，我們都會覺得很無聊。事實上，大家都非常佩服你。」

「哦，傑克，」霍華德笑著說，「你能對我說出這樣的話，真是讓我高興，雖然我並不能完全接受你的話，但無論如何，我都非常感激你。你說的話有一部分是對的，但並不完全正確。不管怎麼樣，我們不能再爭吵了，我不喜歡那樣！」

傑克笑著點了點頭，他們繼續談論別的事情，這個男孩總是纏著他，但霍華德還是很高興，還能堅決地改正自己的性格弱點。傑克幫他拿著行李，送他上了火車，與他揮手告別，甚至還流下了真誠的眼淚。

整個行程幾乎都是在霍華德百無聊賴的夢境中度過的，但只要一想到墨德，霍華德就覺得所有的夢都黯然失色了。該做些什麼來彌補自己的粗魯呢？霍華德不知道前方的路應該怎麼走。他有一種感覺——自己不配獲得墨德的愛，也不配為了愛情而傷感。他覺得自己大錯特錯，竟然這麼快就讓她對自己產生了興趣。他錯就錯在不應該將自己的快樂建立在她的痛苦之上，而且還試圖草草地結束他們的關係，儘管他不想與墨德保持聯絡，但也不忍心讓她離開自己。

臨近劍橋時，那熟悉的景色又映入眼簾——廣闊的田地、遠處的山地等等。看到這些，霍華德他驚奇地發現自己已經不再沮喪，舒適感、平靜感、安逸感漸漸包圍了他。

這次旅行讓霍華德的大腦中充盈了太多的記憶和情緒，現在他又要重新回到學院，去做那份著名而且寧靜的工作了。看到自己的房間，霍華德很開心，又見到了 3、4 個同事，也讓他倍感輕鬆。雷德梅因先生還是一副尖刻教條的樣子，他看到霍華德回來非常高興。他沒有出去度假，說換個環境度假會很分心，而且會讓自己覺得精疲力竭。「得用 6 個月的時間才能讓自己從度假的疲勞中恢復過來，」他這樣說道。有個老朋友陪雷德梅因先生度過了假期，那位朋友是個鄉村牧師。很顯然，雷德梅因先生大部分的時間都在煞費苦心地搞研究，很少陪著這位老朋友。「他是個值得尊敬的人，但是讓人覺得很乏味，」雷德梅因說，「他的身體保養得很好，但腦子幾乎完全崩潰了，他為農民的貧困狀況感到憂慮。他覺得農民的生活應當得到提升。我倒是覺得各個等級和階層的人都應該做到井然有序、各盡其責。窮農民嘛，說得直白點，我覺得他們的首要任務就是要供養別的階層，我認為他們的責任就是滿足擁有美德和知識的人們的需求！」

後來，霍華德留了下來，和他單獨在一起聊天，為了讓雷德梅因高興，他把自己的變化告訴了他。

「聽到這些我很高興，」雷德梅因說道，「你變成地主了，真是太好啦，那你在這裡的工作會不會受到影響呢？啊，是的，我現在看到了一位遺產繼承人 —— 你。你會覺得你那位可敬的姑姑是在用一種很感性的方式管理土地吧。還是聽聽我的建議吧，用商業化模式來管理你的土地吧。不過首先我要明白一點 —— 你不能聽取任何人的胡說八道，就聽我的，准沒錯。」雷德梅因用一種特別鄙視的聲音說道，「鄉村就是這樣，這也是鄉村的弊病。人們的想法很多，他們隨便地談論著帝國、民權、責任、宗教和藝術。」雷德梅因的臉拉得很長，就像剛吞了一口苦得夠嗆的藥一樣。「讓我們遠離鄉村，做自己的工作，不要再說什麼鄉村和城市間擁有親如手足一般的情誼了。霍華德，我衷心地希望你不要讓那些事情發生。對你，我還沒有十足的把握，但如果你能明白這在現實中是行不通的，對你來說也是一件好事。我是個忠實的輝格黨人[16]，如果每個農民都擁有了投票權，那麼他們一定要把選票投給正確的人才行，只有這樣我們才能和諧相處。」

16 英國政黨。輝格黨產生於 17 世紀末，到 19 世紀中葉時演變為自由黨。「輝格」一詞源於蘇格蘭的蓋爾語，意為馬賊，英國資產階級革命的時候，有人用它來諷刺蘇格蘭長老派。西元 1679 年，針對詹姆斯公爵 —— 即後來的詹姆士二世是否擁有王位繼承權的問題，議會展開了激烈的爭論。一批議員明確反對詹姆斯公爵繼承王位，被政敵譏稱為「輝格」。他們也逐漸以此自稱。威廉三世統治時期，輝格黨成為強而有力的政治集團，代表了新興資產階級和新貴族的利益。在西元 1714 年以後的半個世紀裡，輝格黨一直在政治上占據優勢，連續執政長達 46 年之久。18 世紀末、19 世紀初的一段時期，輝格黨逐漸在政治上失勢，直到西元 1830 年才重新掌權，他們提出並通過了西元 1832 年的議會改革法案。19 世紀中葉時，輝格黨勢力大增，他們代表了資產階級的利益，當時的英國因此經濟繁榮、工業發展迅猛，到1860年代，輝格黨土地貴族的代表、保守黨的 R. 皮爾派ㄤ分子，以工商業資產階級為基礎組建了自由黨。也有人認為，輝格黨是在 1839 年改稱自由黨的。

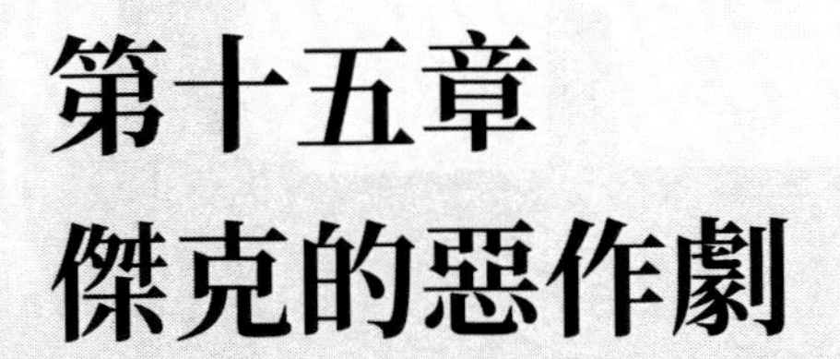

第十五章
傑克的惡作劇

新學期開始了，校園裡的學生漸漸多了起來，霍華德也重新回到了工作崗位上，在風之谷所產生的困惑也逐漸消失了。也許下次再去那裡，他的表現會有不同——他會很冷靜、很友好地待人接物，而不是感情用事。除了這些之外，姑姑的話總是會出現在他的腦海中，讓他凜然一驚。「力量、精神、生命的發展」，這些都是實實在在的東西嗎？有人曾接觸過它們嗎？是不是生活寧靜、工作穩定就會消磨時間、浪費機會呢？人要怎樣才能受到刺激、面對現實、採取行動呢？是不是在人的心靈深處還存在著什麼力量，不會去阻撓、干涉自己想要做的事情呢？因為它知道，總有一天人們會屈服於它的。它一直都在計算著時間，一直都在等待著，驅使但並不強迫人們去做出改變。這種力量也讓霍華德產生了一種衝動，想要仔細深入地審視自己的見解和目標，考量自己的動機究竟是什麼，他能夠選擇的範圍有多大，能獲得多少，他的希望和理想能實現到什麼樣的程度。他總有一種生活在機器時代的不真實感，每天只是習慣性地、簡單地重複著工作。霍華德覺得自己似乎是被馴化了，總是做一些乏味、單調的事，也許這種不真實感的確存在，天天都是這樣。

對墨德的思念無時無刻不在困擾著霍華德，他無法讓自己不去想她。他總是一次又一次地回憶著自己和她見面的場景，暮色映襯出了她那苗條的身影，還有她的臉龐，她的笑容。他反覆回味著他們兩個下山時所說的話以及她在燈光昏暗的屋子裡的眼神。他似乎總是能夠聽到她的低吟軟語，能看到她孩子一樣動人的眼睛。還有在牧師家那個最糟糕的場景，她纖細的手指拿著書，帶著一臉的困惑不解，她當時是多麼的驕傲啊，而自己又是多麼的愚蠢和粗俗啊！他本想寫信給她，其實也動筆寫了，但因為厭惡自己那種大哥哥呵護妹妹一樣的感覺，信還沒寫完，霍華德就把信撕了。為什麼就不能簡單地告訴她——「我喜歡妳」？反而傷害了她，讓自己也很難過呢？霍華德心想，自己只是沒必要這麼做罷了。可一想到她現在也許已經交了別的朋友、認識了別人，就讓他心生嫉妒。他定期寫信給姑姑，也想把這件事告訴她，但他又不能說他們究竟發展到什麼地步了。最讓人感到奇怪的是，他竟然不敢承認這就是愛。他還沒有想過自己和墨德生活在一起的可能性。

霍華德和墨德之間存在著足夠的直率信任和可以充分表達的感情，或許也可以說是像兄妹一樣的親切關係。在這些幻想中，他打破了自己以往那種寧靜的精神世界，而且發現與大學生的交流也變得很難了，這令他覺得很苦惱。他似乎喪失了溫和、詼諧、諷刺的口才。他很少和傑克見面，他們好像是故意不用真心來對待對方，但也能夠從對方的態度中發現一些破綻 —— 彼此之間還是存在真感情的，只不過再也回不到以前那種關係了。

一天早上，有位不速之客意外地造訪了霍華德。學院的院長 —— 格萊頓先生走進了他的房間。格萊頓先生個子高高的，外表冷酷英俊，工作起來絕對會非常認真和勤奮，與任何一個善良的人相比，都沒什麼不同。他對教育不感興趣，坦白地說，是厭倦了學生不負責任的態度。他說：「希望我沒有打擾到你，我想和你談談傑克·桑迪斯，因為他是你的表親。昨天晚上，在學院的俱樂部舉辦了一個晚會，顧思利，還有那個桑迪斯絕對是喝醉了，他們大約在凌晨兩點鐘左右和別人大吵了一架，我下樓把他們驅散了。還有其他一些人，名字我都記下來了。但是桑迪斯非常不服管教，對我說話也很沒有禮貌。他必須要向我道歉，否則我會開除他。整體而言，他是個人格高尚的人，因此我不應該做得太極端，但不管怎麼說，也得關他的禁閉，當然，我會寫信告訴他爸爸。我想你最好去見見他，看看你能做些什麼。這事真讓人討厭，我們還是不提為好。但是，當然，我們無法忍受這一類的事情，它們應該立刻就被阻止。」

「好，我立刻就去見他，」霍華德說，「我非常抱歉。我沒想到他會像個傻子一樣，做出那樣的事情。」

「你永遠都說不準，你的學生在下一秒會做出什麼事來，」院長說道，「坦白地說，我不認為他是這裡的好學生。對我來說，他並不出眾，和別的學生差不了多少。但他也沒有做過什麼十分出格的事情，我並不想難為他。」

霍華德立刻就去找了傑克，並讓傑克來到了自己的房間，傑克的臉上明顯帶著一種叛逆的情緒。

「我知道，」傑克說，「是的，我的確是個傻瓜，這是一個不爭的事實。我是自找的，和那些沒有被抓住的人一樣。如果你想問，我要說，我也不想變成壞人。」

「你是一頭蠢驢！」霍華德說，「絕對的蠢驢！現在你一句話都不要說，我先告訴你我是怎麼想的，然後你再說話。你偶爾喝醉一兩次，我並不在乎，儘管喝醉酒是一件很蠢的事情，而且在我看來，喝酒毫無意義。我覺得你並不是個無賴，我也沒打算對酗酒發表什麼高談闊論，我完全明白你為什麼會有這種出格的行為，與一般的老師相比，你更有可能是被拉出去喝酒的那個人。這並不好。你站在了錯誤的一邊，讓別人對你產生了誤解。所有愚蠢的、不了解你的人都不會支持你、贊同你。你父親如果知道了這件事，心情也會變得非常糟糕。你是不是想看看自己究竟能喝多少酒呢？你是不是想知道喝醉了是一種什麼樣的感覺？住得離學校這麼近，酗酒這類事是不能做的。你對格萊頓的態度又是那麼的惡劣。這又是為了什麼呢？他這個人不錯的，本職工作做得好，從不過多干涉，院裡的一切在他的管理下都顯得井井有條。你這樣對他，顯得一點都不紳士。無論如何，即便你認為他們應該遭受痛苦，你也無權傷害那些關心你的人。這已經不能稱之為不道德了，而是徹頭徹尾低級下流！」

經歷了一整夜的折騰的傑克，衝著霍華德笑了笑：「好吧！我沒有異議！你讓我理屈詞窮、無話可說。就算你罵我是個感性的野獸，我也只能笑笑。那些人辦的事是多麼荒謬啊！那天，我和格萊頓一起吃午飯，科利講了學生時代的華茲華斯在老基督徒密爾頓的房間裡喝醉的事給我們聽，華茲華斯那老頭直到生命結束的時候，還把這事當成自己的驕傲呢，憑什麼他能喝醉，我就不能喝醉？格萊頓當時還大笑，認為這是個笑話。一般人喝醉了，這幫老古董們就會瞪大眼睛，說酗酒不是人做的。為什麼他們不能一視同仁呢？如果你去參加晚宴的時候帶上了酒，他們就覺得你是個性情中人，而不會說你太激動了，帶著天生的孩子氣才喝醉的，你知道吧——那一套老掉牙的話。而我呢，只是多了喝一杯，就成了上帝眼中的罪人了。」

「我明白啦，」霍華德說，「我覺得我從你這番深思熟慮的演講中獲益匪淺。」

傑克害羞地笑了笑，然後說道：「嗯，下一步會怎麼樣呢？我會被遣返回鄉嗎？」

「如果你沒有做錯事的話，就不會，」霍華德說，「你去格萊頓那，就說你為自己喝醉了感到十分的抱歉，對自己的無禮行為感到更加的抱歉，如果你能設法讓他明白，你一直都覺得他是個好人，並且真的很討厭自己曾經那麼粗魯地對他，情況就會好多了。好好施展你的口才吧，但不管怎麼說，你一定會被關禁閉的。他也會寫信給你爸爸。」

傑克吹了聲口哨，說道：「你能讓他別那樣做嗎？老爸會非常沮喪的。」

「不，我不能，」霍華德說道，「就算我能的話，我也不會這麼做，這並不算是很嚴重的懲罰，你必須要面對它。」

「很好，」傑克悶悶不樂地說，「我想我也必須付出一些代價，我現在就去格萊頓那。我只不過是對他有些粗魯罷了。我要向他展示出我誠實的天性。」

霍華德大笑：「那麼，去吧！告訴你吧，我會寫信給你父親，告訴他我的想法。」

「好吧，」傑克聽了之後，大大地鬆了一口氣，「不過一定要想方設法阻止老爸發瘋啊，我也會寫信給他的。不管怎麼說，有個當老師的親戚真是方便。不管怎樣，你現在是走運了，有土地可以繼承。我承認我確實是個傻瓜，但我保證再也不會做蠢事了。」

霍華德立刻就寫了一封信給桑迪斯牧師，並在不久之後收到了一封很長的充滿感激的回信。「這是件骯髒的事，」牧師寫道，「讓我覺得非常難過，墨德更難過，但是你已經把事情解決了，我很感激你從中進行斡旋，說實話，我並不相信傑克，他有時做事太缺乏自制力了。回想起在帕姆布羅克學院的時候——我記得很清楚，根本不需要費心回憶——就發生過類似的事情，不過當時的人們熟諳人情事故，不想為了一個孩子的惡作劇而隨意發怒，所以事態並沒有擴大。關於這件事，我已經寫信給格萊頓先生和其他教師了，我對傑克的錯誤行為深表歉意，同時也向他們表示，我對這所大學的寬廣胸襟有多麼的讚賞。」

不過，更讓霍華德更高興的是，格萊頓在會後找他談了話，說道：「非常感謝你，甘迺迪，感謝你及時的出手相助。桑迪斯到我這裡來，很禮貌地向我道了歉，使我完全消除了對他的厭惡印象。感謝你的友好幫助。我必須誠實地說，桑迪斯這個人很好。他並沒有嘗試原諒自己或是減輕自己的錯誤的想法。他很好地表達了自己的歉意，我相信，他今後的行為將會規規矩矩的。我真的對他很滿意。」

第二天，霍華德又和傑克談話，說他對傑克把那件事做得非常徹底而感到高興。

「徹底？」傑克說，「我想我幾乎已經拍遍了那個老頭的所有馬屁，當時的場面極為感人，他向我送上了誠摯的祝福。我走的時候還在想——自己演得太棒了，最好有人能給我個機會，讓我再表演一次。格萊頓是個聰明人，劍橋也是個好大學，要是換作別處，情況可就不一定啦。現在我不僅保持了清白的名聲，還成了等待熔爐鑄煉的金子。」

「還有一件事，」霍華德說，「你為什麼不讓你的家人兩三天後來這裡，把整件事情了解清楚呢？我想他們應該很願意來——我就很希望他們能來。」

「那多沒意思啊，」傑克做了個鬼臉說，「帶著人逛國王學院和三一學院，會對我的健康造成損害的，那會讓我精疲力竭，不過我想你是對的，我會問他們想不想來。你不會讓我失望吧？我的事情算是辦完啦，你繼續忙吧。如果有必要弄清楚的話，他們會來的。我知道墨德一直都想了解我的教育和生活狀況，就像她說的那樣，我老爸將會衝進大學圖書館，研究鄧恩[17]精神。他還能活很久，不過我覺得現在就應該請他吃一頓大餐，因為他的信寫得真是太棒了。說真的，儘管我從不走煽情路線，但煽情能讓人知道別人受苦了，就像他上個星期天在教堂布道時所說的一樣。」

霍華德又寫了一張便條，說自己非常希望桑迪斯先生能來劍橋。桑迪斯一家很快就安排好了，他們要來在劍橋待上一個星期，也就是 5 月節之前的那個星期。桑迪斯牧師在信中說，他對社會娛樂不感興趣，而且還有

17　約翰·鄧恩 (John Donne, 1572-1631)，17 世紀英國詩人。

些重要的事情要到圖書館去辦，不過他根本沒提自己所期待的那些學術熱情，不管怎麼說，他應該能在劍橋待上一個星期。

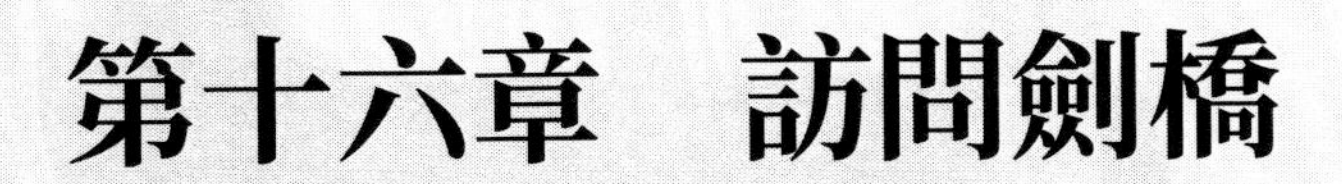

第十六章　訪問劍橋

桑迪斯家的這次訪問安排與其他訪問一樣，在按部就班地進行著。主方，也就是霍華德和傑克，兩人按照慣例準備好了一系列的歡迎和招待活動，活動日程被排得滿滿的。不管怎麼說，霍華德儘管看起來好像是一副迫不得已的樣子，但還是非常熱情地忙著接待工作。人只有在年輕的時候，才會縱情享樂。隨著年齡的增大，人會更多地希望享受到真正的歡笑快樂。因此，霍華德更想讓桑迪斯父女感受到真實的熱情和快樂，而不是虛情假意的盛情款待。

傑克去車站接他們，請他們在自己的房間裡喝茶，霍華德堅決拒絕前往。

「你一定要給他們一個機會 —— 讓他們和你說上幾句私房話！」霍華德說。

「為什麼，我就是不願意給他們說私房話的機會！」傑克說，「再說，我們家也沒什麼私房話可說的，我們家的人是不會裝模作樣、假模假式的。不過我希望你說的是對的。如果老爸想要玩局板球，我覺得也是應該的 —— 應該陪他玩一局！」

但是，他們要求霍華德一起吃飯。霍華德跟平時有點不一樣，他費盡心思地用花好好裝飾了自己的宿舍，使房間不經意間變得像家一樣溫馨漂亮。他打定主意，在和桑迪斯父女見面的時候，一定要盡可能地表現出非常平靜和坦率的樣子。霍華德還對自己說，至少要拿出一個下午的時間來陪著墨德在這個地方轉轉。不過，和墨德在一起的安排必須要做得非常隨意，不留絲毫痕跡，絕不能讓人覺得自己是刻意安排或純粹是出於外交禮儀才這樣做的。

桑迪斯一家來了。霍華德看到墨德顯得有些膽怯，有點無精打采，她看起來有些疲憊，但這絲毫沒有減少她的魅力，相反，對霍華德來說，墨德反倒對他有一種無法克制的吸引力。他很想把她攬入自己的懷裡，就像摟著一個孩子一樣，寵著她、愛撫她直到她覺得快樂為止。很顯然，傑克覺得自己責任重大，坦白地說，他覺得陪家人一起吃飯是件非常無聊的事情。那天晚上，霍華德破天荒地對桑迪斯先生滔滔不絕的高談闊論表示了感謝。桑迪斯先生非常渴望能夠在劍橋體驗一下生活、考察一下學術氛圍。回憶起在劍橋度過的學生時代，他時而興奮，時而傷感。他用一種最激動的方式談論著最沒意思的往事。在桑迪斯先生談到那些令他自己激動不已的往事的同時，霍華德也勾起了對於自己職業生涯中那些不起眼的小事的回憶，霍華德對此感到非常高興。桑迪斯先生年輕的時候，似乎曾經屬於劍橋的激進派，他桀驁不馴、膽大妄為、尖酸刻薄，這讓成了同齡人中的英雄，同時又讓學校的權威們頭疼不已，不過桑迪斯品行高尚，與那些行為卑劣的學生完全不同。這次劍橋之行，桑迪斯還帶來了一本查詢手冊，為了查找想要的資料，他打算一頭扎進圖書館不再出來。他還在手冊上列了一個清單，打算一一拜訪那些哪怕只是略有交往的朋友，算下來他得拜訪好多人。那個晚上，霍華德感到非常愉快 —— 因為墨德來了，他覺得自己格外在意她的到來，仔仔細細地觀察著她的一言一行、一舉一動。他非常高興地發現，她也在留心觀察著他所熟悉的生活環境。吃完晚飯，他陪著她坐在書房裡抽菸，他看到她帶著好奇的神情認真地看著周圍的一切 —— 他的書、他的論文、他的家具。他沒有跟她說什麼私房話，但很高興與她默默地四目相對，很高興聽到她輕聲的回答，更讓霍華德感到高興的是，隨著時間的推移，她似乎也不再像今天剛剛見面時那樣心不在焉、那麼顯得疲憊了。

時間還早，他們就告辭了，桑迪斯說墨德太累了，自己也需要早些休息，因為第二天他還有好多事要做，比如查閱資料，比如拜訪朋友。

第二天，有很多人和傑克一家共進午餐。霍華德走進房間，看到傑克的兩個死黨也在場，他一點也不覺得驚訝。其中一個年輕人長得高高大大，脾氣很好，不過很害羞，話不多；另一個是弗雷德·顧思利，是這個學院最優秀的學生之一。他家住在溫徹斯特，父親是男爵、議會議員，富有而高貴。顧思利家裡給了他很多零用錢，他手頭非常寬裕，因此加入了學校所有最好的俱樂部，他板球打得尤其好，有機會參加重大比賽。而且，他的社交能力也不錯。他總是顯得自然大方，而且有著很強的幽默感，這在年輕人中是很少見的。他還是話劇俱樂部的臺柱子，模仿能力超強，極具藝術天賦，不過他的個性卻不會讓人感到他有絲毫的魯莽和自負。他剛剛考完了一次什麼考試，霍華德讓他說說考得怎麼樣。「有什麼問題嗎？」霍華德說。

「哦，你一定知道的，就是那種可怕的摘抄題，後面還跟著一個問題——『這話是誰說的？是在什麼情況下說的？為什麼他們要讓他說出這樣的話？』」顧思利回答得十分從容、隨意，就像在自己家裡一樣，和桑迪斯先生談話的時候，也像是在歡迎一位世交。顧思利顯然被墨德深深地吸引住了，墨德也覺得和這個愉快而簡單的男孩說話很輕鬆。他繪聲繪色地描述了在一次閱讀課上自己模仿老師與傑克對話的過程，他把那位彬彬有禮的老紳士的禮貌口吻模仿得惟妙惟肖。「我一點也不否認，您的課業非常優秀，桑迪斯先生，但我寧願讓您用一種更加虔誠的語氣來回答問題。」顧思利還饒有興致地說，那天晚上，老師讓他這樣一個膀大腰圓、心地善良、又有點吹毛求疵的學生在辦公室裡待了很久，真是太讓他難受了——可是自己剛剛還在同學們面前嘩眾取寵地模仿他，等到看到老師本人的時候，還得裝出一副對老師畢恭畢敬的樣子，這實在讓他覺得很尷尬。那位老先生還說：「你喜歡模仿人，顧思利，而且模仿得惟妙惟肖，但你應該說明你正在模仿誰，因為我們還無法完全確定！」

桑迪斯先生被年輕的顧思利逗得十分開心，於是也講起了自己在風之谷做宗教演講時的經歷 —— 他的助手在第一次上宗教閱讀課時，向他報告說：「啊，您講得太好啦，您就這麼簡簡單單地一講，我就覺得書中的人物已經站在我們面前了。」

顧思利根本沒有獨霸餐桌，成為談話中心的意思，而是非常恭敬地、帶著濃厚興趣地、愉快地聽著桑迪斯先生講他的故事。顧思利是那麼的進退有度，反倒讓霍華德覺得自己非常沉悶、老氣橫秋，他覺得自己和桑迪斯先生在聚會上屬於高齡階層，也意識到自己在聚會上的表現缺乏活力。

顧思利的模仿表演讓墨德格外開心，因為他模仿得實在是太生動了，每個人都覺得模仿是一門值得實踐的藝術。桑迪斯先生也興沖沖地講起了關於方言的笑話，索美塞特郡的鄉下人見面時會說「嘿，哥們」，等分手時就會這樣說 —— 「煎（見）鬼去吧！」

午餐以後，傑克顯然是想把下午的時間全都揮霍掉，因此建議大家到河邊去坐船。可是划船的人卻說有事要辦，無法為他們效勞。霍華德也學著划船人的樣子，含含糊糊地說有事要做，然後就告辭了。桑迪斯先生倒是非常想去，顧思利沒什麼事，就由他帶著大家去，並且答應回來以後一起喝下午茶。霍華德身為顧思利的朋友，當然也在被邀請之列，但霍華德說暫時還確定不下來，要看看再說。

事實上，霍華德獨自一人散步去了。他對自己在餐桌上的愚蠢表現羞愧不已。他悶悶地想著，自己好像無法融入那種氛圍，根本無法引起墨德的注意。

他繞著馬丁雷學堂走著，根本沒有注意到自己走的是哪條路。在村外的白堊礦邊，有一對農村的戀人，男孩和女孩羞怯地站在一起，緊緊地、默默地擁抱著。對霍華德來說，在大庭廣眾之下摟摟抱抱是一種令人反感的行為，因此他也不看他們就迅速走開了。他腦子裡突然轉念想到了墨德，也許自己和她也會這樣……他立刻滿臉通紅，一直紅到了耳朵根。他趕緊走開，走得比以往任何時候都要快。直到霍華德在郊外很偶然地碰到了一對鴛鴦鳥，他才終於明白自己確實是戀愛了。出於嫉妒，他看到顧思利就覺得不順眼，他變成了愛情 —— 這個最古老、最簡單、最平常、最強大的人類情感的俘虜。他總算是睜開了雙眼，透視到了自己的內心。為什麼以前就沒想到過這一點呢？他一直對墨德念念不忘，墨德在場時他就會覺得渾身不自在。他十分荒唐地想說什麼或做些什麼，目的是留給墨德深刻的印象，但他缺乏自信，只能可憐巴巴地保持著沉默，內心充滿了無助感！這就是愛情啊！一想到自己戀愛了，他就覺得有點暈暈乎乎的。同時，墨德似乎也離他越來越遠了，她是那麼甜美、那麼純潔、那麼高貴，令人無法企及。原來霍華德還誤以為自己對她是那種父親對女兒般的親密情感，現在看來，這種想法是多麼的愚蠢啊！他需要她，每分每秒都想讓她了解自己的想法，自己也想讓了解她的所有想法，並且時時刻刻地看著她，緊緊摟著她！就在那時，他的幻想一下子破滅了 —— 他的頭腦突然清醒了，這太可怕了，自己是個上了年紀、思維僵化的從業人員，該怎能樣去討人家小女孩的喜歡呢？在他身上，有任何值得年輕女子喜歡的一星半點的優點嗎？他循規蹈矩地保持著中年人的生活習慣，思想上高貴傳統，服裝笨拙土氣，頭髮已經斑白。他覺得自己正在受著年齡和衰老的蹂躪。他怎麼會這麼蠢呢，是他邀請他們來這裡訪問，是他讓心愛的女孩脫離了孤獨的鄉村生活，她是那麼的渴望熱情和興奮，如今她被一群充滿激情和感性的年輕男子包圍了。顧思利不但富有，而且很有魅力、遇事沉著冷靜，一想到這些就讓霍華德自愧弗如。霍華德飛快地想像著兩人如何相互吸引，如何不可思議地發現對方的好處，如何心領神會地大笑的樣子。顧思利，毫無疑問，一定會去風之谷的。他就是桑迪斯先生心目中最完美的乘龍快婿，也是墨德心儀的結婚對象，同時那時也將是自己戀情的悲劇結尾。他們還要在這裡待上一段時間，他怎麼能受得了呢？今天才星期二，他們要到星期六才走。他的愛情之花剛剛萌芽就凋零了，他要為墨德挑選結婚禮物，作為中年鄉紳參加他們在風之谷舉行的婚禮，戴著眼鏡注視著那對喜氣洋洋的年輕人步入婚禮的殿堂。

他這樣一邊淒涼地想著，一邊走完了全程。他從學院的側門輕輕走了進去，懷著堅強執著的心情，開始了晚上的工作，但腦子裡卻一直在亂七八糟地想像著桑迪斯他們的聚會是多麼的熱鬧。他們也許會在餐館吃飯，他想。顧思利應該有時間與他們一起吃。

又過了一會，傑克來了。「有什麼事嗎？」傑克說，「你為什麼不到顧思利那去呢？聽著，幫幫我不行嗎？我可無法做完所有的事情。我真得休息一天了，我要去鍛鍊身體。」

「好吧，」霍華德說，「我來招待他們。我告訴你我的計畫 —— 明天你帶著他們到這裡來吃午餐吧，我會做個稱職的主人的。星期四你也來這裡用餐，星期五，我要請老師們一起用餐，這樣所有的問題就都解決啦。」

「太感謝你啦，」傑克說，「太棒了，我希望我們不要大動干戈，我可不適應這種雙重生活。我並不抱怨他們來劍橋。但事實上，我敢肯定，我是真的希望最後一次在這裡看到他們。我敢說，你也是這麼想的。這麼長時間以來，這是我做的最累的事了。」

第二天桑迪斯父女來了，他們和霍華德一起吃了午餐。午餐後，霍華德說：「啊，今天我什麼事情都沒有，傑克有一場草地網球比賽要打，那我們該做點什麼呢？」

「嗯，」桑迪斯先生和藹地說道，「這回我可要自私一把了，我要去圖書館查些非常重要的資料，恐怕需要很長的時間，然後還要到帕姆布羅克學院院長那裡去喝杯下午茶，他跟我是老朋友了。嗯，我不是找藉口不帶墨德一起去！我跟海瑞斯提過我要帶著女兒來的，但他也許是故意沒邀請她，也許是覺得和女士沒有話說，只喜歡和我靜靜地聊天。啊，霍華德，你說該怎麼辦呢？」

「沒關係，如果墨德願意忍受我，」霍華德說，「我們可以一起散散步，可以一起去看看國王學院的教堂。我想讓她參觀一下那裡，我們還可以去見見莫妮卡·格雷烏斯，在她那喝杯茶。」

「替我向莫妮卡問好吧，」桑迪斯先生說，「隨便找個理由，說我不能去看她了，跟她說實話也行！臨走之前我會盡量抽出時間去看她的。」

墨德非常急切地對這個提議表示了贊同和感激。三個人一起走到圖書館前面，桑迪斯先生就像兔子鑽洞一樣鑽進圖書館就不見了人影，只剩下霍華德和她單獨在一起。自從第一天晚上跟她見面以後，他覺得她變了很多。她很警覺，面帶微笑，無論看到什麼、見到誰都非常高興。「我覺得這裡真是太美了！」她說，「我真想去紐納姆上學啊。我覺得男人就是比女人過得好，而且，這裡的男學生好像想做什麼就做什麼，真是自由！」

「這都是我們這些老師的無私奉獻的結果，」霍華德說，「而我們什麼榮譽也沒得到！想想我桌子上那些堆積如山的作業。那天，我招待一批倫敦東區的工人到我這裡吃午餐，然後又帶他們參觀，我是憑著自己的高尚品德和自我犧牲精神來招待他們的。看起來他們對劍橋比我了解得還要多，與他們相比，我反而像個知之甚少的可憐蟲。結束時，他們的領隊很客氣地對我說，他非常高興能夠體驗到劍橋的校園生活。『真是太漂亮、太高貴了，』他補充說，『但我們的民主精神卻不會讓它長久地存在下去。

總是聽人說大學老師什麼都不做，就是讀讀書、品品葡萄酒，這回我總算是親眼看到啦。這裡的人居然這樣揮霍財富！真是讓人覺得心理不平衡啊！但不管怎麼說，我們非常感謝你的熱情招待！』」

霍華德和墨德就這樣閒逛著，劍橋的美不是擺在明面上的，需要細細地體會才行。毫無疑問，很多迷人的景致都隱藏在黑暗的門後面和陰沉的牆對面。他們只是匆匆地走過了雜草叢生的院子，草草地看了看那座陰暗莊嚴的教堂。他們在克雷爾橋上站了很長時間，注視著克雷爾那座無與倫比的壯麗學堂，它的亭榭花園，柳樹成蔭的小路，以及縱橫交錯的潺潺溪流，就像柯萊特[18]一樣美麗。

陪著自己心愛的女孩，霍華德既高興又痛苦，墨德並沒有表現出想要與他親切、愉快地交談的意思。她向霍華德提了很多問題，他看得出來，她已經深深地陶醉於劍橋的美景中，瞬間就領略了它的魅力。他們一起去看望莫妮卡，一開始，莫妮卡的心情很平靜，她讓霍華德講講他成功拜訪風之谷的事情。「我聽說你到那裡的時候，就像是童話中王子降臨一樣！而且只用了幾個小時就迷住了你的安妮伯母，讓她把財產都留給了你。他是不是一個很優秀的人，墨德？千萬別以為他就是一個典型的大學老師 —— 他可是我們這裡最出色的人物。」

「什麼時候我才能再去一趟風之谷呢？」她補充說，「我想我必須要問問霍華德什麼時候去風之谷才行，這樣我們可以結伴同行。他曾經跟我說過，」她對墨德說，「要知道，他想要改變，他覺得現在的工作很無聊，所以上次我沒有去安妮伯母那裡，而是讓他一個人去了。他到了那裡之後，一下子就把所有人都給迷住了。沒有誰能夠比這些學識淵博而又不諳世事的男人更有外交手腕了，墨德！我這個人很高尚，如果我一味地勸說安妮

18 英國傳說中亞瑟王所居住的地方。

伯母，不讓霍華德去接觸她，我相信她會把風之谷留給我的，我也會嘗試著在那裡施展我的外交手腕。風之谷對我來說，是一個令人興奮的家，到處都是淙淙的溪水，不像劍橋，只是一個公共場所。」

墨德被莫妮卡這番話逗得非常開心。霍華德滿意地說，莫妮卡大大地誤解了他。隨後，他們又一起去了國王學院。

墨德無法想像國王學院那座教堂的樣子，而教堂那普通古樸的外觀也確實讓人想像不出裡面會有多麼壯觀。

當從擺動門經過的時候，他們的視線隨著精美的線條一直向上延伸，直到精湛複雜的屋頂，他們看到了教堂色彩豐富、富麗堂皇的內部景色。雕刻著暗色花紋的屏風，管風琴上正在吹著閃閃發光的金色喇叭的天使，霍華德看到墨德屏住了呼吸，她的臉色因為震驚於如此輝煌壯麗的教堂而變得臉色蒼白。

他們坐在了教堂中殿，這時輕輕的鐘聲已經消失，管風琴發出了悠揚的樂聲，一隊穿著白色長袍的人輕輕地走過，慢慢地走向了教壇，霍華德看到墨德幾乎完全被這種情景所征服。她看了他一眼，露出了一個奇怪的微笑，霍華德無法理解這微笑的含義。宗教儀式莊嚴有序地進行著。霍華德體會到了甜蜜的感覺，他看到墨德正在積極虔誠地祈禱，他猜不出她是出於怎樣的奉獻精神和力量才進行祈禱的。

直到他們從教堂離開，墨德也沒怎麼開口說話。剛才她全神貫注地祈禱，現在似乎有點累了。她只是對霍華德說道：「啊，我很高興和你到這來。我一輩子都不會忘記這種感覺的，我無法用語言來形容了。」

霍華德送墨德回到了他們的住處。她握了一下他的手，淡淡一笑，淚光婆娑，然後便一言不發地走了進去。霍華德一個人往回走著，心情非常激動。他根本不了解這個女孩的心裡到底在想什麼。她變了，完全變了。

她的腦子裡產生了一些新想法，可他卻完全不知道。他覺得她以前一直過著隱居的生活，她那豐富的洞察力根本沒有機會表現，始終處於一種半飢渴狀態。當她意識到生活是如此富有活力和樂趣的時候，她的洞察力覺醒了，她很快就產生青春的喜悅，她能夠預見到自己將結交很多新朋友，共同分享美好的祕密。讓他感到困擾的是，她似乎並不想和他恢復昔日的小親密，她有時好像完全把他當成了一個透明人，只是一味地一個人去敏銳地感知新鮮事和奇異的事物。他和她交朋友，就像他與天真的男孩們交朋友一樣，並沒有性別上的意識。但他們兩個的友情卻摻雜了全新的、神祕的、孤傲的東西。奇妙的性別面紗阻隔了兩個人，一時間好像誰也無法理解對方。

接下來的幾天非常順利，很顯然，墨德變了，變得比以前更快樂，她對外物總是保持著一種莫名其妙的新鮮感，這讓她變得更加快樂。霍華德覺得自己與她越來越疏遠，甚至被擠出了她的頭腦，他還與她保持著一臂之遙，不近也不遠，不過隨時都可能會被別人取代。

他們還請院長共進午餐，整個過程非常成功。院長是個老光棍，鶴髮童顏，彬彬有禮，品味高雅。他對桑迪斯先生非常客氣，桑迪斯對他非常尊敬，就像尊敬以賽亞[19]的靈魂一樣，就像尊敬從天堂來到地球的精靈一般——因為精靈能夠把天堂的香氣帶到人間。與這樣一位神學博士、學院院長，才高八斗而又和藹可親的人一起吃飯，讓桑迪斯先生手中那充滿浪漫情懷的酒杯斟得滿滿的。他似乎要將院長說過的所有話都記在腦子裡。院長也很高興能和墨德在一起用餐，他用自己那迷人的、開心的歡樂來對待她，這讓霍華德多多少少有點嫉妒。院長讓她坐在了自己的旁邊，無論說什麼都要先徵求她的意見，聽從她的見解。他稱讚傑克和霍華德都

19　亞摩斯的兒子以賽亞，通常被人認為是眾多先知中最偉大的一位。「以賽亞」的意思是耶和華拯救。

是好青年、好老師。當午宴結束時，他說如果桑迪斯先生下次來劍橋的時候，一定要帶著桑迪斯小姐，並且還可以住在現在住的宿舍裡，這些話讓桑迪斯先生欣喜若狂。霍華德覺得確實應該對這位熱心腸而且平易近人的老院長表示感謝，而且他慧眼獨具，能夠發現墨德的柔弱嬌豔之美。老院長離開以後，即便是傑克也不得不承認，他之前還不知道老頭是這麼有活力的一個人呢。

那天晚上，桑迪斯先生與少年們共進晚餐，他表現得完美至極，就像王公貴冑一般。吃完晚飯後，他們一起走進公共教室，桑迪斯先生並沒有像霍華德預料的那樣侃侃而談，他恭恭敬敬地向大家鞠躬致意，溫和地表達著自己的禮貌。他坐在了副院長雷德梅因的旁邊，雷德梅因陪著他看了最沒意思的煙火表演。無論雷德梅因說什麼，桑迪斯先生都完全表示同意，而且不時地發出十分誇張的驚呼：「是啊！是啊！實屬高論！」他後來還跟霍華德說 —— 真正的學術就像沒有摻水的葡萄酒一樣，是非常有力的飲料，雷德梅因的學術水準真是太高了。「人首先得把它喝下去，」他說，「然後才能慢慢品出味道。這一個星期對我來說真是太美妙了，我親愛的霍華德，謝謝你！你讓我返老還童了！我將把我搜集的那些無比珍貴的資料帶走，當然現在我只是草草地記下了一些提示符號，等回家以後，有了空閒，我再細細地琢磨。這裡學術氛圍濃郁、博大精深，激勵、鼓舞著我，讓我完全忘了傑克那些可憎的不軌行為。傑克的事情被那樣處理是非常明智的！這些傑出的人、這些學術上的巨人，他們的善良深深地感動和鼓舞了我。我的確無法提出什麼過分的要求。你們的院長真算得上一個謙恭禮讓的典型，你們的副院長也是那麼好的一個人 —— 看上去那麼倔強，那麼執著，還有你的那些同事，他們的一舉手一投足都能讓人覺得矜持、克制、有禮！這段記憶太美好了，它會永遠支持著我去好好工作和生活的，」桑迪斯牧師信心滿懷地說道，「在我平凡的工作中，我常常會想起我在母校那種平靜、有序的學習生活，沒有絲毫的矯揉造作，如潮起潮落般從容平淡！非常感激你熱情的款待。最讓我敬仰的是這裡的學者，他們非常的謙遜和禮貌。」

霍華德陪著他一起回到了住處，並和墨德道了別。傑克和她吃過飯之後就走了，霍華德和顧思利一起把他們送到了車站。「顧思利真是個迷人的少年！」桑迪斯先生說道，「他總是陪著我們，傑克能交到這麼好的朋友真是讓我高興。顧思利的父親，我相信，應該是個有錢有勢的人吧？或許你根本沒想到吧？像他那樣的年輕人居然能夠花那麼多時間來招待一個鄉村牧師和他的女兒，真是太令人感激了。這也說明英國年輕人的素質越來越高了。我覺得或許我們在帕姆布羅克不應該完全聽從人家的安排，如果我們在這裡待的時間再長一些，我就可以做更多的事了。我喜歡你的學生，霍華德。關於著裝，他們十分的隨意，但他們非常有禮貌、非常善良，這方面無可指摘！」

霍華德和墨德只說了幾句話，而且都是一些慣常的客套話，墨德說自己過得很愉快，他能花這麼多的時間來陪他們真是太好了。她看上去話猶未盡，又似乎心事重重，霍華德雖然有很多話想說，卻什麼都說不出來，他們之間好像再也難以恢復昔日的友誼了。他覺得很累了，一個星期的接待給了他很大的壓力。他和墨德沒有越走越近，反而越走越遠了，有一種無形的分歧阻隔了他們。霍華德覺得這次拜訪從頭到尾都不應該發生。

第十七章　自我壓抑

學期一結束，霍華德便回到了風之谷。他的心情不是很好，內心始終無法平靜。可是他想得越多，越是試圖分析自己目前的感情狀態，就越覺得這種感情太複雜了。有時後，他覺得內心好像有兩個完全不同的人在爭吵，他害怕談戀愛，他的人生目標就是讓自己的生活盡可能的簡化，日復一日，只要活得寧靜快樂就行了。他的工作、他和同事以及學生的關係都讓他覺得很快樂、很開心。他關心別人，也有很多朋友。這種關係屬於淡淡的、溫和的，並不熱烈的那種。人們在他的生活中來了又去了，他已經習慣了這種溫和平淡的感情。他為人坦率，又平易近人，他的記性很好，能夠把別人的特點和家境記得很清楚，他輕而易舉地就能與任何人交上朋友，不過這樣的友情並不能深入人心，沒有人能真正地走進他的生活。他也不想隨隨便便就失去與朋友之間的連繫，因此不厭其煩地與以前的學生寫信聯絡。儘管他與別人的友誼從來沒有達到很深的地步，但失去某個朋友還是會給帶來他沉重的打擊。他總覺得，從友情中得到的要比他付出的更多，這也讓他變得小心翼翼，不想辜負了別人的友誼。他總是隨時準備著，不厭其煩地建議和幫助他以前的學生進行職業規劃，但這種行為更多是出於他的禮貌，而不是其他一些更深層次的原因。

但是，現在一切都不一樣了。他覺得自己的思想已經完全被墨德占據了。他覺得自己正在試圖尋找愛的祕密，就像一個人從山頂向谷底探尋時，發現遠處嶙峋的山脊已經漸漸地隱入薄霧中，讓他產生了一種「山重水複疑無路」的感覺，他不相信自己還擁有繼續前行的能力。他不了解自己的愛到底是怎樣的。他只是覺得自己激情澎湃，可仔細想想之後，又覺得自己的愛已經變得越來越平淡，如果能夠達成心願 —— 和墨德結婚，自己的愛情又能維持多久呢？結婚以後自己是否又會重新渴望去過原來那種舒適孤寂的生活呢？自己是否希望讓自己的生活與另一個人的生活糾結在一起呢？這一切霍華德都不確定。他害怕與別人產生很親密的關係，他希望自己想付出多少就付出多少，不願意付出就不付出。然後，他對自己說 —— 我太老了，和那麼年輕的女子結婚不合適，如果她能夠找到一個條件相當的人來做人生的伴侶，她會更開心的。即便如此，一想到要把她讓給另外一個男子，霍華德還是覺得很難過。他相信顧思利已經吸引了她。只要自己不向墨德伸手，與她保持一定的距離，那麼總有一天墨德會和顧思利結婚的。他不明白為什麼愛情開始得那麼容易、那麼簡單。他寧願相信這不是真的，但愛情就是這樣，就這樣開始了。再者，他也搞不清墨德對自己的感情。他覺得她被自己吸引了，但那不過是兄妹之情罷了。在她局促不安的時候，她碰巧遇到了他，因此這種友誼就給了她一個放鬆自我和表達興趣的機會。

他總是想著把所有與這件事情相關的東西都告訴姑姑，但和許多人不同的是 —— 別人都格外喜歡袒露自己的感受和幻想，輕易地訴說自己的情緒，而霍華德卻寧願對自己嚴肅的、悲傷的心路歷程三緘其口。很多人覺得他愛表達、愛溝通，一點也不沉默寡言，但只有他自己知道，其實並不是這樣的。他可以輕易地向不太熟絡的人說出心裡話，因為陌生人不會觸及他深層次的情感，但一旦他們真的感動了他，他就寧可保持沉默，也不願多說一句了。

他在風之谷住了下來，姑姑立刻就察覺到他身上少了些什麼東西。她給了他很多機會，想讓他跟自己說，可他什麼也不說。他的祕密、他的痛苦都不願表露出來，只能退縮沉默。坦白自己的軟弱在霍華德看來有損自己的尊嚴、是對自己的侮辱。他只是暗暗地希望這種情況能夠自行解決，這樣他就沒必要坦白了。

他試圖專心致志地看書，但那完全是徒勞。因為愛情已經讓他心緒不寧、進退兩難。他研究的課題 —— 宗教的起源，對他來說已經變得毫無意義，而且他也對此毫無興趣，他也沒覺得這個課題在實際生活中能夠有什麼意義。他的痛苦似乎也影響到了他的觀察力。平日裡那些美麗的景色 —— 疊嶂山巒、青山翠田、朝露暮輝、悠蕩雲彩、飽經風霜的石頭、古老的房屋以及樹葉遮蔽的花園和碧綠的丘陵在他眼中都失去了魅力和意義。他一次次地對自己說道：「多麼美啊，如果我能感覺得到的話！」誠然，他能一如既往地清楚地發現這一切的美，但萬物美妙的色彩和組合已經變得非常沉悶和索然無味了。所有絕妙的想法，都曾經在他心中如花般綻放，快樂的思想也層出不窮，他只消用一丁點想像力就能夠變化、組合出令人出乎意料的主意，但此刻這些似乎都不值得去仔細思考了，他覺得自己無精打采，根本沒有半法專注地去做任何事，要費好大的力氣才能打起精神來跟別人講話、聽別人說話、交換思想，但卻看不出絲毫的熱情和活力。

傑克短期內要出門，所以霍華德大多數時間都是一個人待著。他去牧師家拜訪過一、兩次，但發現與桑迪斯先生實在是太難相處，他精力充沛，但行為很幼稚。與他待在一起唯一的好處就是 —— 聽他一個人說就行，你不需要說任何話。墨德也在場，那曼妙的身姿離得他遠遠的。她似乎完全沉浸在了個人的思緒中，與他只是說些客套話。可他總是能夠痛苦地感受到她的存在。而她，也好像非常抑鬱、憂傷。他覺得自己無法再像往常那樣無拘無束地向她傾訴了，只能是默默地看著她，而她也正在試圖迴避他的眼神，她那刻意迴避的情景深深地定格在了他的腦海中。那段日子，她就像幽谷中的百合一樣，在飽經風雨之後，默默地、悲傷地獨自凋零。她就如同《農莊》裡的馬里亞納，蒼老的身影孑然獨立，看到有人興高采烈地向她招手，而她也想招手回應的時候，那邊卻悄無聲息了，她只能是疲倦地、無精打采地對著那個方向張望。不過，他也有較為快樂、心裡敞亮的時候。炎熱的 7 月，他的內心恢復了些許的寧靜，他又見到了世間的美景，聞到了世間的香氣。為了讓自己忘卻憂愁，他一個人走了很長的路到了高地。有一天的經歷對他來說印象深刻。那天，他走到了營地，在灌木叢的樹蔭下面坐了下來，身邊是青青的苔蘚。他向山谷裡望去，雖然天氣很熱，但在這裡卻有一種說不出的安靜祥和。沒有風，樹木靜止不動，隱約可以看到農舍的屋頂從果園中露出來，丘陵上熱氣蒸騰，田野裡有幾個晃動的人影。人們過著甜蜜、寧靜、安逸的生活。突然，一直困擾著他的思緒又讓他感到了無比的疼痛 —— 那已經不是精神的痛苦，而是肉體的痛苦。美麗的盛夏草木茂盛，而自己卻疲憊倦怠，如此強烈的強烈，就像一道閃電將他撕裂。是不是死了會更好？他閉上雙眼，讓一切歸於沉寂，但平靜的生活卻無法改變安謐的夢想。死亡是否能夠擺脫靈與情的矛盾衝突？他到底想要什麼，又在期盼什麼？他不清楚。他甚至有些憎恨那個苗條、文靜的女孩了 —— 恨她那甜蜜的樣子，恨她那纖細的手，恨她那優雅安靜的舉止。可她什麼也沒有說，也沒有炫耀自己的勝利，不過她的舉止卻留給人深刻的印象，對他的生活產生了極大地影響。她甚至都沒有熱情地叫喊著要求他去愛她，迫切向他表示她需要愛。她沒有任何悲情或專橫的表示，沒有要求他立刻辦到什麼事情。她就是那樣一個女孩 —— 甜美、任性、焦慮，生活在平凡、簡單、備受保護的寵愛的環境中。她為什麼能夠對他產生這麼大的影響力呢？能將他所有的寧靜和滿足擊得粉碎，她沒有給過誰什麼大好的機會，沒有讓誰全身心、忘我地愛她，也沒有讓誰為她做出壯烈的犧牲。她的身上似乎具有一種可怕的、神奇的魔力，破壞了他的全部計畫。他覺得生活已經不可能再像從前一樣了。他完全被她的魔力所掌控了，自己所謂的計畫變得無足輕重。所有的書中都提到過，這種魔力無比強大，曾經擒住了戰士和聖人那類人，消磨了他們的實力，摧毀了他們的精神，能夠讓他們犯罪、讓他們悲傷。而他也一直鄙視老歌中所唱到的那些陷入情網難以自拔的人，原來霍華德一想到他們，就浮現出了一種臉色蒼白、眼神空洞的形象，霍華德覺得他們是因為過度沉迷於有害藥物——愛情，才失去了男性的偉岸和活力。這就像〈冷酷仙女〉[20]中那位窈窕的少女，在昏暗洞穴裡的一吻就讓一位戰士「獨自沮喪地遊蕩」，在寒冷的土地上背負了悲傷的想法。可霍華德就是不能抵擋它。他能想到的唯一明智的做法，就是與她保持平靜的友誼，那麼他這一生就不需要承擔那麼多責任，也就不用那麼辛苦了。可這時他又想到了墨德——她那閃亮的頭髮、清澈的眼睛，以及他最後在牧師家見到她時拿著那本書的纖纖玉手，她的眼睛望著花園，眼神中流露出令人不解的困惑。一瞬間，他所有審慎的考慮就像個紙牌做的房子一樣，只消微風一吹就徹底地倒塌了。他覺得自己好像必須要直奔向她，在她的面前跪下，求她送給自己一件禮物，可是就連他也不知道應該要什麼禮物。是她少女的身體？輕鬆無暇的內心？她小小的憂慮不安？抑或是她的少女之心？他要這些的目的又是什麼呢？他不知道，他只是想和她在一起，緊緊地摟著她，聽她的聲音，看她的眼睛，把自己祕密隱藏的愛的話語告訴她。他隱約感到，有一種無限的美麗和親近感覺向他襲來，如果他能得到她，他的整個人生將會變得完全不同。他和她在一起絕對不是友誼的結合，而是絕對坦誠的靈魂的結合——無所隱藏、無所保留，彼此之間能夠坦承一切，就如同兩條生命之河匯成了一條。

20　英國著名詩人濟慈（John Keats, 1795-1821）的一首詩，下面引文亦出自本詩。

第十八章　野餐

按照計畫，傑克準時回到了風之谷。顧思利也跟著一起來了。霍華德認為傑克肯定是另有企圖才帶著顧思利一起來的，當然他也為自己這麼想而感到慚愧。顧思利的到來讓他覺得有些尷尬，因為顧思利的到來很可能讓複雜的情況變得更複雜。

他們打算到山上野餐。在離家大約 5 英里遠的地方，有一座塔聳立在丘陵的最高處。這座塔是由一位富有的鄉紳出資興建的，雄踞群山之上，雖說看起來很突兀，但站在塔上視野廣闊，可以看得很遠。他們可以駕著車趕往山腳下的小村莊，把馬車留在鄉村客棧，然後再徒步上去。有人建議把午餐帶上塔，然後在那裡吃。桑迪斯那幫人自己駕車去，霍華德則駕車帶著麥麗小姐前去與他們會合。霍華德並不奢望能玩得多好，但他非常希望墨德能來。他似乎根本無法與她溝通，他覺得那個年輕活潑的顧思利會讓自己處於一種可有可無的境地，到最後，用瑪麗·巴什基爾采夫的一句天真話來說 —— 他幾乎都不值得一看了。然而，他根本無法阻止事情向不好的方向發展。

在一個 7 月的美麗的早晨，柔和的陽光無處不在，大朵的白雲漂浮在碧藍的天空，霍華德和麥麗小姐從風之谷出發了。麥麗這位淑女發出了高雅的歡笑，她高尚的品味展露無疑。她問霍華德如何看待眾多的文學名著，她也真誠坦率地談起了她溫順而快樂的人生觀、她從書中得來的諸多好處，比如從羅勃特·白朗寧[21]那獲得的道德靈感。霍華德很想弄明白麥麗小姐為什麼會如此的無趣和缺乏魅力，他問自己 —— 這個小老處女是否能夠變得有點吸引力呢？她樂觀的嘰嘰喳喳原本是應該挺招人喜歡的啊。麥麗小姐的人生觀很明確，她的生活也堪稱絕對的成功，她是個幸福的女人，保持著溫順而又蓬勃的熱情。她接受人生所發生的一切，無論

21　羅勃特·白朗寧（Robert Browning, 1812-1889），英國詩人，劇作家，主要作品有《戲劇抒情詩》（*Dramatic Lyrics*）、《環與書》（*The Ring and the Book*）、《巴拉塞爾士》（*Paracelsus*）等。

好壞，她同樣都抱有濃厚的興趣。痛苦，在麥麗小姐看來，具有一定的教育意義，生活中的每件事無不與優秀的文學情節相對應，這能夠讓她準確地記住生活、記住作品。霍華德無法評價她的看法到底怎麼樣。他覺得，人不能這麼不加批判地對生活採取全部接受的態度，而是應該批判性地思考。麥麗小姐對任何事、任何人都非常崇拜的態度，讓霍華德覺得她真是一個索然無味的人，而這種感情自己又很難隱瞞。她醉心於自己所謂的問題，生活越是不完美，麥麗小姐就顯得越完美。她的七情六欲、她的人生觀都完美得不像一個凡人。霍華德也為自己的陰沉冷漠而感到羞愧，因為這種性格並不能為生活增色。他無心破壞這位淑女的快樂，於是就非常禮貌地、故意地跟她談一些稍微抽象的話題。「當然，」麥麗信心滿懷地說道，「我所做的都是些小事，不過我認為事情的性質是最重要的，所以小事由於性質重要，也就變成了大事。我是說，從小事可以展現我的理想。」霍華德喃喃地表示贊同。「我有時甚至想，」她接著說，「我自己也有很嚴重的問題，這是毫無疑問的 —— 因為我的生活太輕鬆了，雖然我不認為我的幸福讓與別人變得疏遠，但我渴望明白人為什麼會受苦、會受什麼苦。」「啊，」霍華德說，「如果你只是這麼想還不夠，還必須切身體驗才行。最糟糕的痛苦，我覺得，是走向徹底的沉悶，一點都不浪漫、不興奮，至少從外表看是這樣，毫無激動、毫無興奮，連痛苦都不知為何物。不過我也沒有發言權，因為我也一直過著非常幸福的生活。」

麥麗小姐眼眶溼潤、聚精會神地聽霍華德說著。「是的，我知道你說的都是實話！」她說，「我想我們的幸福和我們能享受到的一樣多，我們也確實值得去享受這麼多的福分。」

他們趕到的時候，其他人也都已經到了，正在布置午餐。墨德很害羞，只和霍華德打了一聲招呼。霍華德一看到她 —— 身穿粗布戶外裝，修長的身材充滿了年輕的活力，便又重新陷入到那種奇怪的痛苦中了。他想要什麼呢？他問自己。是怎樣神祕而又怯懦的感覺讓他如此在意那個女孩的一舉一動、一言一行呢？他為什麼就不能快樂、友好、簡單和她打招呼，盡情陶醉在與她令人著迷的相處中呢？

桑迪斯先生興致頗高，一直在忙著指揮大家布置午餐。但兩個年輕人卻奪去了他的風頭，兩個人忙著表演一齣沒頭沒腦的話劇，好像是演一位學者，主角似乎是雷德梅因。顧思利情緒極為高亢，他扮演了雷德梅因先生，他模仿得非常逼真，好像他就是那位品格低下的俄爾布·雷德梅因先生。顧思利，不，應該叫他老雷德梅因，帶領著全院的高級教師進行著各種卑劣勾當，做著荒唐的事，把率真無知的他們當作替罪羊，自己卻巧妙地逃脫了法律的制裁。

在劇中，俄爾布·雷德梅因誘騙院長參加種族會議，院長由傑克扮演。雷德梅因將院長介紹給一家非常糟糕的公司，逼著他去賭馬，以此逃避即將到期的債務，不幸的院長背了黑鍋，而雷德梅因潛逃時卻被發現了。顧思利在霍華德面前表演似乎有點不好意思，但傑克安慰他說，「哦，他不會出賣我們的，我們會把他逗樂的！」這齣戲引人入勝，一直演到了午餐開始。俄爾布·雷德梅因毫不掩飾地表達了對院長的蔑視，而院長則溫順地執行他的命令。桑迪斯先生不時地大笑。「太好了，太好了！」他有時歡呼，「你們這群不知天高地厚的小流氓，不過像這樣的事，我們以前也經常做！」

毫無疑問，話劇很有趣，如果換種心境，霍華德肯定會對他們的表演著迷，而且會因為自己被允許看到這麼諷刺的話劇而有一種受寵若驚的感覺。雷德梅因這個角色演得尤其出彩，傑克也把老院長的那股焦慮和禮貌的感覺給演了出來——連走路都怕傷到螻蟻的性命，還喜歡拍馬屁，但還算是個老好人。可就是沒辦法把霍華德逗笑，更糟糕的是，當霍華德看到墨德很高興的時候，自己變得更不高興了。即便是麥麗小姐，也在看到這次意外演出之後怯怯地笑了。她並沒有一本正經地對醜化校領導表示反對，而是很開心的樣子。

他們走上山，看到了那座塔。塔身由石質材料建成，坐落於一片石楠花盛開的地方，四周環繞著樹木，可以沿盤旋的樓梯登上塔頂。從塔頂的平臺放眼望去，景致確實非常壯麗妖嬈，靠在塔頂的女牆上，能夠看到鬱鬱蔥蔥的大樹和廣闊的平原，一條河蜿蜒屈曲流經山下，最後匯入大海。霍華德和墨德並肩而立，默默地凝視著遠方。桑迪斯先生用地圖比對著代表性建築物。「看這世界是如此的美妙，真好啊！」墨德說，「世間萬物享受到了快樂和滿足。男男女女像平常一樣奔波忙碌，從事著簡單地工作，卻不知道我們在看著他們，真奇妙啊！」

「是的，」霍華德說，「是很奇妙。生活是如此的簡單和寧靜！但我們都知道，哪裡的人都有自己的煩惱和焦慮，人會生老病死，卻不明白為什麼會這樣——為什麼人要來世上走一遭，為什麼生命又如此短暫！」

「我想，萬事皆有其道，」墨德說，「都在以某種方式運行。我不認為生活真的自相矛盾！」

「我也不知道，」霍華德說著，突然沉寂了，「這就是生活想讓我們體會到的——生活中的痛苦！」

墨德看著他，沒有說話，他衝她不安地笑了笑，她轉過身去看父親的地圖。

他們從塔上下來，在老橡樹下面那片綠油油的蕨菜地裡吃午餐。陽光播灑在草葉上，一群山雀鳴叫追逐，從他們身邊飛過後一頭扎進了下面的樹林。他們能夠聽到附近那高高的樹枝上有鴿子正在低吟一首平和、令人感到滿足的歌曲。桑迪斯先生受到了顧思利和傑克所演的話劇的鼓舞，講了一個很長的發生在他大學時代的故事，還時不時地模仿故事中的人物。霍華德很滿意地坐在那裡，表面上是在傾聽，但眼睛卻看著陽光照耀下的寂靜山林。一個看林人，頭髮花白，弓腰駝背，穿著大皮手套和護腿，手拿著一把大刀，摸了摸自己的帽沿，踉蹌地走了過去。傑克堅持要送給他一些午飯，給他裝了個便當，老頭把便當放在口袋裡，跟眾人談論了一下天氣，然後帶著老年人的驕傲說自己年過七旬，在林區工作已經 60 多年了。霍華德覺得他就是中世紀的人 —— 估計 500 年前的人就是這麼說話，長相也是如此。看林人一點也不了解外面的世界，更不知道外面的人在想什麼、渴望什麼，他過著一種昏暗的機器般的生活，就像這裡的土地和山林一樣。他就是為了這個而生活的嗎？他的人生觀能與麥麗小姐積極樂觀的人生觀一致嗎？他對生活毫無感覺，而且很顯然連道德意識都沒有，上帝創造了他，耐心地撫育滋養他，而他的生活卻沒有什麼意義 —— 上帝做了一件沒有意義的事，這不是很奇怪嗎？

在無限的平靜中，蒼蠅嗡嗡地盤旋在陽光照耀的蕨菜上，微風拂過冷杉林，瞬間變得悄無聲息。霍華德感到了一種難以言表的痛苦。還能有誰的心能像他這樣沉重，這樣不平靜？生活對於他來說，除了一個重大的願望外，是如此的漫無目的，而這個願望他又無法實現。他對自己的軟弱感到震驚。一年前，他還無法想像自己能在這豔陽高照的山林裡，與這樣一群人甜美愜意地野餐。

模仿秀又開始了。

「沒什麼人是你模仿不了的，顧思利！」桑迪斯先生興高采烈地說道。

「哦，我有訣竅，」顧思利說，「不過有些人確實天生就比其他人更會模仿。」

霍華德也受了鼓舞，表示自己也很感興趣。「嗯，他能把你模仿得惟妙惟肖，」傑克說。

「哦，算了吧，別胡說了！」顧思利說，漲紅了臉，「這麼說可不好，傑克。」

「我承認，我對此非常好奇，」桑迪斯先生說。

「哦，不用介意我，」霍華德說，「模仿我吧，它比什麼都讓我開心，就像意外地從鏡子裡看到了自己一樣。」

顧思利被逼得沒有辦法，終於開始模仿起了霍華德。他模仿了幾下霍華德教書的樣子，語氣相當的溫柔，可霍華德卻覺得那樣不僅挺可怕，而且很古板，他真的有點不高興了。顧思利連開玩笑帶詼諧，而且還帶點學術的幽默，但霍華德卻覺得十分噁心，認為像自己這樣一個知識淵博又高高在上的老師，怎麼可能說這些溫和的俏皮話呢？那不是把自己降到和毛頭小子一樣的水準了嗎？霍華德本來以為自己在和學生的交流過程中能夠保持頭腦的靈活，而且不會受到任何影響。但看了顧思利的模仿之後他才明白，這就是他對他們產生的影響！不過，他克制住了自己心中的怒氣，別人有些尷尬地發出了幾聲乾笑，一時間，大家都覺得這樣的模仿有些過分。霍華德裝出一副很開心的樣子，笑著說：「嗯，這給了我很大的啟示，我從想過模仿我說話能這麼好笑。也是，人永遠都無法知道別人在背後怎麼議論他，沒人能逃得過，我想，關於我的俏皮話肯定有一籮筐了，也許他們老早以前就已經開始編排我了，恐怕最具代表性的編排都已經過時了吧。」

「哦，不，不是那麼回事，」麥麗小姐殷勤地說道，「我想，要是有人那樣教我課的話，該有多好啊！」

這件小事似乎掃了大家的興，顧思利也很生自己的氣，當初為什麼要答應模仿老師呢。桑迪斯先生突然掏出了他的手錶，說：「午餐雖好，可天下無不散的筵席。我們都要相信，不遠處還有好事在等著我們呢。我要回去了，可我不想破壞你們的聚會，我想自己閒晃回去。」

「嗯，」霍華德說，「我送你下山。我要跟你談一兩件事，不過我會回來接麥麗小姐，麥麗小姐我們，我們在哪裡碰頭？」

「好吧，」麥麗小姐說，「我想畫幅素描，但我不想有人在旁邊看著。我不擅長素描，可我喜歡認真觀察美麗的事物，素描能幫我做到這一點。我打算到塔附近的白堊坑和灌木叢邊上去畫畫。那很適合我的畫風——可以在畫紙上大片留白！」

「很好，」霍華德說，「一個小時後，我會回來接妳。」

霍華德先生和桑迪斯穿過樹林走了。桑迪斯先生滔滔不絕地說著。他還談到了顧思利。「傑克能交到這樣的朋友真好，」他說，「他在學校的人緣也不錯吧？傑克似乎很喜歡他，還說他幾乎從來都不會胡言亂語，這幾乎是傑克對別人最高的評價了，事實上，我還曾經聽傑克這麼評價過你。顧思利人年輕，自然大方，一點也不做作——請允許我這麼說，霍華德，傑克還說過很多你和學生關係很好的事例，剛才他們當著你的面取笑你，你應該很高興才對，在我看來，這是一種莫大的恭維。顧思利好像不是那種不知廉恥的孩子，如果我可以用『不知廉恥』這個詞的話。他對我非常尊重，很討人喜歡。一想到他父親的財富和勢力，我就覺得他有一種迷人的特質！他這個人並不傲氣。」

「是，他沒有那種傲氣，」霍華德說，「他是個非常好的人！」

「我很高興你能這麼說，」桑迪斯先生說，「你的善良也讓我能夠大膽地說出個祕密。我們是親戚，不是嗎？也許只是出於父親的敏感，你有沒有注意到，顧思利對我那親愛的女兒墨德有點意思，我能這麼說嗎？當然也有可能只是心血來潮。就像〈春天裡〉那首詩中所寫的那樣，你記得嗎——『年輕人的喜愛，輕輕鬆鬆地就變成了戀愛』，真是美麗的詩句啊，當然它並不完全能夠準確地形容顧思利和墨德在 7 月末的戀情。幾乎不用我說，這樣的聯姻肯定會讓我非常高興的。我非常支持他們結婚，霍華德，早早結婚才好呢，婚姻是人類最簡單、最美好的事，當然婚姻也是多方面的，我一點也不想讓別人覺得——我這樣一個鄉村小牧師，是靠著耍手段才讓一個前程無量的年輕人娶了我女兒的，我又不是媒婆。但墨德和他的關係很好，要知道，總有一天，她會——用本地人的話說『攀上了高枝』，這話多簡潔，多有表現力！我覺得無論怎麼看，她都配得上『攀高枝』。我覺得她在這裡的生活實在是太孤寂了，我希望她的生活能更豐富多彩一些。哎，哎，這事我們用不著耍手段，不有句老話叫做『謀事在人』，還有不太幽默的下一句——『成事在天』，但願老天能夠成全吧，無需進行任何的計劃安排，我最討厭計劃安排這樣的事了，什麼事都公開點、自然點不是很好嗎？如果他們戀愛我裝出不高興的樣子，那我才是真的虛偽呢。我相信，顧思利很快就會和墨德談戀愛，向她求婚，然後一切都順其自然、水到渠成。我害怕我會有些傷感，可年輕人就該這麼做，不是嗎？亨利·顧思利爵士也會這麼看的，你說呢？」

桑迪斯先生這番天真的話讓霍華德感到痛心。不去認真思考別人的想法是一回事，執著地想弄個明明白白又是一回事。他頓了頓，努力克制了一下自己的情緒，然後說道：「知道嗎，法蘭克，我也有過同樣的想法，我也覺得我看到的、想到的和你一樣。誠實地說，我也覺得顧思利——拋開他的仕途前景不論——無論從各方面看都是個非常不錯的少年。他為人正直、聰明、脾氣又好、還有能力。而且，我認為他還是個真正無私的人。我要是有女兒，也會覺得他是做女婿的不二人選的。」

「你的話太讓我高興了，」桑迪斯先生說，「那麼，你也看出顧思利對墨德有意了？好哇！好哇！我相信你的洞察力已經遠遠超過了我。當然，我對顧思利還是有偏愛的，你也可以說我被顧思利的前程給吸引了——男爵繼承人啊，真希望他能早點繼承爵位，而且還很富有。就像你說的，是個非常正直可靠的人。當然，我不希望用任何方式來強迫他們。我受不了人家說我用不適當的方式鼓勵這樣的聯姻。墨德可以嫁給任何一個她喜歡的男人。不過我覺得她也被年輕的顧思利深深地吸引了，你說呢？他總是逗她開心，跟他在一起，她的心情特別好，不是嗎？」

「是的，」霍華德說，「我也是這麼認為的。我覺得她很喜歡他。」

「嗯，就說到這裡吧，」桑迪斯先生依舊興致勃勃，「你不介意我跟你說這些吧，霍華德？不知怎麼回事，請允許我這麼說，我很想對你說出我的祕密。你觀察力敏銳，富有同情心，我們都覺得這是你的影響力巨大的重要原因。」

接下來，他們又談了點別的事。他們的馬車路過高地，沿著白色的路走下了山谷。在山谷的北面，風之谷的屋頂在林間已經隱約可見。牧師下車之後，霍華德又折返回來。

他真是痛苦不堪，事情的發展讓他到了震驚的程度，他絕望了，但同時他又有另外一種感覺，他感到了一陣短暫的、模糊的輕鬆。他的幻想、他的希望原來是那麼的荒謬和愚蠢，現在一切都破碎了。他怎麼能希望那樣一個女孩能夠喜歡自己呢，一個生活習慣刻板、上了年紀的老教師！自己甚至還錯誤、自負地引入了一個年輕的男學生，讓他們建立起了自然和諧的關係，瞧瞧自己做得都是些什麼呀！現實就像個活人一樣，憂鬱地看著他。他的幻想完全破滅了。他還在揮霍著自己的時光，滿足於寧靜的生活，甚至覺得自己還很年輕，可悲的是，他沒有注意到時間飛逝，自己已經青春不再了。自己已經變成一個沉悶無趣的中年男子，喜歡人與人之間保持一種感傷的關係，喜歡與人交流一些瑣碎的知心話。自己一事無成，原本對別人也沒什麼影響，但唯一有那麼一件想做的事 —— 保留青春、和墨德談戀愛，也遭到了異乎尋常的失敗。那麼，就面對現實吧！從劍橋的工作中解脫出來，當個小鄉紳，過一種穩定的生活，知足吧！雖然他萬分不情願，但他必須設法過上平靜的生活，也許還會再寫一兩本愚蠢的書，這就是他的計畫。他必須感謝自己對未來計劃明確。如果除了劍橋他再沒有什麼別的寄託，那豈不是更糟糕了？現在如果可能的話，他也該做一些鄉村管理事物，把腦子裡所有愚蠢的遺憾統統扔掉 —— 愛情和婚姻，都是 10 年前就該做的事，現在已經太晚了！他原來一直渾渾噩噩地過日子，絲毫不想改變生活的狀況，現在突然又覺得歲月如此無情。他快步向前，走進了樹林，踏上了那條長滿野草並不明顯的林間小路。

轉過彎，他突然看見右邊有一小塊空地，不遠處站著兩個人 —— 是墨德和顧思利。他們面對面站著，正在那說話。墨德似乎是在笑著勸解顧思利，顧思利站在那，帽子在手裡拿著，正急切地為自己辯護著什麼。兩個人的樣子看起來很像是普通朋友，而不是戀人。墨德背著手，半拄著一根木棍。他們似乎完全沉浸在談話中，並沒有注意到別人。霍華德不忍心打斷他們，便退回樹林裡，往回走，下了小路，坐到了河邊的草地上。他害怕顧思利和墨德會相愛，但剛才的一幕好像證實了這點，但他們兩個又不完全像是在談戀愛，不過很顯然，他們彼此都理解對方，待在一起很輕鬆。顧思利那充滿欣賞和激情的眼神沒有逃過霍華德的眼睛。霍華德把頭埋在手心裡 —— 承受他們兩個談戀愛的事實就像承受肉體的疼痛一樣。夏日的樹林、綠色的灌木叢、草坪上的陽光、白色的雲朵，站在傾斜的樹枝上才能看到的富饒平原，在霍華德看來，都是只有在痛苦中飽受折磨的精靈才能看到的景色。它是那麼可怕、那麼虛幻，讓人備受折磨。兩條溪流——一條美麗之河，一條悲傷之河，它們並排流淌著，卻又涇渭分明，沒有交融在一起。更可怕的是，悲傷無法劇烈地爆發出來，就像被可怕的蟲子咬了一口，並不能讓人感到劇痛，卻一點點地抹殺和消磨掉幸福，這樣的痛苦更加深刻。即便是生活的喜悅和美麗也無法安撫他、幫助他，生活的喜悅和美麗已經被徹底地抹殺了，就像一個全副武裝的嚴厲的軍人，一抬手就殺死了一個嬌弱的孩子一樣。疼痛是不是比幸福更具感染力？它是最有力的嗎？在那個黑暗的時刻，起碼霍華德是那樣認為的，幸福恰如一汪清泉，需要好好守護、好好看管，才能變得更加迷人，一旦有可怕的野獸來襲，它就會在瞬間被玷汙、被踐踏。

霍華德坐了很久，最後還是來接麥麗小姐了。麥麗小姐還堅守在崗位上畫著畫。她畫的白堊坑有點醜、有點怪——無論怎麼看都看不出她畫的是什麼。傑克在不遠處的石楠花叢裡坐著，抽著菸斗。霍華德走過去，悻悻地坐在了他的身邊。「今天的野餐真奇怪，」傑克若有所思地說道，「也不知道是哪個魔鬼發明的。有什麼事嗎？霍華德？你看起來好像有什麼問題。你不會在乎顧思利的胡言亂語的，是吧？我也真蠢，竟然讓他模仿你，我最討厭做蠢事了，他居然也願意和我瞎胡鬧。我錯了，沒有什麼好說的，在某種程度上，這就是一場鬧劇，像塊髒抹布一樣讓人討厭。你自己那麼說話當然不荒唐，可別人一模仿你，就變得荒唐了。」

「哦，不，我不介意，」霍華德說，「你要跟顧思利說清楚，我不是在生他的氣。我是有點不高興，我承認，有點煩心事，但跟模仿我無關。」

「哦，我知道，」傑克理解地說，「我一般是不會受情緒的影響的，但我今天的情緒也是很好，我不明白大家都想做什麼。弗雷德·顧思利有點忘乎所以、得意忘形了，我能看出來。」接下來傑克一本正經地說道：「他就像是人們說的那樣 —— 談戀愛了，可戀愛的對象是我的親妹妹，太奇怪了。墨德不是個壞女孩，他們可以在一起，但她既不是天使，也不是聖人。而弗雷德根本就不具備鑑賞別人的能力，他身上沒有一丁點聰明的感覺，他只是個嘴上沒毛、辦事不牢的毛頭小子！」傑克帶著醋意做了個鬼臉，繼續說道：「我和你都很清楚，男人應該離女人遠點，她們是奇怪的動物，跟她們在一起，你都不知道該站在哪。」

霍華德默默地看了他一會，覺得沒什麼可爭論的，又似乎根本不值得向他辯白什麼，便淒涼地問道：「他們去哪了？」

「哦，鬼才知道！」傑克說，「我最後一次看見他們的時候，顧思利正用棍子打著蕨類植物，他讓墨德走過去。他絕對是瘋了，她也只是想和他一起玩。我想要做的，就是躲得遠遠地，哪怕像我老爸那樣去慰問病人都行。」

就在這時，那兩個「翹課的學生」默默地走出空地回來了。霍華德隱隱約約地感到，有什麼嚴重的事情發生了。但他又不知道具體發生了什麼。顧思利有點沮喪，墨德也是一副心事重重的樣子。「哦，該死的演出！」傑克站起來，說，「走吧，我們離開這！」

「我們迷路了，」墨德急急忙忙地說，「找不到回來的路了。」

墨德向麥麗小姐走去，去看她的畫，還說了很多溢美之詞。顧思利走到霍華德跟前，結結巴巴地為自己的無禮道歉。

「哦，不用這樣，」霍華德說，「我當然不會介意的！沒關係的。」

日薄西山，大家時而尷尬地保持著沉默，時而有一搭沒一搭地說著話，一起下了山，取了車，像默哀一樣走了。兩家人分別的時候，傑克瞟了一眼霍華德，失望而又略帶諷刺意味地挑了挑眉毛，然後很嚴肅地搖了搖頭。

麥麗小姐一路上跟霍華德暢談著英語詩歌的未來，直到他們的車在莊園的牌樓前面停了下來，霍華德才覺得自己所受的折磨終於結束了。

第十九章　失望

一連好幾天，霍華德都不高興，大部分時間他都是一個人待著。牧師家的那些人卻非常活躍——去高地探險、釣魚、打草地網球，還時不時地邀他一起去玩。但他總是藉口說要寫書沒時間，他不忍心把自己的沮喪和坐立不安的心情帶到那群歡樂的人之中。而且他覺得嫉妒心也侮辱了他的人格。如果顧思利一定要獲得墨德的放心，他至少也應該做到公平競爭。那些天霍華德成天都在想像自己和顧思利瘋狂競爭的場景，但一想到可能發生的事，他又會陷入絕望。霍華德的情緒時而痛苦、時而倦怠。他坐在那，眼睛盯著本子，一個字也寫不出來。他逐漸意識到，他以前從來都沒有這樣不快樂過，他現在終於明白什麼是憂鬱了，它不是那種精緻而浪漫的悲傷情緒，而是像熊熊的火焰一樣，要把自己的生命——無論是肉體還是靈魂，燒個乾乾淨淨。偶爾，他也會覺得昏昏欲睡，一副無精打采的樣子。

他本來想跟姑姑談談，可又沒有十足的勇氣。另一方面，她似乎並沒有察覺到他的異常，這對他來說倒是一種安慰，她從來沒有提過他顯得憂鬱和疲勞，只是用她慣常的那種寧靜方式，激發他的禮貌和責任感。因此霍華德儘管情緒不佳，也還是盡量讓自己的行為表現的非常得體。麥麗小姐似乎很同情他，這讓霍華德覺得麥麗小姐投射在自己身上的目光是那麼的關切。

一天下午，他獨自散步歸來，正碰見墨德從莊園的大門走出來。她看起來很高興，他想。霍華德停了下來，和她說了些家常話。墨德很奇怪地看著他，似乎是想從他臉上找到一些善意的痕跡，但他鐵了心，寧可背叛整個世界，也絕不告訴她自己心裡在想什麼，當然，要想和她重新建立友誼，就得等到以後再說了，到那時，他可能會再次適應她妹妹般的關懷。她好像在某些方面已經變得清醒了，無論是精神還是肉體，都像花朵一樣綻放開來，她正踏在人生重要時期的門檻上，一想到是顧思利喚起了她勃勃的生命力，就讓霍華德非常痛苦。

他成天在山谷中徘徊，越來越憂鬱，在那些孤獨的日子裡，他發現山谷也變得極為沉悶，而以前他覺得那是那麼美。霍華德突然發現自己是那麼狹隘的一個人，這讓他覺得自己很可憐。他不但無法達成心願，品嘗到愛情的果實，就連往日對生活的愜意滿足也在逐漸地淡去並消失，而那誘人的愛情果實曾經就掛在他的眼前，唾手可得。

那天晚上，姑姑問他書寫得怎麼樣了，霍華德說沒多大進展。姑姑問為什麼會這樣，他回答說，他始終覺得這本書的知識性太強，他想要從另一個側面、從理性的角度來詮釋它，就算人們懷疑它的真實性，作為一本宗教性的論著，也是可以自圓其說的。他認為，這本書現在的核心部分，是在講述一種本能，是從先人那裡繼承來的思想精華的提煉。在實際寫作過程中，書的內容也展現出了自己的取捨，這是由自己天生就喜歡有吸引力的東西、厭惡道德醜陋的東西所決定的。

「嗯，」格雷烏斯夫人說道，「這倒是真的，我敢肯定，從一本書能分析出它的作者，我也同意你另外的看法，分析得不夠就寫不出好書。我相信，」她接著說，「觀點清晰能夠讓作者順利地寫完，但作者的思路卻不是一直都那麼清晰的。作者必須要清楚：哪種寫作動機是可以信手拈來的，哪種寫作動機又會成為作品的支柱。出於平庸動機寫出來的書是沒有感染力的，當然作者可以排除一切複雜、平庸、毫無熱情的動機，只有出於熱情，才能寫出偉大的作品。」

她頓了頓，接著說道：「當然，我已經看出來了，你最近一直都不太高興，我還沒問你到底是為什麼呢，如果你自己願意說當然更好，我希望你能跟我說說。跟別人說說，你的腦子會變得清醒一些。否則無論別人說什麼都於事無補，關鍵是你在向別人訴說以後，自己就能清醒了，可是也得你願意說才行，霍華德，我並不想強迫你。」

「非常感謝妳，」霍華德說，「我知道，妳會耐心地聽我說完的，也許，只有妳才能給我建議，但事情不像妳想的那樣。我讓自己陷進了一個大麻煩之中，我需要的不是清醒，而是足夠的勇氣，讓我了解和知道我渴望的東西。而我的弱點就在這裡。我原來覺得自己能夠灑脫地面對生活中的一切，就像蜻蜓點水一樣，但我現在已經落水了，快要淹死了。唉！」他又帶著苦笑繼續說，「我希望自己不要被淹死，在生活的廢墟中找到新的生活，可是我錯了。原來我喜歡什麼就有什麼，想做什麼就做什麼。但現在我所面對的事情卻讓我一點都高興不起來，我只是一味地忍受，或許我該為自己現在還有忍耐的力量而感到高興。」

格雷烏斯夫人溫柔地看著他。「啊，」她說，「苦難可以讓人擁有巨大的力量，人不希望自己所愛的人受苦，這是愛的前提，但它必須是真正的痛苦，而非病態的、故意為之的折磨，愛一個人就不應該讓他遭受折磨，那樣會消耗愛的生命。即便我能夠做到，我也不會為了讓你免於苦難而出手相助，但我不想讓你遭受虛幻的痛苦，我覺得你太自卑、太容易氣餒、太有禮貌了，你缺乏自信、容易沮喪，但過於禮貌終歸不是損己利人的事情。如果你下定決心想要放棄什麼，必須是因為這件事原本就應該放棄，而不是因為別人會失望、會反對才選擇放棄，否則你就會活得很糟糕。我覺得你的生活一直都過於平靜了，所以你也過於看重生活的平靜。如果是因為對別人的批評或不快過於敏感，你就選擇放棄一些事情並不去主動招惹它，那麼這也可以說是另一種形式的自私。很多我認識的不諳世事的人，都沒有征服世界，他們只不過是同這個世界妥協了，然後他們就認為克制自己比征服世界還要舒服。我不知道你是正在這麼做，還是已經這麼做了，但不管怎麼說，我覺得你過於相信理智，而不相信自己的本能。如果一個人非常渴望去做一件事情，那往往證明，他確實需要它。他雖然未必能得到它，但退卻只能證明他毫無勇氣，並且失敗了。我能看出來，在某種程度上，你對自己的生活並不滿意。不要以為禮貌的退卻就能讓自己的生活變好。但我得誇誇你，你身上有一種連你不知道的奇妙魅力。它讓你的生活變得很輕鬆，但同時也導致了你的痛苦。你不能在惹事之後就一走了之。你不能讓別人感到失望。當然，我很清楚，魅力本身很大程度都源自寧靜的內心，當你傷心難過時，你就沒有什麼魅力可以展現了。我得說，悲傷並沒有剝奪你的魅力。在最近的幾個星期，你知道我已經看出你不開心了嗎？你知道我已經想過你不開心的原因了嗎？你知道我愛你愛得更多了嗎？不要因為悲傷放棄你自己，要努力，要讓自己快活起來，既然你承認別人擁有快樂的權利，為什麼又讓自己籠罩在陰雲之中呢？這些天你讓我們離你越來越近了，別人喜歡你，你也能感覺到，對不對？喜歡不是愛情，霍華德。喜歡沒有痛苦，但愛情會讓人有切膚之痛。生活就是這樣，因為生活不僅僅是活著。」

「啊，」霍華德說，「太感謝您對我說的這番話了，您讓我的精神多多少少地脫離了苦海。我不是那麼容易就被拯救的。我心裡的負擔還要持續一段時間，目前還看不到結束的跡象。是我太愚蠢了，把自己的生活都攪亂了，還讓自己遭受這種痛苦。親愛的姑姑，您幫不了我。讓我自己再多待一會吧。我想，我很快就能主動跟您說了，我會把一切都告訴您的，您那麼在意我、關心我，對我來說是一種莫大的安慰。我不想自怨自艾，我從來都沒有這樣過。我沒有遭受過什麼不公平的事、無法容忍的事、惡意的事。我只是突然遭遇了人生的一個重要階段，它讓我毫無防備，無論是現實還是理論上，我都沒有做好準備。這是我人生中的一個分界線，我可能無法越過。別害怕，到時候我會把一切都告訴您的。」他握住姑姑的手，親吻了她的臉頰。

「上帝保佑你，親愛的孩子！」她說，「我不會強迫你跟我說的，要知道，我無時無刻不在牽掛著你，我的內心對你充滿了無限的希望和愛。」

第二十章
高尚的道德

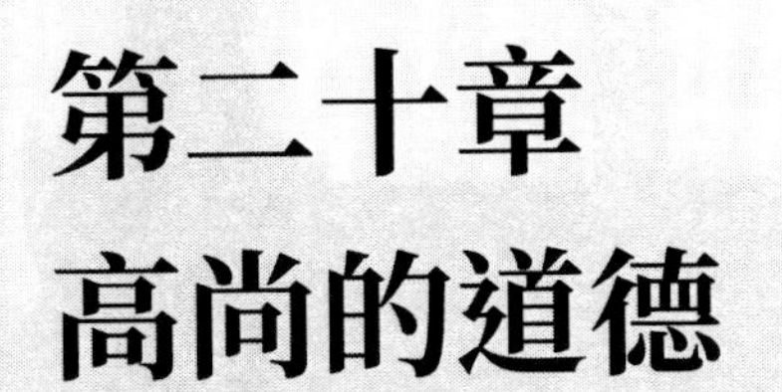

與姑姑的這次談話並沒有減少霍華德心中的焦慮。他不認為她已經猜到了自己對墨德的感情，而且他認為姑姑並不知道墨德對弗雷德·顧思利的感情。最終他斷定墨德應該把她與自己最初的友誼告訴了姑姑，因此姑姑才認為他在試圖贏得墨德的信任，就像他要贏得學生的信任一樣，姑姑可能覺得墨德對他的感情已經發展到可以推心置腹的地步了，而且把他當成了可以無話不說的父親。霍華德覺得，格雷烏斯夫人一定認為墨德已經把他當作了道德上的導師，但霍華德仍然很煩悶，他覺得和年輕學生的友誼相比，和一個女孩的友誼也不過如此。格雷烏斯夫人一直在告誡霍華德，對待墨德要像大哥哥一樣親切點、簡單點，盡可能地去幫助她。霍華德覺得墨德已經把自己給她的建議告訴了格雷烏斯夫人，開始寫書，還有他接受了她的信任和冷淡的態度，也一併被告訴了姑姑。這種情況都是他一手造成的，他現在覺得自己真是愚蠢透頂。姑姑，毫無疑問，一定是認為這個女孩在情感上那麼依賴自己這樣一個老男人，所以自己才會覺得苦不堪言。如果他可以把事情的原委全都告訴姑姑，她也許會明白他已經沒有別的辦法了。當知道自己如此深愛墨德，霍華德整個人都神魂顛倒了，無論墨德做出什麼進一步的動作，他都無法回應。他需要控制住自己。格雷烏斯夫人絕對沒有想到他會喜歡上這個女孩——她太小了，嬌滴滴地幾乎可以當他的女兒。他希望無需將所有事情都解釋給姑姑聽，要是告訴姑姑自己產生了愛的衝動，會讓他的心裡覺得很自卑。他現在毫不懷疑，墨德和顧思利兩人已經心有靈犀，所有人似乎也都這麼認為。一旦他們公布了戀情，他將會體會到痛苦的勝利。他覺得一旦自己跟格雷烏斯夫人表明自己對墨德的愛意，並且自己又曾對墨德那麼體貼入微，那麼愛入骨髓，墨德知道了，就會陷入兩難的境地。她會自責——她肯定會的，因為她有極強的責任感，她很可能會說服自己接受他的愛情，然後一生都陷入痛苦之中。他無論如何都要讓墨德避免這樣的悲劇。當墨德幸福地結婚之後，他會感到悲傷、感到糾結，他或許能向她解釋當初自己為什麼那麼冷淡，她會很感激他。他不知疲倦地、瘋狂地想像著那些煽情並且戲劇化的場面，他覺得自己的良苦用心最後一定會被大家理解的。但如果就這樣放棄了對墨德的感情，他又覺得很恥辱，他已經無法控制自己的感情了，只能讓自己放棄感情，退避三舍，繼續盡情地享受自己的自卑。實際上，他覺得自己已經深深地沉淪了。他繼續想著劇中的幾個人物：桑迪斯先生、傑克、顧思利、墨德、格雷烏斯夫人，每個人都應該感激他，因為他犧牲了個人的幸福，退出了愛情的角逐。一想到這些，他就又感到一絲安慰。經歷了幾個星期的痛苦之後，他第一次因為自己的審慎和正確行為而覺得自己很偉大。他想，現在自己需要完全消失一段時間，等事情圓滿解決之後，等兩個人結了婚，自己再神采奕奕帶著一顆仁慈之心回來。但是墨德……那個女孩，她的甜美、她的快樂、她的直率、她想和每個接近她的人都建立起溫情的願望，又一起湧入了他的腦海。一想到是因為該死的年齡差距和環境差距，將要使自己失去一切，失去他期盼已久的一切，立刻，他的遠見、他的仁慈全部崩潰瓦解了。如果可能的話，如果自己再年輕幾歲，他覺得自己會跟著感覺走，不會有那麼多的顧忌。

可是，到了第二天，他看到的一幕又給他帶來了新問題。第二天上午，他坐在書房裡，試圖努力地寫書，卻根本無法集中精力，最後他站起來走到了陽臺上，在那裡能夠看到碧綠的山村。他剛剛站好，就看到兩個人影 —— 墨德和顧思利從村子的大路一路走來。他們說得熱火朝天。顧思利好像在笑著爭辯什麼，墨德則高興得聽著。他們停了下來，墨德伸出一根食指，顧思利便不再說話。這時，一隻貓撅著尾巴穿過綠地，從他們身邊跑過，顧思利抓住了牠，把牠抱在懷裡，墨德也過來撫摸牠。這情景

讓霍華德更加堅信 —— 他們兩個在熱戀。墨德跟顧思利說了一兩句話，然後走過綠地，來到了莊園，正好通過了他腳下的大門。霍華德向後退了一步，免得被墨德發現。墨德走過大門，因為剛剛玩過貓，她的嘴角邊還掛著笑意。她朝顧思利揮了揮手，顧思利還抱著貓站在那裡看著她。直到再也看不見她了，他才放下貓，轉身走回牧師家。

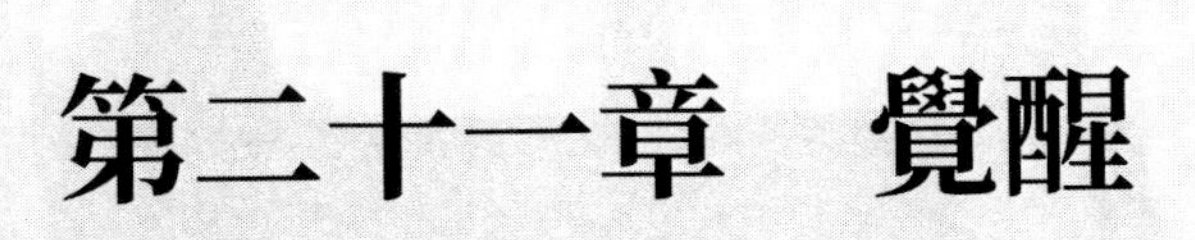

第二十一章　覺醒

整個早上，霍華德都沉浸在痛苦的思考中，午餐後，他根本不願意說話，懶洋洋的，他覺得自己需要鍛鍊身體了。

霍華德走出家門，內心和靈魂都無比痛苦。他現在很清楚，他的內心和思想不僅僅是因為失戀而煩擾，也為自己薄弱的自制力和自我約束能力而憂慮。他內心澎湃起伏，如同翻滾的巨浪拍打著礁石一般，而思緒則變成了破碎的泡沫。他的命運似乎已經漸漸地被邪惡的力量所欺騙、所戰勝，這種邪惡力量已經決定了他的厄運。他想起昔日的寧靜，儘管那時自己會覺得有點無聊，可現在的心情卻是急轉直下！是上天悄然地安排他來到了風之谷，他和傑克的友誼也被打破了平衡，傑克和他的關係越來越疏遠。後來他找姑姑談話，姑姑的話讓他有一種既模糊又興奮的感覺。就在那時，墨德出現了，他和墨德的關係本來是很好的，可後來卻生分了。在看到墨德的那一刻，他被激情吞噬，他的心也被徹底地擊垮了，他從一開始就明白，自己已經太老了，即便如此，他還是失控了，義無反顧地愛上了墨德。正是由於他使用了可怕的交際手腕，耍把戲、玩弄他人的情感，讓自己親友圈子中的每個人都感念他的好，才最終導致了現在的局面。他對墨德已經產生了親密的情感，又強烈地盼望著能夠和她確定戀愛關係，可又不願意真正地去做些什麼，去付出什麼，去為將來捨棄一些東西。然後，顧思利那個可憐的、頗有吸引力又討人喜歡的年輕人，用他那膚淺的魅力橫插上了一杠。如果自己足夠聰明的話，他是絕不會提議讓桑迪斯父女去劍橋的。直到現在，墨德還像米蘭達[22]一樣待在荒島之上，從來沒和

22　莎士比亞名作《暴風雨》中老公爵普洛斯彼羅的女兒。這是莎士比亞劇作家生涯中的最後一部戲劇。米蘭達 3 歲時便同父親普洛斯彼羅一起被流放到荒島。普洛斯彼羅曾是義大利北部米蘭城邦的公爵，他的弟弟安東尼奧野心勃勃，在那不勒斯國王阿隆索的幫助下篡奪了公爵的寶座，米蘭達和父親在荒島上歷盡艱辛。普洛斯彼羅用魔法呼風喚雨，並把島上的精靈、妖怪整治得服服貼貼。一次，普洛斯彼羅用魔法喚起了一陣風暴，使其弟弟和那不勒斯國王的船撞在了荒島沿岸的礁石上，但船上的人都安然無恙，他們登岸後依然勾心鬥角。普洛斯彼羅用魔法降服了他的弟弟和阿隆索，使他們答應恢復他的爵位。安東尼奧表示會痛改前非，兄弟倆和好如初。普洛斯彼羅恢復了爵位，米蘭達也和王子結了婚，他們一起回到了義大利。

年輕的騎士有過什麼接觸。但事與願違，顧思利憑藉年輕人的微妙直覺做了該做的事情，找到了人生中的另一半，這種直覺的力量比任何理性、睿智的友誼更加細膩，而且更加強大，它的作用一旦發揮出來，任誰都無法阻擋。霍華德被自己的愛吞噬了，根本無法運用自己的理智去做任何事。當自己的珍寶 —— 墨德被偷走時，他只能眼睜睜地看著，乾著急，卻無計可施。他在人生每個重要的轉捩點上都犯下了錯誤。現在，他願意付出任何代價，來換回往日那平淡、簡單的生活，不要再讓那麼多的友誼和社會責任來牽扯和羈絆自己。在他看來，姑姑的理論很美好，但又有些不切實際，她的理論不過是在粉飾業已破碎的生活鴻溝，戲劇化地渲染他內心的空虛和性格上的剛愎自用。不知道有多少次，墨德的面容和身影浮現在他眼前 —— 那麼甜美，那麼千嬌百媚！她的眼神，她那緩緩的語氣令人震顫不已！他靈魂的每一處都需要她，都在呼喚她。可一想到自己這麼需要她，他就覺得自己太可憐了，自己已經被征服、被侮辱了，甚至完全墮落了。如果她不是那麼美麗，那麼除了溫和的出於禮貌的興趣之外，他根本不會愛上她。這就是生活之水，他因為好奇而稍加品嘗 —— 確實非常甜美、非常令人興奮，但留下的卻是無盡的痛苦和厭惡。生活的本質剝奪了他對一切的興趣 —— 對工作的興趣，對他所聽到、看到的事物的狂喜，以及他對學術的熱情。他感覺自己的生活已經變成了碎片，他對一切都不再感興趣，自己的尊嚴也喪失殆盡。他只是一個背叛了自己激情的人。這種情感的背叛僅僅是由於他的生活太過簡單有序了。他甚至覺得自己不夠強大，無法讓自己遠離那種簡單有序的生活。他已經被厄運和沮喪的情緒擊垮，只能混沌度日，勉強過著以前那種循規蹈矩的生活。以前也曾有什麼作家、詩人像自己這樣沮喪嗎？那些信口談論愛情的人，將自己的痛苦編成輓歌，充其量不過是好色的小人罷了。光是想想就覺得可怕，更不用說那些在愛情的淤泥裡蹣跚前行的人了，他們是多麼的可憐啊。

在強烈的自卑和痛苦中，他徘徊著向山谷中那片平靜的池塘走去。他坐在那裡，獨自流著血，像一個已經不再希望重返戰場的老戰士，他寧願就這麼待上一兩個小時，讓生活的精彩如戲劇般流過，讓自己完全沉浸在毫無生氣的絕望之中。他至少應該跟墨德說說這些話吧？至少應該獲得她的忠誠之愛吧？趁著自己還有時間 —— 這是他自己的一種愚蠢的想法，他的愛情正在逗弄著他的情感，只要他努力，是否能夠得到最好的結果呢？

突然，他看到有人坐在了泉水邊的石椅上，他立刻就認出那是墨德，她也看到了他。她看上去煩惱而憂鬱。她是不是偷偷跑到這裡來的？她是不是要在這裡和那個可憐的男孩約會呢？他干擾到了她，她會生氣嗎？但既然看見了，他就得去見見她。他可以走過去，和她說幾句話，也不會流露出絲毫的真實情感。畢竟，她沒有做錯事，這個可憐的孩子，她找到了自己的人生伴侶，可看上去還是很煩惱。

他向墨德走過去的同時，她也站了起來。霍華德努力裝出很高興的樣子，結果卻裝得不像，霍華德說：「啊哈，原來妳偷偷跑到這來了！這個地方很美，不是嗎？我來是不是打擾到妳了，就像那個古老的童話裡所說的尼坎[23]。對不起，驚擾到了仙女，我不會打擾妳的，我要上山去了，我想呼吸一下新鮮空氣。」

墨德憐憫地看著他，好一會都沒說話，然後她說道：「你就不想留下來和我說幾句話嗎？最近我好像都沒怎麼見過你，最近發生了很多事，我想和你談談我的書，你知道我一直在堅持寫那本書，很快你就能看到更多的內容了。」

23　英國古老長詩〈貝奧武夫〉中的一種怪獸。

墨德坐在石椅的這頭，霍華德有些疲憊地坐在了石椅的另一頭，墨德盯著他看了好一會，但他什麼都沒說。對他來說，看到她就是一種折磨。他希望自己能夠義無反顧地衝到她面前，哪怕最後得到的是絕望和無助。可是現在他甚至連一句話都說不出來。

「你看上去一副非常疲憊的樣子，」墨德說，「我也不知道到底發生了什麼，但自從我們去過劍橋以後，我就感覺一切都變了。告訴我到底怎麼了，請相信我。我害怕自己會帶給你煩惱，我希望我們一直都是好朋友。」她用手拄著頭，看著霍華德。她顯得那樣困惑和柔弱，霍華德的內心告訴自己必須要做點什麼，他不能為墨德孩子般的心靈蒙上一層陰影，他必須要接受她為他所做的事，不用任何方式來妨礙她。但現在無論他做什麼，都只能是出於可悲的禮節，他對她也只能是以禮相待。他擠出一絲笑意，他開口了 —— 用只有自己才聽得見的聲音來說話 —— 這聲音既顯得很緊張，又很難聽，就像是鬼在發牢騷一樣。

「哦，」他說，「請原諒，一個人就算是上了年紀，也不一定能夠總是很好地控制自己的情緒。說我煩惱嗎？當然不，妳怎麼會這麼想呢？我可以告訴妳，是因為什麼原因。我以前過的是一種從容、安詳的生活，但現在卻被生拉硬拽到這裡，來過一種全新的生活，我還有點不適應。我過去常常指點別人的生活，幫別人出主意，我覺得，我在這同樣可以做到。不過現在看來，我在這裡做得有點過頭了，我還承擔不起指點別人生活這麼大的責任。我忘了，實際上是因為我老了，不再年輕了。我犯了思維上的錯誤，我本可以扮演一個新的角色，但我沒能做到。我累了，累得要命。我覺得我現在需要解脫，讓一切順其自然地發展。我之前管過一些閒事，現在我要為此付出代價了，我就像在玩火，結果最後卻引火焚身。我想去過一種新的生活。你還記得嗎？」他帶著微笑補充道，「巴克蘭書裡面那隻猴子，牠惡作劇般地跳進了水壺裡，每當牠試圖離開水壺的時候，就覺得外面那麼冷，不願跳出去，結果最後被開水活活煮死了！」

「不，我不明白，」墨德突然用一種悲傷、憂鬱的聲音說道。她這副可憐的樣子讓霍華德想像擁抱小孩子一樣把她擁入懷中來安慰她，不過他克制住了。「我不明白，你來了以後，立刻就和大家打成一片，你好像了解每一個人，明白每一件事，還給了我們很多幫助。可悲的是，你本來可以帶給我們更多的幸福，但是你好像突然厭倦了這裡的一切。我一點也不明白。一定有什麼事困擾著你！否則一切就不會變得這麼糟糕。」

「哦，」霍華德說，「好吧，我擾亂了別人的生活。這是我玩弄別人的一種該死的小伎倆，我想讓人喜歡我，想讓人重視我，我該怎麼解釋好呢？好吧，我可以告訴妳，但妳一定要原諒我才行。我曾經嘗試過 —— 我說的時候，妳不要看著我好嗎？我會更不好意思的 —— 我曾經干擾了妳的生活，我是想和妳交朋友的。當妳來劍橋的時候，我突然明白，我要的並不僅僅是和妳的友誼。可是，我這麼老、這麼愚蠢，身材也變形了，我配不上妳，每天除了憂心忡忡，什麼也做不了。我知道妳還年輕，需要一個年齡相當的人來陪著妳。上帝，原諒我這個自私的人吧。我只是想和妳保持好朋友的關係，可當我看到妳被其他事物吸引的時候，我居然產生了可惡的妒忌心，真是太可怕了。不過我還算有自知之明，我鄙視自己的想法，也不會以任何方式去妨礙妳。妳能給我多少友誼都可以，我會很感激妳。」

當他說這番話的時候，他看見有一種奇怪的表情從墨德的臉頰閃過，那是一種理解和堅決的神情。他以為墨德會告訴自己 —— 這麼做是對的。他已經拿出足夠的勇氣說出了自己的心裡話，他有一種說不出的感激，而且感覺到了說不出的輕鬆，一切結果他都可以承受。

突然間，墨德飛快地來到霍華德身前，彎下腰，抓住他的手，親吻了一下。「是你親眼看到我被別人吸引了嗎？被誰？被那個可憐的小男孩嗎？他當然很有趣，這你也承認，既然你說出了心裡話，我也必須把我的心裡話告訴你——你就是我的一切。上個星期天在教堂，教民們說『除了你，我在天堂一無所有；除了你，我在人世間一無所有』，我抬起頭看著你的眼睛，真希望你能夠明白我的心！我說得夠多了，而且我也不會再打擾你的生活，如果你想要回到過去的生活、做回原來的自己，我什麼都不會說，我只想做你最忠誠的朋友，你願意嗎？」

聽到這些話，霍華德感覺天堂之門似乎為自己打開了，他只覺得天旋地轉。怎麼會是這樣？他呆若木雞地坐了一會，睜開眼，看著這難以言表的幸福。墨德離他很近，他的臉頰能夠感受到她的呼吸，她的眼裡滿是淚水。他把她擁入了懷中，親吻了她。「妳是我最愛的人，寶貝。」霍華德說，「妳確定妳愛我嗎，我不敢相信這是真的，當我第一次遇見妳的時候，就無法自拔地愛上了妳。事實上，我愛上妳的時間也許更早。我日日夜夜都在想妳。妳是我生命的全部，妳知道嗎？」

這對情侶緊緊地擁抱在一起，墨德覺得自己的靈魂已經和他的靈魂融合在了一起，在這神聖的生命的融合中，似乎再也沒有隱藏、再也沒有迴避。她讓他一遍又一遍地講述著這個甜蜜的愛情故事。

「我又能做什麼呢？」墨德說，「在劍橋的那個星期，我既不敢占用你的時間，更不敢讓你向我告白，為什麼我就沒能讓你明白我的心呢？而且我覺得如果不裝出一副很高興的樣子，又會顯得不太對勁。我不知道你為什麼煩惱，我想跟你說話，可是又不敢，想想真是太可悲了！」

「從現在開始，不要想那些事了，」霍華德說：「這是一個美好的夜晚，為什麼我們不讓一切都變得簡單點呢？為什麼非要那樣折磨自己呢？即便是現在，我也不敢相信，我度過了無數個不眠之夜，覺得妳和我已經漸行漸遠，男人和女人就是這樣失去表達愛的機會、就是這樣失去對方的嗎？如果我早知道妳愛我，妳我何必又要受那些苦呢？但我必須告訴妳，當我今年春天第一次來到這口泉眼的時候，就覺得它為我保留了一份美麗的祕密，一件在生活中我一直想要的東西，現在我知道了，原來是愛情，是它為我挽回了愛情。」

下午很快就過去了，西面高地的陰影倒映在池塘裡。霍華德的心裡被無邊的喜悅和狂熱的激動填得滿滿的，似乎連寂靜的世界都知道了他的幸福。

「你還記得我們第一次相遇的情景嗎」，墨德說，「我覺得好像有人從遠處一點點地走近我，我看見你坐著馬車來了，那時我還在想——我們是否能夠成為朋友呢！」

「是的，我一直都記著呢，」霍華德說，「我記得第一次看見妳的時候，妳正站在草坪上。」

「現在，我們必須要面對現實的問題了，」霍華德說，「妳是怎麼想的，我們該怎樣讓大家知道我們的事？今晚我就告訴安妮姑姑，我很願意這樣做，因為我們之間都有誤會和隔閡了。千萬別忘了，親愛的寶貝，我過去是說不出的可憐下賤，她一直試圖幫助我走出困境，但我卻低著頭跑開了。啊，我是多麼愚蠢啊，但我後來又變得如此高尚、偉大。要知道，我曾經多麼鄭重地希望自己能夠成人之美啊！可我為什麼就不能對妳告白呢？」

「你原本可以隨時向我告白的，」墨德說，「那樣的話，我會光著腳走到多賈斯特，再光腳走回來，就為了讓你開心。那時候一想到不能跟你在一起，就非常害怕，但現在多美好啊，你是我的，一直都是我的，每分每秒。」

霍華德說：「明天我會去妳家，把這件事情告訴妳父親，但是傑克會怎麼看呢？他會叫妳淑女嗎？」

「他喜歡叫什麼就我什麼吧，」墨德說，「無所謂，我不會在意這些的。」

「好吧，我們有一整夜的時間去保守這個祕密 —— 我希望保守的時間能更長一點，最好永遠這樣，永遠只有我們兩個知道。」霍華德說。

「做你想做的事吧，我的主人。」墨德說。

「我可不希望你這麼叫我，」霍華德說，「妳不知道妳給了我什麼。妳給我的是別人不能給的，沒有人像我現在這麼幸福了。」

「還有個人和你一樣高興，」墨德說，「你猜不出我的感覺？就算你讓我老實待著，然後殺了我，我也會非常樂意。這聽起來是不是很荒唐？」

「我不會忘記的，」霍華德說，「我做的所有事都是為了取悅妳，哪怕只是一個小小的心願，我都願意為妳實現。」

他們像孩子一樣天真地笑著，一起回到了村子裡，覺得就像過節一樣快樂。在牧師家門前，他們握了握手，霍華德脫帽致意，說道：「為了這次莊嚴而高貴的分別，妳要補償我。早點睡覺，心愛的寶貝，如果妳從睡夢中醒來，那一定是我在想妳，親愛的，我們不會分開很久的，早點睡，晚安，愛妳。」

墨德把一隻手搭在霍華德的肩上，但是什麼也沒說，然後輕輕地進了大門。霍華德信步走回了莊園，一路上看到那迷人的黃昏，聞著空氣中的花香，先前的所有痛苦已經隨風消逝，他感到無比的快樂。夜空的星星在銀河中閃爍，照耀著漆黑的高地，天空變成了一種靜謐的綠色，微風輕輕地吹拂著茂密的梧桐樹葉，發出沙沙聲，農家的窗子透出了微弱的燈光。

是不是每個農舍、每戶人家都能感受到他的愛情？生活有時會變得黯淡、嗚咽，但世界的內在力量 —— 愛的精神卻永遠存在於生活之中。是的，是這樣的，或許這就是上帝心中的祕密吧！

第二十二章
愛的明確

接下來的幾個星期，霍華德都覺得十分幸福快樂，有時候連他自己都不敢相信，自己是那麼幸福和快樂，也不知道自己究竟配不配得上那樣的幸福快樂。他以前並不了解那種親密的感情究竟是怎麼回事，愛情對他來說是一種很奇怪、很新鮮的東西，儘管由於他的坦誠和兄長般的關懷，他總是能夠很快地與別人建立起友誼，可是直到現在他才發現，除了友誼之外，還有一個更廣闊的情感世界。他的個性原本是極為深沉和含蓄的，但他不得不承認，即便是陌生的人，也能夠很容易地步入他的生活，從來沒有人懷疑過，在他的內心深處，還有不為人知的一隅，他的真實情感的入口隱藏在一幅斑斕的掛毯後面，只有那裡，才是他內心最堅實的堡壘，他總是待在那裡審視整個世界。真實的他躲在一個不為人知的角落，既不相信任何事，也不確定任何事。如果他能習慣性地去接受傳統的語言、傳統的思想，他也許會覺得自己是在和別人接觸。但是，在霍華德的腦海深處，對很多事物都感到懷疑，都有一種不確定的感覺，因此他對生活可以說是一個徹頭徹尾的懷疑論者。雖然他的想像力極為豐富，但他並不相信希望，也不相信恐懼，他唯一確定的就是自己的思緒和情感，對於未來，他也沒有什麼想法，放棄過去，對他來說就像放棄廢舊的礦藏一樣。

對他來說，被墨德盤問和向墨德解釋是一件很好的事情。墨德打破了他的保守和矜持，打破了他的沉默寡言。最讓他感到幸福快樂的，是墨德那親切的撫摸和嬌羞可愛的舉止。很奇怪的是，他不願意和同伴們有任何身體上的接觸，但卻願意與墨德相依相偎。霍華德有一雙孩子般敏銳的富於觀察力的眼睛，他的思想也很敏感，哪怕是小小的身體缺陷，或是醜陋和殘疾，都會讓他覺得非常討厭，可墨德實在是太完美了。墨德總是輕輕地投入到他的懷抱，抓住他的手，與他臉貼臉，那種小鳥依人的美好感覺超越了以前的所有經歷。他平生第一次那麼溫柔地說話，讓墨德相信自己的愛，但他發現這似乎還不足以取悅她，所以他越來越多地向墨德傾吐自己的心聲，而墨德也總能勇敢地聽著。

「你對一切都敢不確定嗎？」有一天墨德有點調皮地問道。

「不，只有一件事我不敢確定，」霍華德說，「那就是妳。對我來說，妳是這個世界上唯一的真實和完美的事物，在愛上妳之前我一直都很孤單，」他補充道，「是妳用妳那閃亮的靈魂把我從深淵中拯救出來了！」

在那些天，霍華德總是不厭其煩地問墨德，她對自己的愛是如何與日俱增的。

「這是祕密中的祕密，我根本搞不清楚，」霍華德有一次這樣對墨德說道，「妳到底喜歡我哪一點呢？」

墨德笑了，說：「為什麼？你最好還是問問商店裡的售貨員吧，到底是顧客手中的哪枚硬幣才讓他捨得出售他的貨物？其實根本不是錢的問題，而是貨物的價值，他覺得價錢合適就賣啦。啊，我想，我喜歡你，在我見到你之前，就聽說了很多關於你的事。人們都是這麼想的，我也是這麼想的 —— 在這個世界上，總有一個人在等待著你 —— 而我一直覺得等著我的那個人就是你。傑克總是談起你，你來到了風之谷，天時地利、機緣巧合讓我遇到了你，這就足夠了。可我不敢奢望你能愛上我，那時你只是好像對我感興趣，但我根本不敢確定那是不是愛，你知道那時我有多痛苦嗎？然後你對我僅有的一點點興趣也消失了，無論我做什麼也抓不住愛情。霍華德，你為什麼要冷落我、為什麼要這麼做呢？」

「哦，別問了，親愛的，」霍華德說，「我以為，我以為 —— 我也不知道自己當時究竟在想什麼，但是，在那個時候，我覺得愛上妳就像把一隻自由飛翔的小鳥關進了籠子裡，讓牠只為我一個人唱歌一樣 —— 那樣做太自私、太卑鄙了，妳是那麼年輕，而我卻已經老了。然而那是抓住妳的唯一的機會。我覺得自己已經老了，妳肯定會覺得我是個成年人，已經工作了，而妳還是個穿著長裙的小女孩，正處於天真爛漫的年紀。如果我像自己計劃的那樣，向妳表達我的愛，妳會出於憐憫而接受我的愛的。我已經知道妳只是個小女孩，我對妳應該像叔叔對待姪女那樣體貼親切，我們之間不應該超越這種感情，如果我堅持那麼想的話，我們就不會像現在這樣相愛了，妳和我的生活也會變得完全不同。」

「好吧，不要再去想那些不開心的事了吧，」墨德堅定地說，「我曾經是個可怕的小巫女，我真高興那時你還不認識我。」

一天，霍華德覺得墨德有點傷感，她承認，然後自己做了一個傷心的夢。「那個地方很大，像是鎮上的廣場，到處都是人，」墨德說道，「你走下臺階，看起來很不開心，你四處走，好像在找我，我卻無法引起你的注意，也無法接近你，當你從我身邊經過時，我們目光交匯，但你卻沒認出我來，就那樣從我的身邊走過去了。」

霍華德笑著說：「哎呀，親愛的，當妳和我同處一個房間的時候，我的眼裡除了妳根本容不下其他人，我的感官全都失效了。我能看到的，只能是妳的一舉一動，我能感受到妳在想什麼，就好像中了妳的魔法一樣！我一開始工作，眼前就會浮現出妳的臉龐，我連工作都無法進行，妳把我的事業全都毀了。當妳出現在我面前的時候，我就會心神不寧。我怎麼能捨棄妳，而去找那些令人生厭的學生和老朋友呢！」

「哦，我可沒想讓你這麼做！」墨德說，「我並不想妨礙你做事，我就是一隻鳥，你就把我關進籠子裡掛起來吧，你有空了我就為你唱歌。」

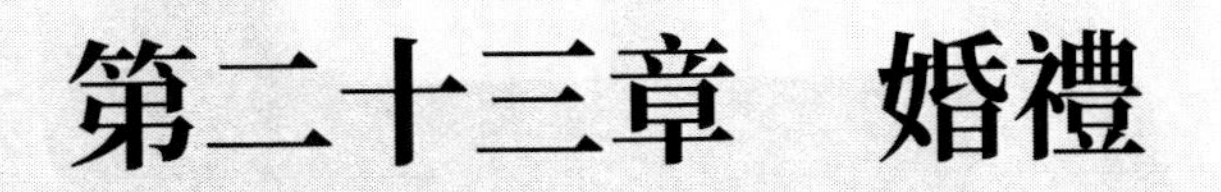

第二十三章　婚禮

當風之谷的人得知兩人戀愛的消息後，臉上的表情各不相同。但霍華德卻一點也不在乎。桑迪斯先生顯然十分高興。他還為自己曾經想讓顧思利當女婿的事情向霍華德道歉。

「你對於這件事的處理，霍華德，」桑迪斯先生說道，「是小心謹慎、高尚道德的最佳範例，唉，要是我早知道你喜歡我的女兒，我一定會早點告訴你 —— 我心中最大願望就是找你這樣的人做我的女婿了。可人有時就像瞎子一樣，就算是放在眼前的東西都看不到；父母也一樣，像瞎子一樣看不透自己的孩子。有時候我覺得你過於安靜沉穩了，無論是你的思想還是你的經歷，都非常的成熟豐富，我覺得你是不會愛上個小丫頭的。現在想想真是後悔，我寧願咬掉舌頭也不願跟你說顧思利的事。這樣就不會對你造成什麼傷害了。我的女兒就需要一個你這樣的人，比她年長、比她睿智，她能指望你，崇拜你。她比同齡人更有思想、喜歡焦慮，她應該把自己託付給一個更值得信任、更成熟的人。當然，我也不否認，將來你會成為風之谷的繼承人，這一點，也讓我覺得你對墨德來說是個非常合適的結婚對象。正如我一直說的那樣，我的孩子應該與他們喜歡的人結婚，我早就應該張開雙臂來歡迎你，霍華德，我親愛的霍華德，從現在開始，你就是我的女婿了。」

相反，傑克在表達祝福的時候顯得非常謹慎。「只要當事人高興，我是完全贊成這樁婚姻的，」他說，「我確定，墨德找到了一個好丈夫。但讓我搞不懂的是，你們兩個是怎麼在一起的。我不相信你會結婚，就像我不相信我老爸會再婚一樣，可你卻和墨德談起了戀愛，真是不可思議。如果你像我一樣了解墨德的話，那你可要三思而後行了！除了你讓她寫文章，我想不出你們在一起還談了些什麼，但是在你和她結婚之前，你真的需要再好好研究研究她。你成了我的妹夫，這讓我覺得很尷尬。以後當我們兩個和其他老師談話時，就必須用『我們』這個字眼了，其他同學也該懷疑我，和你結親是不是有什麼別的企圖。當然如果你想和墨德結婚，我會祝福你。如果你想打退堂鼓，我也不會聲張。我覺得自己非常愚蠢，還有弗雷德·顧思利，他肯定也墜入情網了，我無法想像自己以後該怎麼面對他。我真是覺得奇怪，你們兩個是怎麼好上的？算了吧，也許費再長的時間我也搞不懂！但是墨德小姐很喜歡你，如果你覺得你能改變她，那麼你們兩個會幸福的。」

格雷烏斯夫人只是表達了自己的喜悅之情：「有情人終成眷屬，這是我一直希望的事情。」

「嗯，」霍華德說，「我唯一不明白的是，你一定發覺我們兩個相愛了，但你為什麼就是不說呢？」

「要我怎麼說呢，」格雷烏斯夫人說道，「沒人會那麼做的！我知道，你們兩個最終會走到一起的。我能夠猜得出墨德對你的感情，可你必須要自己想辦法向她告白才行，我很了解墨德，知道她是個什麼樣的人，可是我對你還是不夠了解。用愛去試探你？這樣做也不合適，親愛的霍華德，我知道，就算我告訴你墨德是愛你的，你也可能會出於禮貌、出於善良而說一些冠冕堂皇的話，那就一點意思都沒有了。幫人自殺是不合法的，逼人結婚就更加糟糕、更加邪惡了。我現在真是太高興了，我不敢相信這是真的，甚至有點害怕。」

霍華德和格雷烏斯夫人談到了自己的計畫，似乎沒有什麼推遲婚禮的理由。他還告訴她，自己有個更長遠的計畫。在寶福德學院有一項制度，如果老師工作達到一定年限的話，就可以申請休息一年，而且不會對他的資歷和地位造成影響。「我也要休息一年，和墨德待在一起，」霍華德說道，「我覺得自己這麼做很明智，我已經老了，我覺得這樣做既可以讓墨德更加了解我，而且還可以繼續進行我的研究。當然研究是不太可能了，畢竟我們是新婚燕爾。如果妳允許的話，我想在這裡住下來，以便更好地了解這個地方的風土人情，如果一切順利，那麼我就等到明年 10 月再回劍橋，繼續教書，妳同意我這麼做嗎？」

「我當然同意了，」格雷烏斯夫人說，「我會把你有權繼承的財產一併交給你打理，我相信你的墨德也不會是身無分文吧，嗯，有時候錢是很有用的。」

霍華德按照自己的計畫去做了，雷德梅因先生給他寫了一封回信，這封信的內容將濃濃的情誼與憤世嫉俗的諷刺奇妙地融合在了一起。

他在信中寫道：「婚姻會讓兩個人幸福，而不是一個人，至於我，當然贊同您結婚這件事。我覺得熱情對於枯燥的工作是有好處的，這是我從以往的觀察中所得出的結論，而不是親身體驗所得出的結論 —— 因為我一直都是單身。如果哪天你想回來了，我們會寬恕你、接納你。希望在你回來的時候，頭腦已經恢復得非常清晰、理智了，而不像剛結婚時那麼迷迷糊糊的。替我向你那年輕的妻子表達敬意吧，如果她想讓我出具一份資料，來證明你是否忠誠、是否清醒，我非常樂意效勞。」

霍華德非常高興地把這一切告訴了墨德，不過雷德梅因的信還是讓墨德有些無法接受。

「我覺得我做了一件糟糕的事，」墨德說，「就這樣把你搶走，我感覺我就像熱刺[24]的妻子和伊妮德[25]的集合體，我不該對與你一起去劍橋感到害怕，我應該像一條博美犬[26]一樣被你牽著去。」

一轉眼就進入了 9 月分，在這個月的一個星期一，鐘聲響起，這對情

24　英語中泛指性子急躁的人。

25　《亞瑟王傳說》中的一個人物，是格雷恩特的妻子，被奉為愛情堅貞的典型。

26　一種狗，身體很小，性情溫順。

侶在風之谷的教堂裡舉行了婚禮。在路中央，豎立著一座由灌木和彩旗搭成的凱旋門，它的樣子很醜，就像是園丁鳥[27]建成的。在雷德梅因先生堅持下，莫妮卡和他一起從劍橋趕來參加婚禮。在隨後的午餐會上，他發表了一通讓人難忘的演講。「能夠參加他們的婚禮，我感到無比的高興和自豪，」雷德梅因說，「大家應該清楚，我其實並不想這樣的。」在演講中他還提到，自己雖然無法對霍華德的婚姻坦率地表達自己的看法，但很後悔事情已經發生了變化，光棍漢霍華德竟然結婚了。如果不結婚的話，霍華德的生活也許會更好。

讓人奇怪的是，在婚禮那天早上，霍華德非常的不安、非常的緊張，而新娘墨德卻非常的沉穩、泰然自若。婚禮之前，幾乎有一個小時的時間，霍華德都坐立不安。他覺得自己既自私又倔強，甚至讓自己害怕。他覺得墨德不可能永遠那麼愛他，為了自己的愛情，墨德犧牲了她自己的青春。他甚至想到總有一天自己會坐著輪椅在療養院裡四處閒晃，而墨德則十分憂愁地照顧他。

但是，當他看到新娘走進教堂，與他目光相對的一剎那，他的恐懼猶如杯子裡的水汽一樣，瞬間蒸發不見，他的愛如瀑布般傾瀉而下，他的愛如此強烈，已經到了無法自持的地步；他的新娘如此美麗，如此信任他，就像倚在天堂門口滿含笑意望著他的天使。從那之後，他的眼裡和心裡便只有墨德一個人了。當天下午，兩人便去了多賽特郡一個海灣小屋，準備在那度蜜月 —— 去那裡只有一個小時的路程，這是桑迪斯先生費了好大的勁才安排好的。他們坐著馬車離開了風之谷，孩子們們圍在馬車四周高興得尖叫著。霍華德想要證明自己的願望實現了，於是摟著墨德問道：「寶貝，怎麼樣？」墨德用雙手抓住他的另一隻手，依偎在他的肩膀上，說

27　澳洲所產的一種鳥。

道：「十分幸福、非常自豪、絕對滿意！」然後兩個人便靜靜地坐在車上，再也沒有說話。

第二十四章　發現

他們度蜜月的小屋位於懸崖下的一處海灣邊上。對霍華德來說，在小屋的這段時間裡，他又有了一個重大的發現。小屋坐落於一個小村子裡，村裡有幾間漁民居住的茅屋，以及零星的幾座大房子 —— 大房子是專門為那些到這裡來度假的富人準備的。平時除了家庭教師和幾個孩子，沒人會住在那裡。霍華德和墨德度蜜月的房子是一位藝術家的，房子裡有一間非常大的畫室，那是他們待得時間最多的地方。這家的僕人是一位老婦人和她的外甥女。在那的生活簡單得不能再簡單了。霍華德真希望一直過著這樣的生活。他們隨身帶了幾本書過去，有時會看看書，除了下午會靜靜地散步之外，其餘的時間幾乎什麼都不做。9 月的天氣明媚而溫暖，朦朧而靜謐，黯淡的金黃色的海角，山崖的頂部長滿了青草，連綿不絕地延伸到遠方，那景象對霍華德而言，可以說是最美好、最完美的生活象徵。

他還驚異地發現，他的妻子 —— 那美麗的年輕尤物，對待自己是那麼的溫柔。愛是她生命中的第一要務，她已經完全地、心甘情願地拋棄了自己，把全部的愛都給了他，全身心地愛著他，好像連自己的個人意願都放棄了。每天，除了取悅他，墨德什麼都不想，她甚至都不願表達個人的偏好 —— 一次都沒有，她用樸實的交際手法弄清他喜歡什麼之後，就會想方設法地哄他開心。了解墨德的內心和思想的過程也總是讓霍華德感到十分的意外，她竟然不知道在這個世界上還有那麼多的東西。很多他覺得習以為常的事，她卻連聽都沒聽過。不過，在很多方面，她了解得要比他還多，她的觀察力也要比他深刻。她對人的判斷入木三分，一針見血，而且完全出自本能，沒有任何明顯的理由。她還有一種令人著迷的幽默感，她愛自己這個圈子裡的人，不過這並沒有妨礙她發現他們的荒謬之處。她做事不會全心全意地投入，也不會假裝對自己不喜歡的事感興趣。霍華德第一次發現了自己身上存在著那麼多無意識的墨守成規的東西，不過在墨德看來那些都是無所謂的。霍華德也開始意識到自己確實是個傳統的人 —— 崇尚成功、地位、尊嚴和勢力。他發現 —— 無論怎樣，自己都不會去做惹人討厭、沒有理性或別人沒有做過的事情，哪怕已經下定決心，他也不會去付諸實踐。他開始明白，正是自己這種無意識的行為特點，才讓自己在社交圈子裡顯得不起眼，雖然人們需要他，但也並不是沒他就不行。墨德的性格與他毫無相似之處，她唯一的願望就是能夠得到他的愛，而且墨德連一丁點的刺激都受不了。她是那麼的天真無邪，不過令霍華德沒有料到的是，她對生活中的某些陰暗角落也很了解，例如鄉村生活的道德問題，墨德就知道得一清二楚。他曾經天真地以為，像她這樣在一個封閉環境中長大的女孩，應該是一直生活在幻想中的。但事實卻並非如此，她用心去看、用心去觀察，並得出了自己的結論。她不願意理會人們常說的哪些罪惡，但是人對人的殘酷和背叛卻讓她感到憤怒。霍華德慢慢明白，桑迪斯先生和格雷烏斯夫人在他們兩個的感情問題上表現得非常睿智，墨德並不是在對人類弱點一無所知的愚蠢的環境中長大的。她的宗教觀也大大出乎他的意料 —— 他以為像墨德這樣在具有濃厚宗教氛圍的家庭中長大的女孩，肯定會自然而然地接受既定的宗教信仰 —— 他覺得自己必須小心，不要干擾到她的信仰。可是，在這個問題上，她卻發表了幾條以簡單的基督教教義為基礎的絕妙理論。有一天，兩人談到了宗教信仰的問題。「你不必如此謹慎，」她說，「雖然我喜歡你的謹慎 —— 因為你是怕傷害到我才這樣的，但你不會對我造成傷害的！安妮伯母很久以前就教過我，除非你多多少少地了解到某種信仰將會把你帶向何方，否則就不要相信它。假裝了解一門宗教並沒有什麼意義。安妮伯母曾對我說，在科學和迷信之間，妳只能選擇其中的一種，我不了解科學，但我也並不迷信。」

「好的，」霍華德說，「我不會再對妳亂說話的，我只是想跟妳說說心裡話，寶貝，與實際年齡相比，妳顯然要聰明得多！妳完全可以幫助我解決諸多的難題，我有很多頑固不化的偏見，是妳讓我在逐漸地克服它們。唯一讓我覺得不舒服的是讓妳發現了我的缺點 —— 我是說我應該在妳發現前就把它們都改掉的。」

兩個人在一起的那段時間，對霍華德而言，不僅僅是一段快樂的時光，而且也讓他明白了很多事情。墨德似乎從來沒有想過應該怎樣去生活，也從沒想著要去謀求什麼地位。霍華德一想到自己以前一直在努力地討好大家，讓大家服從自己的安排，接受自己的掌控，就覺得很噁心。墨德聽到霍華德這樣描述自己之後，笑著說道:「是的，不過這是你的工作，我要是當老師，也肯定會非常惹人討厭呢。不過我們兩個都不想懲罰別人，我只是想去改變別人罷了。我覺得我受不了那些愚蠢的人。我寧願人們聰明而不知足，也不願他們遲鈍善良，如果遲鈍的話，善良也沒有什麼用。我更喜歡人們理性地做事。」

接下來，他們談到 —— 自己曾經不知道做過多少次這樣的事情，不知道多少次陷入了麻煩和困擾之中。

「有一件事情我根本就不明白，」墨德說，「你到底為什麼會覺得我喜歡那個小男生呢？是的，他是很不錯，但他卻沒有讓我能夠喜歡他的理由。哦，天啊，他多可憐啊！」

「嗯，」霍華德說，「我必須得問問妳，在那個野餐的下午 —— 那是一個讓我感到可怕的下午，到底發生了什麼事情？」

墨德用手捂住了臉，「太可怕了！」她說，「首先，現在的你看上去就像『哈姆雷特』[28] 主角那麼憂鬱 —— 你不知道你看上去是多麼的浪漫！我

28　哈姆雷特是《哈姆雷特》的主角。《哈姆雷特》又名《王子復仇記》，是莎士比亞的四大悲劇之一。講述了丹麥王子哈姆雷特的父親去世不到兩個月，王后喬特魯德就與國王的弟弟、新國王克勞狄斯結了婚。哈姆雷特經過調

真的相信你是喜歡我的，但當時我卻無能為力，因為我們之間隔著一層面紗。那天，我在心裡無數次地對你說『你不明白我的心意嗎？』，我說了無數遍 —— 數都數不過來啦。我知道這麼做很不像個淑女，可我管不了那麼多了。後來顧思利又開始模仿你，真是太噁心、太愚蠢了！但我卻比以往任何時候都為你感到驕傲，因為你把那件事處理得很好，不過我卻氣壞了。等你和父親走了之後，麥麗小姐去畫畫，傑克躺著抽菸，弗雷迪．顧思利和我就離開了，我對他說：『我真不明白你竟敢那樣做，簡直太可恥了。』哈，當時他的臉嚇得煞白，但他並沒有為自己辯解，我相信他模仿你並不是為了羞辱你，否則，我永遠都不會再和他說話的，但不久我又後悔自己說話太魯莽了。再到後來，他開始向我求愛 —— 盡是說一些書裡的人才會說的話。霍華德，我相信有些人一激動就會像背書一樣說話，不過那些話也太爛了！我說話的語氣又變得很嚴厲 —— 我一生氣說話就很嚴厲，他的話我一句都不想聽，我想好了，如果他再向我表達愛意，我就直接跑回來。不過之後他只是說想跟我成為朋友，希望我能給他一個機會 —— 我覺得很遺憾，因為他所做的一切都是在浪費時間，我和他握了握手，當時的情景很可笑，就好像是在演一齣蹩腳的話劇一樣，我對他說，我們當然是朋友。我堅持讓他向你道歉，他覺得我好像在乎你勝過在乎他，我乾脆直接就走開了，他跟在我的後面，就算他哭了，我也不會驚訝。那就像一場噩夢。後來，我的確設法想與他和好，我告訴他，他的確是個不錯的少年。」

霍華德說：「我敢說，這對他來說是一種莫大的安慰。」

「希望如此吧，」墨德說，「我覺得我快演不下去了，這簡直就是一出煽情劇。」

查，知道是叔叔害死了父親，然後又篡奪了王位。後來，哈姆雷特殺死了仇人，但他自己也死了。

「啊，還有一點我也感到很好奇，」霍華德說，「但如果妳不想說，妳可以不回答。那天妳從安妮姑姑家離開的時候，我碰見了妳，我當時簡直就像一頭蠢豬！我當時還覺得自己離開妳是很高尚的行為呢，在那之前，發生了什麼情？」

「當然，我當然會告訴你，」墨德說，「只要你想知道，唉，我當時幾乎要崩潰了。好多事都錯了。你剛開始對我那麼好，而且願意和我做朋友，但不久之後我們兩個之間就有了隔閡，當時，安妮伯母對我說一切都會好起來的，她已經知道了這件事。她還表揚了你，我就不重複了，省得你再故作謙虛。她對我說：『別害怕，墨德，喜歡別人並不是一件可恥的事情。霍華德習慣了和男孩子們打交道，但他現在卻被妳迷住了，他需要妳這樣的朋友，但他害怕妳已經喜歡上了別人，妳不用怕他，他也不用怕妳。他只是害怕他自己，沒有勇氣面對愛情。』她並不知道我有多麼愛你，但她把道理說得很明白、很透澈。她為我祈禱，讓我擁有勇氣和耐心，我覺得自己擁有了耐心，於是就決定再等等，看接下來會發生什麼事情。」

「然後呢？」霍華德問道。「剩下的你就都知道了，」墨德說，「我們兩個坐在牆邊，我心想，我能看出來你確實喜歡我，愛是這個世界上最美好的事，我不會為了禮貌而讓它溜走，所以我向你告白 —— 現在，一切都解決了。」

「禮貌，」霍華德說，「一切都是因為禮貌，那是我最大的罪過，是的。」他又接著說，「真得感謝妳那天拿出那麼大的勇氣，我的寶貝！」霍華德拉著墨德的手，兩人並排坐在了海灣邊的草地上，那裡鋪滿了鵝卵石。海浪輕輕地拍打著沙灘，浪花細碎得像一面面破碎的小鏡子。「看這雙小手，」他說，「它讓我相信，它是完全出於自己的意志和願望才放到我的手裡的！」

「是的，」墨德說，「如果你喜歡，你可以把它割下來，我不會退縮，我確信我不再需要它了，霍華德將墨德的手放到他的胸口，認真地感受著纖細手腕的脈搏的跳動。夕陽西下，紅色的光輝似乎被無邊的海平面吞噬了。

第二十五章　新認知

在婚後的幾個禮拜，霍華德從妻子的身上發現了更多出乎他意料之外的優點，她是一個那麼好的伴侶，這真是令人興奮不已。墨德的一言一行，舉手投足之間都傳遞著一種淡淡的愛的訊號，他不了解她思想的精髓，但她帶給他的震驚有時會讓他想起自己小的時候，同伴們一起嘻嘻哈哈地手把手摸電門的情景。在摸到電門的一剎那，大家的手都鬆開了，然後就是驚奇興奮地大聲叫喊。電流讓他感到了一種巨大的力量 —— 死亡的力量。不過對霍華德來說，那種震顫的感覺與墨德帶給他的那種震顫感覺完全不可同日而語。墨德的內心有一種奇怪的、可怕的力量，能夠以一種比思維還快的速度穿越身體，讓他的神經瞬間麻木刺痛。這種陌生和恐懼的感覺的本質是什麼呢？他百思不得其解。即便如此，他還是忍不住想去弄清楚。但不管怎麼說，她已經和他在一起了。他也不知道自己是怎麼了，只覺得黑雲壓頂，而他根本連看都不敢看。他大概能感知到這團黑雲的漂浮路徑，就像感知飛鷹飛過微風吹拂的山中池塘一樣。他覺得到墨德身上具有一種不可估量的能夠讓人快活的力量，自己與她的感情也和以前的情感經歷完全不同。他第一次明白了諸如「神祕」和「靈魂」這一類的字眼究竟是什麼意思，在那之前，他還一直嘲笑有些學者，認為他們用這些詞來故弄玄虛，描繪出一種虛無的主觀印象。他曾經認為這類詞表達了一種模糊甚至混亂的情緒，而科學的心理學是根本不會使用這些詞語的。現在，他覺得「神祕」或「靈魂」作為一種新的元素和新的力量，的的確確是存在的，但他又無法提供任何確鑿可信的證據來證明這一點。在以前，如果有誰想要嘗試著證明物理力量的存在，他總會要求那個人做實驗來證明。他甚至不敢確定 —— 墨德是否知道自己身上具有這種力量呢。有時，他甚至懷疑墨德的新婚之愛只是昇華並突出了她以前就知道的那種情感的力量，而不是像自己這樣，在她身上發現了新的力量。

愛的力量就像湧起的潮水一樣，在通過打開的水閘時掀起了滔天巨浪。而自己的情感在這種釋放的過程中，逐漸平靜下來，變成了從泉眼流出的淙淙細流。當感情如潮水般緩緩退去，然後重新掀起波浪時，又變得無比強大、無比猛烈，不但侵蝕了他的思想，同時也變成了他的一部分，這簡直是一種奇蹟，他的精神並沒有增加什麼新的內容，但是卻被愛情的力量感染，進而獲得新生，變得更加強大。這種力量一直存在於墨德的身上，一直存在於自己的身上，只不過自己以前從來都不知道罷了。

他將自己內心的感受告訴了墨德，他對她說，她帶給自己莫大的快樂。墨德說：「啊，你可別這麼想！我覺得你為我付出了所有，但卻什麼都沒得到，我只是你需要承擔的責任。當然，我希望自己有時候能有點用，但我覺得你現在活得挺累，因為你還要去幫助和安慰一個在路邊迷了路的孩子。」

「哦，」霍華德說，「不是這樣的，妳不僅僅是我生活中的快樂和光明——這麼說吧——有一種離我們很遙遠的強大的力量來到了我們的身邊，它為我們插上了飛翔的翅膀，那是上帝之翼嗎？」

「是的，」墨德若有所思地說道，「我認為是的。」

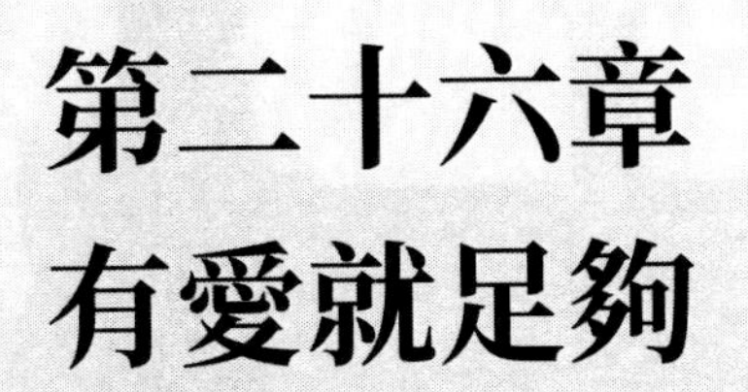

第二十六章 有愛就足夠

一天又一天過去了，時光正以一種令人難以置信的速度溜走。霍華德第一次在自己的生活中感受到了一種無事可做的極度的快感，沒有什麼未來計畫，只有體會閒暇時間的喜悅。有一天，他對墨德說道：「這種無事可做的感覺實在是太愜意了，甚至讓人有一種犯罪的感覺，我們是否需要制定一個未來計畫？我以前好像從來沒有好好地生活過，我以前所做、所想的那些事好像都太渺小、太微不足道了，現在看來，就像從高高的塔頂俯視下面的小城鎮一樣。真無法想像，人會像動物一樣蝸居在一間憋悶的小房子裡，像甲殼蟲一樣爬來爬去，忙著做一些荒唐可笑的所謂的正事。等我回去以後，我要做的第一件事就是把書全部燒掉 —— 把那些可憐的、乏味的、無知的書全部燒掉。我所寫的東西，就像讓盲人去看美麗的風景一樣，沒有絲毫的用處。」

「不，不要那麼做！」墨德說，「我會全身心地幫助你寫出偉大的作品，千萬不要半途而廢，一定要完成它。推嬰兒車的人一推上嬰兒車就再也不敢鬆手，我不會讓你像個推嬰兒車的人一樣總是守著我的。」

「好吧，我想寫一本新書，」霍華德說，「題目嘛，還是老題目，還是叫《有愛就足夠》。」

當他們結束蜜月，即將離開小屋的那個夜晚，他們談了好久 —— 談了過去、現在和將來。「現在，」墨德說，「我不想再做一個多愁善感的年輕新娘了，我不能再多愁善感，而要做個人人稱讚的好妻子，你相信嗎？我們一起住在這裡的日子，是我一生中最美好、最甜蜜的時光。每一分、每一秒都抵得上以前的所有歲月。就像詹森博士[29]所說的那句話，那句話

29　詹森博士，18 世紀中後期享譽英國文壇的大作家。他出身書商家庭，自幼聰穎好學，博聞強記。在父親開辦的書店裡，他曾如飢似渴地閱讀了所有能夠讀到的書籍，並且展現出了驚人記憶力和狂熱的求知欲。由於家境貧寒，詹森後來沒能在牛津大學完成學業。詹森以超乎尋常的頑強奮鬥精神，與貧困、疾病、孤獨進行了艱苦的搏鬥，最終於以自己淵博的見識、獨特的文風以及作品中的精彩詞句脫穎而出，成為當時英國眾望所歸的人物。他對英國文學界的最大貢獻，就是編撰出版了《詹森字典》（*A Dictionary of the English Language*），這也是英國歷史上第一本權威字典。

就記在你那本小冊子的第一頁上，以後也不用再說出來，因為它是那麼的美妙、那麼的神聖——你不要再把它說出來，也不要再去想它。霍華德，與其說我相信過去，倒不如說我更相信未來。我知道，我在未出嫁時浪費了很多的時間和精力，現在看起來好像已經過了很久了。我多麼希望我那時已經做了很多的事情啊！算了，不想這些了，想也沒有用，還會讓我煩惱。現在我們有別的事要做啦，至少在風之谷，還有很多工作需要我們兩個去做，我們需要認識大家，還要了解大家。我知道，一年之後，我們就必須回劍橋去了，但我竟然還曾經試圖阻止你，真抱歉。我並不想困住你、束縛住你，你注定是要為他人服務的，尤其是你那些年輕的學生，至於別人，誰也不能像你一樣去做那麼有意義的事。我沒有什麼野心，我也不指望你能當上國會議員、法學博士、皇家學會會員以及其他別的什麼，這是我的真心話，我只希望你能夠踏踏實實地去做一些事情，我也想幫你做些什麼。我不想像安吉瑞納[30]那樣，在家裡待著相夫教子，我並不想那樣。當你宴請賓客時，我不想只扮演一個風趣、漂亮的花瓶。我保證，不會給你惹麻煩，你只需要操你自己的心就行了，不必擔心我。我不會為了記錄家庭帳目而把手指弄髒，就像《塊肉餘生記》(*David Copperfield*) 的那個朵拉[31]一樣。原諒我吧，霍華德，我可不想作你的嬌滴滴的小娘子。也許我會戴著眼鏡、邋邋遢遢地出現在你的面前——一切只要真實就好！」

「妳想怎麼打扮自己都可以，」霍華德說道，「當然，我最親愛的寶貝，妳可以幫我去做一百件、一千件事。在生活方面，我是個非常弱智的人，過日子總是捉襟見肘、入不敷出，我是不會讓妳的才華被埋沒的。如

30 希臘神話中的女性水神，在英語中泛指女顧問。

31 英國作家查爾斯·狄更斯的第八部小說《塊肉餘生記》用第一人稱寫成，裡面含有很多作者的自敘成分。這部小說被狄更斯稱為「心中最寵愛的孩子」。小說的主角名叫大衛·考柏菲爾德，朵拉是他的妻子。她是個金髮碧眼、甜美漂亮、天真無邪的女子，但朵拉還是不幸地因病去世了。

果妳沒有成為我的新娘，妳也不會像陽光一般快樂。做真實的自己就好，對我來說，妳是那樣的真誠、甜美，你是這個世界上最完美的人。『χαÎpe KeX'apit ωμévn』，知道這句話是什麼意思嗎？——天使對於普通的凡人的看法。隨著日子一天天過去，我們會對彼此產生影響。現在妳已經對我產生巨大的影響了，我連想都不敢想——妳已經把我從一臺機器變成了一個活生生的人。但我們不會刻意地去改變對方，而應該是潛移默化的改變。我只想讓妳保持現在的狀態，妳是這個世界上最好的。」

在萊德斯頓的最後一個早上，他們非常安靜，他們一起散了很久的步，去看了看他們曾經駐足徜徉過的地方。下午，他們驅車回到了風之谷。臨走時，老女僕含著淚向他們道別，她吻了吻墨德的面頰，送了兩束紮得不太整齊的鮮花給墨德，感謝他們在這裡住了這麼長的時間，還請他們答應以後要經常寫信給她。當他們驅車離開時，墨德還揮著手向小海灣道別：「再見了，天堂！」

「不要，」霍華德說，「不要這麼說，沒有燕子照樣會有夏天——妳就是我的夏天，現在我把夏天一起給帶走啦。」

第二十七章　新生活

非常自然地，霍華德和墨德在風之谷安頓了下來，霍華德的新生活也就此徐徐展開。唯一讓他感到心煩的事情，就是不斷有客人前來拜訪 —— 他結婚了，有了固定的住所，有人來拜訪也是應當的。但霍華德喜歡簡單、單調的生活，在這小小的風之谷，他已經實現了自己所有的願望。剛開始的時候，客人們絡繹不絕地前來，他還覺得他們都挺有意思的，覺得自己是在配合著他們表演一齣迷人的荒誕戲劇，他也很高興地看著墨德扮演著一位新婚妻子的角色。格雷烏斯夫人也很喜歡看到各式各樣的人。但到了後來，霍華德就漸漸地有了一種感覺 —— 無論是鄰居還是教友的來訪，都讓人挺煩的。當地人對別人隱私的熱衷讓他難以理解，也不感興趣。此外，他們還必須要參加各式各樣的午宴、晚宴，這也讓他感到厭倦。一個星期的時間，總有人來，他什麼也做不了，他有點惱火，他對墨德說希望他們不要再來了。

「真是讓人頭疼啊，」他繼續說道，「這些鄉下人按照自己的方式過日子很快樂嘛，整天聚會，聊天也盡說一些家長里短、雞毛蒜皮的小事，真是讓人受不了，一點意義都沒有嘛，妳根本就無法根據這些去了解他們，因為從中根本沒有什麼可了解的，他們自己還覺得把私事遮掩得很好呢！說的都是廢話，難道這就是他們生活的全部內容嗎？簡直是浪費時間！」

墨德笑著說道：「你必須得原諒他們，他們無事可做，也無話可說，你讓他們感到非常激動，而你又對他們那麼好。」

霍華德做了個鬼臉，「我這是出於一種可憐的禮節！」他說，「但是，說真的，墨德，妳不會喜歡他們這樣做吧？」

「喜歡，我相信我是喜歡他們的，」墨德說，「我或多或少地已經習慣了這樣的生活，我覺得我喜歡他們！」

「是的，我也一樣，從某種程度來說，我喜歡他們，」霍華德說，「但是，說真的，人來人往的，就像開旅店一樣，他們嘰嘰喳喳的，就像一大群鳥！」

「啊，我喜歡鳥，可是我也沒辦法，」墨德說，「我不知道怎樣才能不讓他們來。」

「我想這也許就是婚姻那陰暗的一面！」霍華德說。

墨德看了一眼霍華德，從椅子上站起來，走到了他的身邊，然後把手搭到了他的肩膀上，眼睛盯住了他的臉。

「你覺得煩嗎？」墨德用一種悲傷的聲音說。

「不，當然不煩了，」霍華德摟住了她的腰肢，說道，「妳怎麼會這麼想，我只是嫉妒所有會妨礙到我們的人和事情，這幾天我好像已經能夠看到多年以後的妳，打扮得非常古怪。這是一種制度，我想，社會制度是允許人們浪費時間的。我覺得自己像是黏到膠水上，再也動彈不得。人需要感受生活，再好一點，就是按照自己的原則生活。我覺得自己像是在演戲，就像是故意做給別人看一樣，太煩人了。」

「好吧，」墨德說，「你是不是怕我想要向別人炫耀，讓人覺得我有多麼得了不起，嫁了一個這麼好的丈夫。放心吧，不會一直都這樣的，你沒有必要捲進我們的生活。我會向安妮伯母說說的。」

「我不想再像以前那樣 —— 一個人悶悶不樂地過日子，」霍華德說道，「妳到哪我就到哪，看不見妳，我會受不了的，我的小女巫，妳和那些鄰居在一起聊天簡直就是對牛彈琴，要知道，妳彈的可是天籟之音啊！」

「我也不知道應該怎麼辦，」墨德看上去很煩悶，說，「我早就應該看出來了 —— 你不喜歡他們來做客。」

「不，這是我自己的愚蠢和過錯，」霍華德說，「妳說得很對，我錯了，我目前的任務就是要像頭狗熊一樣，跳舞給大家看 —— 因為我剛剛結婚嘛，我會跳的！我會跳的！我只想到別人來串門，浪費了我們的美妙時光，這種想法太自私了。這種人際往來是不可避免的，也是甜蜜的。我的真實想法是 —— 我和妳獨處的時間只有一個小時，還被浪費掉了 —— 我們光顧著和那些無所事事的婦女談論天氣了。」

「是有問題，」墨德說，「但我也不知道問題出在哪，就像一條無法解開的鎖鏈。鄰居們說什麼並不重要，他們話裡所流露出的善良讓我覺得很高興，你需要仔細地體會才能明白。他們並不是直接地表達出來，只是心裡在這麼想著，我能感覺到他們的善良 —— 非常鮮活、讓人感動。」

「哦，是的，」霍華德說，「非常鮮活，這一點毫無疑問，這真是一幕精彩的戲劇，能夠看到這些人在家裡毫無偽裝的樣子，才讓我真正地感到開心呢。如果讓我藏在窗簾的後面，聽到他們真實的談話，感受他們真實的感受，才更有意思呢。他們穿上了我為他們做的盔甲，盔甲並不漂亮，他們的穿戴也不夠整齊，他們不會穿著盔甲去作戰，而只是為了不讓別人觸碰到自己。如果他們能完全地放鬆自己，像貝茨小姐[32]那樣說話，或許我還可以忍受。但問題是，他們太能裝模作樣了。」

「嗯，」墨德說，「我要大膽地告訴你，你大概是覺得在劍橋和那些聰明人一起生活很舒服吧，而且可以談一些實實在在的東西。那麼你的麻煩就來了，你更在乎別人的思想而不是肉體，對吧？我和鄰居們屬於一個階層，他們不喜歡對別人說三道四，他們始終都在說自己。當然，你會覺得他們很可怕，看看吧，我們是否能把事情安排得再好一點。」

「不，親愛的，別這樣，絕對不行，」霍華德說，「對我來說，這是婚姻帶給我的最大好處，它讓我看到了不同的東西。妳說的非常正確。這只

32　《愛瑪》(*Emma*) 中的人物。《愛瑪》是英國女作家珍·奧斯丁 (Jane Austen, 1775-1817) 晚年的作品，風格較為成熟。貝茨小姐是個善良的人，但是喜歡嘮叨，愛說三道四，行事也不是很得體。

不過意味著我說不了他們的話，我會好好地學習，我是個老古板，妳的丈夫是個老古板，但他會努力做得更好。不是出於責任，而是出於快樂，這不是思想上的問題。我以前所過的生活太普通了 —— 千篇一律。可我現在卻在抱怨，我真的很慚愧。要是我現在有工作可做，可能就不會這樣了。我現在知道應該怎麼做了。我得了所謂的聰明人的蠢病，別在意，好嗎？看在上帝的份上。醜陋的丈夫就是如此，妳不要嬌慣我，也不要搭理我。如果我一旦懷疑妳這樣做了，我就一個人回劍橋去。我討厭妳用剛才那種眼神來看我，妳必須要原諒我，原諒我的所有，現在妳必須要答應我，如果我脾氣暴躁，妳絕對不要退讓。不要去當一雙拖鞋，也不要成為人云亦云的應聲蟲。」

「好，好，我答應你，」墨德笑著說道，「我把手放在《聖經》上向你發誓，你一定會成為一個『妻管嚴』的。但我始終都不太明白那些事，就像婚姻中的相互安慰和建議，相互扶持和進步，它們對婚姻的意義非常大，可是一說起這些詞，哪怕是一想到它們，我就覺得太枯燥、太噁心，為什麼會這樣？是這些詞語太做作、太虛偽嗎？我不明白，我覺得人還是應該開誠布公地談話，但越是開誠布公，就越覺得自己是個討厭的人，就越覺得自己是個卑鄙的人。」

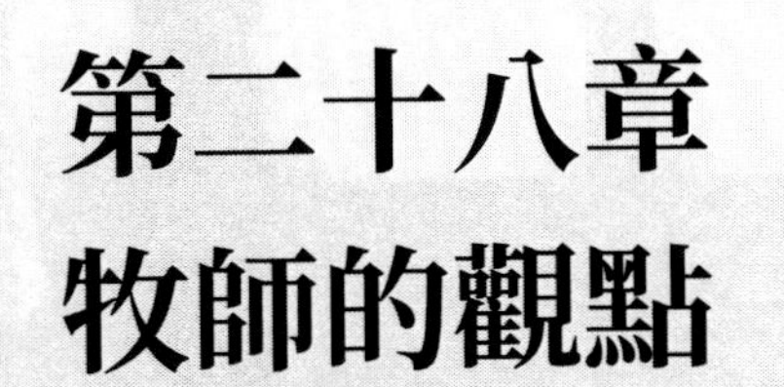

第二十八章
牧師的觀點

另一件讓霍華德感到不舒服的事情是與桑迪斯牧師的談話。第一次在風之谷見到牧師的時候，霍華德就明白 —— 滔滔不絕是牧師最為顯著的特點。看到他思路的表達如此坦率、如此坦誠，其實還是挺有趣的，而且，牧師總是不斷地表達這自己對霍華德崇高心靈、高深智慧的崇拜，雖然霍華德並沒有當真，但是聽完之後心裡也是很熨帖的。坐下來看戲、欣賞角色滔滔不絕地表演喜劇的對白是一回事，而在現實生活中頂著巨大壓力來忍受他的喋喋不休則又是另外一回事。一開始，霍華德還覺得牧師那種顛三倒四地喋喋不休是挺有魅力的，但隨著日常接觸越來越多，這個老好人不知輕重、不管什麼都感興趣的性格就讓人感到非常厭煩了。要是發生了什麼大事，牧師的觀點還是挺有意思的。因為通常來說，他的觀點代表著一般人的觀點，富有戲劇性、多愁善感又普通。唯一不同的就是，普通人笨嘴拙舌，很難說明白，而牧師的詞彙量既豐富又富有表現力，因此總是能夠把普通的觀點表達得極富藝術性。在日常生活中，牧師總能對自己恰好感興趣的話題講個沒完沒了。他既不聽人家的評論，也不想讓人去評論。在談到他的教民、其他教區的區長或鄰居時，他的話一點意思都沒有；在談論家譜、民間文學藝術或史前遺跡的時候，他也只是談一些他從破爛書上看到的內容，而且記得不是很清楚。霍華德覺得自己對桑迪斯牧師既有一種越來越尊重的感覺，又有一種越來越討厭的感覺 —— 他是那麼親切、那麼不諳世事、對什麼都心滿意足，但他心裡也明白自己不能總是這樣掌控談話的整個過程。有一天，當他們兩個一塊散步時，他對霍華德說：「你知不知道，霍華德，我總是在想，你為我們帶來了多少福祉啊！你的安靜和謙虛，你的影響力已經滲透到了教區的每個角落，我也說不清你的影響力究竟是什麼。我們總是要解決、處理一些事，但也需要在背後面幫助我們的力量和能量。大家都很重視你的意見，你支持，我們就高興；你反對，我們就害怕。你來自一個不同的生活空間，屈尊就駕到這裡來幫我們解決問題，而且不知不覺地給了我們同情和兄弟般的情誼，你沒有表達你的內心，但我們卻感激不盡。你非常富有人文精神！對，就是人文精神！」牧師說，「人文精神是一個偉大的字眼，你完全配得上這個字眼！你為我們帶來了諸多的福祉，首當其衝 —— 在我看來 —— 就是給了我那親愛的女兒最大的幸福。你讓她發生了多大的變化，這個我說不出來，但連我都能感受到那種幸福，我也從你那裡分到了一杯幸福的美酒。《聖經》上經常提到：桌子下面有條狗，牠平時不受注意、不受重視，但牠也能吃到麵包渣，毫無疑問，是你像陽光一樣賜給了牠食物！看，格言變成了現實！」牧師說，「你的善行已經足以讓我們好好珍惜，你的思想、你的保守、你的優雅深深地影響了我的思維。以前，我只是單純地留意一些細節。現在我才發現，自己曾經提出的『這一切的目的是什麼？什麼是合成？它有什麼用？能用在哪？』一系列問題，至今都沒有找到明確的答案。但是，新精神 —— 是不是也可以被稱為合成精神？說話的時候，我覺得自己太專注於自我表達了。而在你面前，我卻覺得自己說話漫無目的，極其誇張，喜歡用大量的同義詞和排比句 —— 不朽的莎士比亞就是這麼說話的，但最近我發現，自己在說話時已經考慮到目的、效果、發音形式等因素，並且開始練習了，尤其是在布道的時候，說話一定要精簡，希望別人的理解能和我自己的體會是一樣的。」

「我一直覺得你布道時講得很不錯，」霍華德很真誠地說，「他們只是希望你講話的目的性更明確一點，每段文章的文字雖然不同，但核心內容卻是一致的。」「你說得太好啦，」牧師說，「我服了，我必須承認，只要你在場 —— 只要你在場，我布道時就會非常謹慎，你不在的時候，我可能就會講一些教民聽不懂的東西。」

「我回家去一趟，可以嗎？」霍華德說，「抱歉，剛才你所說的關於的墨德事讓我很感興趣，也讓我很高興。為了讓她高興，我什麼都願意去做，我希望你能告訴我，我應該去做些什麼，要怎麼做才能讓她更滿意？我想了解她以前的生活 —— 我一無所知，而你卻都知道，你能不能幫我分析分析？」

「你真是太好啦，」牧師高興地說，「讓我想想，讓我想想，好吧，親愛的墨德總是有一種崇高的責任感和義務感。或許是因為我偶爾流露出這種意思 —— 她總是覺得自己應該承擔起母親的義務。當然，這是不可能的。我的愛好，坦白地說應該說是快樂，只是為了消除我失去妻子之後內心的失落感。我並不是想博取他人的可憐和同情，別人同情我又有什麼用。我還是要獨自面對痛苦，獨自受罪，」牧師用一種難以置信的口吻說，「傑克這孩子個性獨立，一點都不服管。太遺憾了，墨德的努力令人感動，但在傑克那卻沒有得到回應。我覺得她一定覺得自己很失敗。安妮嫂子為人善良，大概能明白她的心意。我不能說墨德是一個宿命論者，但她對人格塑造的可能性了解得並不多，她的內心很豐富，但總是猶猶豫豫的。她需要一份工作，需要樹立一個人生目標。這一點，可能你已經知道了，」牧師高興地說，「她對你的親和力、包容心無比崇敬，並因此改變了自己 —— 她說話有時會一針見血，這會不會傷害到你？我給你舉個小例子吧。吉布斯校長為人很不錯，但舉止性格卻有些輕浮。有一天，親愛的墨德在午餐桌上就談論起他來，她說，有一本書曾經提到 —— 人都是帶著某些動物特性進行抗爭的。比如說，貪婪的人帶有豬的特性，殘忍的人帶有老虎的特性。她說吉布斯先生似乎只是帶著小鳥的特性。她饒有興致地說吉布斯讓她想起了鳥兒晃著尾巴、顛著碎步走路的樣子，只不過由於他動作靈巧，才避免了讓身體失去平衡。她把那可憐的吉布斯描繪得確實非常生動形象，但在某種程度上說卻顯得過於輕佻了。嗯，你知道，可憐的吉布斯幾天以後知道了這件事——你知道這地方閒話傳得飛快——還有人謠傳，說他內心受到了嚴重傷害，認為墨德小姐應該叫他水鴿才對。我想，這都是僕人們在傳閒話的結果。因此我相當惱火，堅持讓墨德向吉布斯先生道歉。這事就得這麼辦，畢竟是墨德幫吉布斯先生起的名字，或者說『綽號』更恰當一些。這就是我口中的墨德，她就是這樣。」

「我承認，」霍華德說，「我也覺得墨德有點——很強的幽默感。」

「這很危險，」桑迪斯先生說，「我的幽默感——或者說詼諧感就很強，別人比我更愛聽一些機智的小故事或可笑的事情。但是我不會濫用我的幽默感。幽默一旦被放縱，就會變得很危險——與鄉村宗教辦公室的氛圍也就變得不協調了。但這只是一個很小的方面，我想要說的是，在親愛的墨德身上，那種躁動不安甚至是病態的言行，已經完全消失了。親愛的霍華德，這完全歸功於你的影響力和審慎的態度——就連我們都能感覺到，我們也認為能悠閒地表達思想真是一件非常令人愉快的事情。」

牧師並不總像現在這樣能夠做到言之有物，和他說話難就難在談話有時候會變得沒有內容、沒有深度。霍華德和桑迪斯先生散了很長時間的步，這對他來說簡直就是一場噩夢。因此他總是辦法把話題繞到家譜上去，這樣就不用再沒話找話了。

霍華德曾經跟格雷烏斯夫人抱怨過這件事。「是的，」她說，「法蘭克確實很無私，他就像一道最純淨的射線一樣，非常純潔，但他身上也有人性的弱點。很久以前我曾經湊到他身邊，很坦白地告訴他，有些話題他不能跟我談，為什麼你不去這樣試試呢？」

「不，」霍華德說，「我不能這麼做。這是我最大的弱點，我想。決絕的話——即便是善意的，我也說不出口，除非逼不得已，非常生氣，否則我是不會說太多的。我能從法蘭克身上找到樂趣，何況我已經從他身上得到了很多的樂趣，讓我感到安慰的是，墨德能理解我。」

「是的，」格雷烏斯夫人說道，「她是明白人，我知道，沒人能像墨德一樣，把別人的弱點看得這麼清楚，而且出於愛的本心，她又會忽視掉別人的弱點。」

「這對我來說可真是個好消息，」霍華德說，「絕對的好消息。」

第二十九章　孩子

當知道墨德懷了自己孩子的時候，霍華德的心裡有一種奇怪的複雜情感。他看到希望就像一顆冉冉升起的星星一樣照亮了墨德，僅僅是與墨德分享這個美麗的祕密就足以讓他欣喜若狂。但霍華德奇怪地發現，墨德就像是實現和滿足了所有的願望一樣，好像步入了一個新的王國，整個人完全都變了樣。對墨德來說，懷孕好像不僅僅是對自己人生中最重要的過程的滿足，而且還成就了她某種無法想像的光榮，懷孕是對命運的加冕，是人生幸福的制高點。誰也無法解釋，墨德為什麼會如此，因為懷孕只是一種最純潔、最美好的人類本能。對於霍華德來說，也不過如此，他猜不透墨德的心思，不過妻子的懷孕確實使他們夫妻之間的影響力加深了，也使彼此對對方更加忠誠——但也分散了她的愛。他們用顫抖的聲音談論著孩子，但她的眼睛卻好像落在了別處。孩子並不是她送給霍華德的禮物，墨德也沒想過藉此機會讓霍華德對家庭更加忠誠。他以前就在書中看過，說孩子、繼承人、後代是父母的心肝寶貝，是命根子，但他卻吃驚地發現，孩子對他來說並沒有那麼重要。難倒是在嫉妒——就因為孩子會分走墨德的愛？或許是這樣吧。他下定決心，不再這麼想，也為自己曾經這麼想而感到羞愧。他應該全身心地為墨德的快樂而感到快樂。但他就是想擁有她的全部，只要她的靈魂稍微離他遠一點，他都會覺得受不了。在他看來，未來漫漫歲月中的一幕幕，應該只有他和墨德兩個人出現才對，其他的親友、其他影響他們的人、其他的環境都會漸漸黯淡、漸漸消失。那麼孩子呢，的確能夠讓家裡充滿生機和笑聲。但無論孩子多麼美麗、多麼可愛，他也不確定自己是否真的想要。他一直都覺得自己擁有強烈的本能的父愛，也喜歡年輕人的生活，喜歡去處理各種可能會出現的問題。但喜歡歸喜歡，他卻不知道——如果讓他真的付出那麼多精力和愛心又會是怎樣的，他的喜歡是發自內心的愛嗎？他的責任心是不是只是暫時的呢？

他為此感到困惑，甚至浮想聯翩 —— 想像可愛的墨德會承受些什麼。她是那麼的柔弱，也許會遭受疾病、貧窮和痛苦。他也會有同樣的遭遇嗎？他能夠在墨德痛苦的時候，扮演一個平靜、耐心又富於同情心的角色，然後去安慰她的創傷嗎？他不願意這樣胡思亂想，但思緒偏偏像冷風一樣揮之不去，他無法忍受生活的陽光被烏雲遮蔽。

他跟姑姑談起了這件事，姑姑用一種不可思議的方式預測到了這個讓他不安的消息。姑姑說：「當然，親愛的霍華德，我很理解，這件事對你來說，與它對墨德和我的意義是不同的。事實上，這種事對男人和女人來說一直都是不一樣的 —— 從來都不一樣。但有些事你可能還不明白，我知道這件事對你來說是生命中的一個困惑，好像孩子奪走了母親的心一樣。有件事你猜不到 —— 你會為孩子奉獻出無限的愛心。你覺得墨德對你的愛不會增加，有了孩子之後，她對你的愛還會減少，但實際上，有了孩子之後，她對你的愛會成百上千倍地增加，這種愛是神創造的，壯麗而崇高，別害怕！也別為將來擔心！你將一天天地看到墨德對你的愛是如何達到一個你無法想像的高度的。用語言是無法形容它的，你必須相信我，事情就是這樣。你可能會覺得，像我這樣一個沒有孩子的女人是不會知道這些。事實上，有一種奇怪的快樂，即使沒有孩子的家庭也會擁有，這種快樂來自於共同去分享憂愁，但透過分享快樂所獲得的快樂才是更高層次的快樂。」

「好的。」霍華德說，「我明白了，我也相信妳說的。坦白地說，妳看透了我的內心，但妳還沒看到我內心的最深處，我清楚地知道自己的弱點和自私。用思想和理智來分析的話，我知道孩子能夠帶來奇蹟和力量，我現在就已經感受到了。讓我震驚的是，我是個口是心非的人，我嘴上說自己可以展現父愛，並不是發自真心的。但是，以後，」他又笑著說，「那是單身知識分子的舒適、安逸的生活給我造成的陰影——我一個人過了那麼久，還沒有經歷什麼感情的風浪。一旦經歷之後，就會被風力和風速給嚇破了膽。妳一定要及時地給我建議、幫助我。要知道，對於我對墨德的愛，我敢確定，那是一種最強烈、最深刻、最純淨的愛，無法比擬也難以置信。自從我愛上她以後，我無時無刻不感受到自己對她的愛。有時，我覺得除了對她的愛，我什麼也沒有。可當她懷孕以後我才明白，我給她的愛還不夠深。」

「沒錯，」格雷烏絲夫人笑著說道，「我覺得人生就像大海，當一個人還是小孩子時，生活就像是一片平靜的海面，只有幾艘船上面航行。一個人在平靜的波浪裡玩耍，岸邊有無數被沖上來的小珍寶，這是很令人愉快的。然而，隨著人們對這個世界了解得越來越多，就會認知到一個完全不同的世界——生活忙碌、漠視他人，除了在某些方面要些小把戲以外，人是沒有任何力量來改變它。人的命運是無聊的、遙遠的和偶然的，他的生命之舟就像一個移動的小影子，他的漁網和繩子就像一個囉嗦的小裝置，而人生的真諦卻像在海底深處過著悠閒自在生活的聰明的老怪物，也許從來都沒有被人發現過。這當然是非常愚蠢又非常稀奇的，像我這樣一個年老體弱的人，似乎也越來越接近生命的盡頭，但仍然能夠發現生命中充滿了意外和神祕，這都是我們完全未曾預料到的事情。」

「啊，」霍華德說，「我還是一個在岸邊撿貝殼、在淺水灘釣魚的小孩子，但是後來我學到了一些事情，才發現生活超出了我的想像，我感到很奇妙，就像是做夢。我該醒了，醒來以後卻發現自己已經穿越到了另外一個世界。」

霍華德確實發現墨德有了一些改變，兩人之間的關係在某種程度上變得更加深厚。比如說，他有時覺得兩人在年齡上的小小障礙似乎消失了。

以前，霍華德覺得自己懂得很多生活中的殘酷現實與醜陋特徵，也知道墨德內心小氣、好鬥、凶狠和殘酷的一面；現在，這些好像全都消失了，就算她的小性子仍然存在，也不值得關注了。她的那些小性子只要自己知道就好了，其實並沒有那麼厲害，只是他們之間所存在的醜陋、頑固的障礙，如果要想到達更加自由、更加幸福的彼岸，就要在生活中盡量克服，就像海水總要衝過岩石一樣。孩子並不是生活的全部，只是生活的一部分。霍華德意識到，他所心煩的事情，墨德根本不在意。就算是生活在一個最骯髒的環境，住在最小的房子裡，墨德也會覺得生活品質很高。他發現墨德擁有他所沒有的智慧，她活著就是為了情感、為了愛，一切物質層面的東西都只是為了珍藏和促進感情而存在的。

因此，他們的生活似乎煥發出了一種全新的風格和色彩。他們之間的談話變得很少，到目前為止，霍華德與墨德談話一直都是為了了解她對於書籍、思想、人類的看法，也是他那無窮無盡的快樂的源泉。她的偏見、無知和熱忱一邊吸引著他，一邊又讓他覺得有趣。不過，現在他們總是一起安靜地坐著或散步，享受著一種更加寧靜的快樂。只要他們在一起，就算不交談也能夠心意相通。霍華德重新開始了工作。對他來說，在讀書、工作、寫作的時候，有墨德坐在自己的旁邊，就已經足夠了。偶爾彼此對望一眼，就已經能表達出濃濃的情誼。

這一天，霍華德寫完了整整一章，他剛剛把筆放下，一抬頭就看見墨德正目不轉睛地注視著自己，露出了一副焦慮不安的樣子。她坐在火爐旁邊的矮腳椅上，膝蓋上隨意地放著一本攤開的書。霍華德走過去，坐在了她身旁的另一張矮腳椅上，把她的手拉過來，放到了自己的手心裡。

「怎麼啦，寶貝？」他說，「我傻乎乎地在那坐著一言不發，是不是太自私了？」

墨德輕輕地吻了一下他的手，很滿足地笑了。「哦，當然不是啦，」她說，「我喜歡看你努力工作的樣子，這裡只有你跟我，我們根本沒有必要說話啊！」

「不管怎麼說，」霍華德說，「妳得告訴我，在這之前那麼長時間裡妳都想了些什麼。」

「你應該能夠猜出來啊，」墨德說，「我剛剛在想，男人跟女人究竟有多麼的不同，還有，我是多麼的喜歡一個與眾不同的你啊。我還記得，你當初是那麼神祕——神祕得不著邊際，我根本就無法理解。我好像總是無法切中肯綮。我曾經想，無論怎樣你都會擠出時間來關心我的，以前，你總是在為我付出。但現在一切都變得更加簡單，也變得更加美好。就像很久之前你對劍橋做出的評價——山窮水盡疑無路，柳暗花明又一村。我現在終於明白，所有的觀念和想法，就像行李一樣，是你隨身攜帶的東西，他們並非你頭腦的一部分。你知道嗎？當一個人還小的時候，家裡到處都充滿了神祕。等到長大之後，他覺得自己選擇並安排好了家裡的一切，知道每件東西都放在哪，而且意味著什麼，一切都是他的品味和思想的更深層次的表達。但是人老了之後，才發現自己並不知道房間裡面有什麼，有的房間甚至都沒有進去過，再到後來，才發現自己連房間裡有什麼都不知道，完全忘了它們為什麼要放在那裡，就算被別人拿走了也不知道。為什麼會這樣呢？以前，我認為房子的樣子和氣味都是由主人安排和選擇的。這與你的情況相似。所有你知道的、記住的、說的話，其實並沒有反映出真實的你。我明白了而且能夠感覺到，因為那些與你是分開的。」

「我覺得我已經失去了小說家所具有的魅力，」霍華德說，「妳太了解我了，我貧窮、膽小、害怕，就像個坐在財產中間的巫師一樣，只是希望透過假鱷魚模型和骷髏把訪客嚇走。」

墨德笑著說：「嗯，我永遠都不會再感到害怕了，我懷疑 —— 如果你想嚇我的話，還能不能嚇到我。我想知道 —— 如果我看到你正在生氣或對我冷淡，我會是什麼樣的感覺，你曾經生過氣嗎？我想知道。」

「有些學生可能會說我的脾氣不好，我想，」霍華德說，「但我並不覺得自己是個暴躁的人，雖然我有時會讓人覺得很不愉快。」

「嗯，那我倒想看看，」墨德說，「我要說的是，你好像已經不是當初和我結婚的那個人了。原來我還覺得奇怪 —— 自己為什麼會那麼大膽地向你告白，我還期望著有一天你或許能夠清醒，主動來追求我。但卻發現你已經掉到井底了，從來不說你愛我，而且你看上去好像並不失望。」

「失望！」霍華德說，「妳在說什麼呢！墨德！為什麼？難道妳不知道你究竟都做了些什麼嗎？一切都被妳搞亂了，就是這樣的。我有思想、有點知識，虛榮心又很強，我也覺得這些非常重要，就像食物和水一樣，這些都是每個人必不可少的東西。但是實際上根本不重要，至少沒有我想的那麼重要。人總是為了生意、金錢、地位、責任而忙碌，其實每個人都知道它們並不重要，但還是將它們當成了重要的事來做，原來我以為人就是應該以一種認真而不過於嚴肅的態度來做這些事情。是妳讓我認清了應該把它們放到什麼位置，讓我明白了什麼是重要的事情、什麼是不重要的事情。妳已經以一種恰當的方式、在恰當的地點處理好了所有的事情，我現在已經知道什麼才是最重要的，而什麼是不重要的。啊，妳還能說你的影響力不夠大嗎？」

「也許，我們兩個是同時發現對方愛著自己的，」墨德說，「唯一的區別是，你有勇氣承認自己是錯誤的，而我卻從來沒有勇氣告訴你 —— 我是多麼的虛偽，你知道嗎？在你出現之前，我有多麼的卑劣和暴躁！」

「嗯，不要回顧妳那黑暗的過去了，」霍華德說道，「對於他們所說的單純結果，我感到很滿意！瞧，妳現在的樣子！」然後，他們再次默默地坐到一起，沒有再多說一句話。

第三十章
再次回到劍橋

6 月，霍華德得到通知，要回到劍橋去參加會議。看到劍橋以及那些熟悉的面孔，他非常地高興，自從與墨德結婚之後，他們一天也沒有分開 —— 這是他們第一次分離。他驚奇地發現，自己不是想念她，而是無時無刻不在想念著她。事實上，他因為無法在每件事上都與她交換意見，讓所有的事情都沒了意思，也讓他無法安心地思考問題。學院好像已經發生了變化，他的房間還是老樣子，但他卻覺得變窄了，也變小了。他見了很多學生，學生們來看望他也是讓他很高興的事情。

顧思利屬於最早來拜訪的人之一，霍華德很高興與他單獨會面。霍華德的心裡很是過意不去，那個曾經很快樂的年輕人，因為心愛的女孩與別人結了婚，表現出了一副很明顯的受傷的樣子 —— 有些疲憊不堪，不過他的精神還好。顧思利先是詢問了風之谷的人是否都安好，然後又談了一些無關緊要的事。

顧思利站起身來，準備要走，他自慚形穢地說道：「我想跟您說件事，但我不知道怎麼開口。無論如何，我不想讓您認為我生氣了，那是一件非常荒唐、荒謬至極的事情。我想說，我認為您表現得相當不錯，確實相當不錯！我希望您不要認為我是個說話魯莽的人。我想，您需要知道我是多麼地感激您，傑克已經把發生的事情都告訴我了，我想和您說點什麼，讓您覺得舒服些。請不要多心，我只是全身心地希望自己能夠像您那樣去思考問題、像您那樣做事。不管怎樣，我想和您成為好朋友。」

「啊，太好了，」霍華德說，「你能說起這件事，我覺得真是太好了，而且你並沒有指望著我先說，」他笑著補充道，「希望有一個完全不同的結果吧。但我確實全心全意地希望你能幸福，如果你還能來風之谷，一定會受到非常熱烈的歡迎。」

年輕人默默地與霍華德握了握手，「我會好起來的」，他說，然後便微笑著出了門。

傑克也來了，他與霍華德沒完沒了地說起了話。

「感謝上帝，你終於回到劍橋了，」他說，「你應該把墨德也帶到這裡來，拿出你的影響力 —— 你那迷人的影響力。說真的，我在這裡非常地想念你，其他人也都很想念你。學生們都很著急。他們說，只有你帶著他們學習，才會讓他們一點都不覺得無聊，而克羅夫茨老師卻讓他們覺得很無聊，而且還學不到什麼東西。現在，這個地方更讓我覺得討厭了。老師們都不跟我說心裡話，我跟他們看待問題的角度又不同 —— 就像父親說的那樣。我想，是你在某種程度上使他們保持著理性。我覺得他們都是心胸狹窄的人。」

「你的恭維話說得太多了，」霍華德說，「我想，我很快就能回來。我覺得墨德不會介意。」

「介意？」傑克說，「為什麼你非要把那個小丫頭綁自己身邊呢？她將你寫得就像一個天使。看看，看看 —— 很抱歉，我看問題一向都這麼沮喪。沒關係，你是最適合她的那個人。弗雷迪 · 顧思利永遠都不會為墨德付出那麼多，不過他做得也夠好了。我對他說，或許他應該為自己能夠逃出三角戀而感到慶幸，她就是一個鄉下女孩，沒什麼好的，沒有太多的願望，也不會安下心來過著那種鄉間宅第的生活。要知道，你的確很有魅力、很有吸引力。弗雷迪 · 顧思利則沒有。」

「這真是太可怕了！」霍華德說道，「千萬小心，不要讓別人知道了你說的這些話，你讓我覺得緊張。」

傑克大笑道：「假如身為大舅子的我都不能跟你說這件事情，那不知道還有誰能跟你說這些話了。但是說真的，真的是很認真地跟你說，你變得比以前更偉大了。我會告訴你為什麼要這麼說。我有一種感覺，你不會允許我模仿你對我說話時的樣子的，要是那樣的話，你肯定會擰斷我的脖子的。我說的話讓你覺得非常心煩。我不知道這是不是你的策略，無論是和我，還是和別人，你說話、辦事一直就是這種風格。你似乎在每個觀點上都會做出讓步，但卻實現了你的計畫。原來我覺得，你並沒那麼大的毅力，甚至無法保守祕密。直到現在，我才發現我們一直都處於你的指揮之下呢。人們都能聽你的，我也和別人一樣，願意聽你的，對此我覺得的很高興，也很開心，我還以為我能夠讓你聽我的呢。我很欣賞你做事的風格，你讓所有人都覺得自己的意見受到了尊重，但你卻知道自己想要什麼，又該如何得到。」

霍華德大笑著說：「實際上，我可不像你說的那麼有外交手腕，傑克！我可不是個騙子，但我會坦白地告訴你真實的情況。人們的所說所想，甚至是他們所堅持的觀點，其實都能夠影響到我。從理論上講，大多數人都會得到他們真正想要的東西，因此才會非常在意別人想要得到什麼——他們不會因為別人得不到而失望，只會因為自己得不到而失望。但現實往往具有很強的諷刺意味——上帝面帶微笑送給一個人所希望得到的東西，但這個東西通常是被偽裝起來的懲罰。」

「墨德也應該聽聽你的話，」傑克說，「『偽裝起來的懲罰』——省得她總是那麼趾高氣揚的。你有發現她什麼缺點嗎？」

「親愛的傑克，」霍華德說，「你再這麼說的話，會感到後悔的。我不想讓墨德聽到你那些胡說八道的話。你聽到了嗎？你們家的人說話坦白的個性具有很強的吸引力。但是你卻並不完全了解——一個天真率直的人如何會對別人造成傷害？你也不要把墨德當成實驗品。」

傑克面帶微笑地看著霍華德。「真正的男人，骨子裡都流著暴君的血！當然，我會聽你的話。我不是那個意思——我喜歡聽你那麼講話，真的很好，這證明你很愛我的妹妹。」

然後，傑克接著說道：「你肯定能照顧好自己的。啊，說到我們家老頭，那個混蛋，是吧？他每天都很高興，現在我每收到他一封信，都發現他的知識水準在提升。我告訴你一件事吧，我不會在這裡待得太久了。我不想要文憑，因為它毫無用處，無論是黑白的還是彩色的。我只想去工作。如果下個學期你來上課，我就再忍耐一段時間，否則我肯定會走人。」

「很好，」霍華德說道，「一言為定。但我必須要和墨德商量一下。如果我們 10 月分一起回劍橋，你就學到明年 6 月分。如果我們沒回來，你就做生意去吧。我相信，不管什麼時候，商會都會接受你的，而且希望你能早點結束學業。」

「是的，是這樣，」傑克說道，「我想工作。其實，在這裡讀書也沒什麼問題，但所學的東西多半都是胡扯，同學們怎麼能受得了呢，我不知道。這不是我想要的生活。」

「好的，不必著急，」霍華德說，「一切都會如你所願的。」

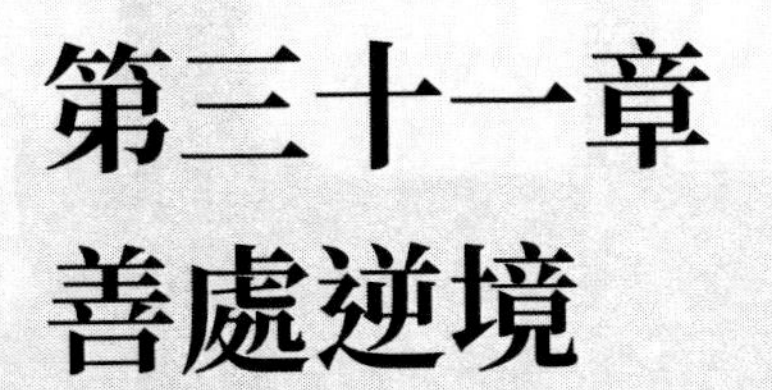

第三十一章
善處逆境

霍華德突然意識到，自己在同事中已經變成了一個非常重要的人。自己在鄉下的「地位」無形之中提升了他的地位。人們都尊重他、祝賀他，雷德梅因先生跟他說話時也變得既刻薄又充滿深情。

「我不得不說，你看起來很好，」他說道，「你看起來已經有點像個鄉紳了。我希望你能夠重新回到這裡，但我並不想逼你。尊夫人怎麼樣啦？你是否已經從新婚燕爾的混沌狀態中解脫出來了？還沒有？那你需要趕快恢復理性。我可搞不懂女人種變幻莫測的性格，但我猜想，美麗的女性總喜歡有人來控制她們，你能夠管得住老婆吧。你還挺會擺弄人的，我總是說你可以輕輕鬆鬆地管好學生，就像馬術師總能夠想起馬刺放在了哪裡！在婚姻中，嗯，呵，我是個老光棍，我對一切束縛都持有懷疑的態度。不要將我的胡話放在心上，甘迺迪，我喜歡你的地方就是——請允許我坦白地說——你有一種權威感，但又不虛榮、不做作。單單是為了取悅你，人們就會按照你所希望的那樣去做。我就不行，總要用鞭子才行。這裡的老師都非常出色，但他們卻不是舉世聞名的風雲人物！他們坦誠冷靜，可誰也不能在不費吹灰之力的情況下讓別人與自己一起喝杯波特酒，並且心甘情願地幫自己做事。他們目光短淺——非常短淺，如果你能夠在婚姻中做得很好，不對夫人無禮，那麼在學校的工作中也會過得舒適愜意！這在道理上都是相通的。人要一滿意，上帝就失意；人們一失意，上帝就滿意。所以我總是說——人要善處逆境。」

「嗯，」霍華德說，「10 月分我回來的時候，你就又能見到我了。我的妻子也已經做好了來劍橋的準備，在風之谷我也沒什麼好做的。我相信，我很快就能入進學校的董事會，會變得很忙。放假的時候，我就到風之谷去住，這樣就足夠了。我與寶福德學院的緣分不會斷。」

「好極了！」雷德梅因先生說道，「尊夫人的理性和判斷力都很強。代我向她問好，並說我們在劍橋恭候她大駕光臨。我們應該善處逆境，如果每個人都像你一樣，娶了個那麼好的老婆，我也許會較為平靜、積極地看待婚姻，當然，絕對不會帶有任何的偏見。」

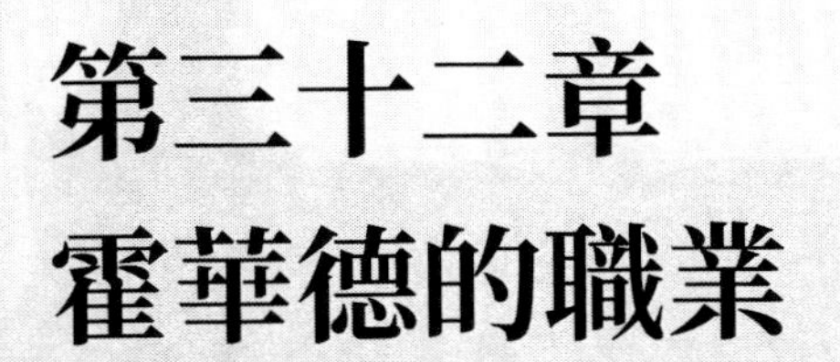

第三十二章
霍華德的職業

霍華德從劍橋回來之後跟墨德談了很久，談話的內容是關於未來的打算。墨德似乎已經默許 —— 無論將來怎樣，他都應該先回到自己的工作崗位上。

「在這件事上，我覺得自己非常的自私、自大，」霍華德說，「我的工作、工作的環境都是扯淡！憑什麼我一來到風之谷，就可以採下花園裡最甜蜜的那朵花？憑什麼在我擁有了它、把它別在扣眼上之後，又要大搖大擺地離開？」

墨德笑著回答道：「哦，不，事情並不像你說的那麼簡單。你擁有一技之長，而且是一種非常難以掌握的技術，憑什麼要放棄呢？現在我們不缺錢，因此錢不是這個問題的關鍵，再說，我原本就有義務為你分擔婚姻帶給你的壓力。你不能只是在鄉下定居下來，不能為自己當上了一個小鄉紳而得意，更不能整天無所事事的。人必須要去做自己力所能及的工作，如果讓我覺得是因為我才讓你離開了你的世界，那麼我會感到非常痛苦。」

「我不知道，」霍華德說，「我的工作讓我覺得有點窒息。我們為什麼不能簡簡單單地活著呢？女人就應該活得簡單一些，不必為了工作而大動干戈。婦女們也要擁有表達自我、實現自我的權利。她們表達和實現自我的程度比男人還要高很多，而且在做事的時候一點都不自負。我在劍橋的工作屬於最普通的那種，如果我不做，也會有好幾個人來接替我，他們有能力做這份工作，也很樂意去做。世界上那些偉大的人從來不會吹噓他們的工作有多麼重要：他們一向都是有什麼工作就做什麼工作，只有那些平庸的人，才會說自己的才能沒得到施展的機會。你還記得前幾天和我們一起吃午飯的那個可憐的錢伯斯嗎？他告訴我他從城鎮教區調到鄉村教區了，他非常懷念原來的組織。『在鄉村教區似乎沒有什麼可召集的！』

他說，『在我原來那個城鎮教區，有一整套的工作機器在運轉，我非常喜歡，如今我的才華已經得不到施展的機會了。』這話讓我覺得他簡直是太自大了，我可不想變成那個樣子。人的工作實在是微不足道！少了誰地球都會照樣轉。一個人走了，只不過是為另外一個人提供機會罷了。」

「是的，當然，我們很難界定什麼是自負，什麼是不可或缺，」墨德說，「沒有必要在這種事情上太較真；但既然這樣的話，處理這事對我來說應該是很簡單的 —— 你可以去做任何你想做的工作，你也沒有理由不回去。」

「也許只不過是因為太懶惰了，我才不想回去，」霍華德說，「但是現在我想要過一種完全不同的生活，一種更加安靜的生活。我非常懷疑 —— 有些人說他們必須要花上一段時間才能想通某些問題 —— 我覺得那是個圈套。就像人們對於玄學的舊定義 —— 玄學是一種有系統地攪亂人們生活的科學。我並不覺得人們會順從著自己的理性去行動，人一定是出於本能才行動的，理性只是阻止人們去做傻事。」

「我相信，另一種生活會很自然地到來，」墨德說，「你還年輕，應該去做一些事。當然，在某種程度上，女人也是應該做一些事的，不過婚姻是她們最首要的職業，但令人感到遺憾的是，適合她們的丈夫不多，因此有些女人終身未嫁。感謝上帝，我結婚了，現在，我可以坐在角落裡，平靜地審視這個供過於求的婚姻市場了！」

霍華德站起身來，斜靠在壁爐架上，高興地看著自己的妻子。「啊，寶貝，」他說，「我很慶幸，我在適當的時候來到了這裡。現在想想都覺得害怕，如果我來晚了，就會像奧瑪[33]說的那樣，不會存在『妳和我的談話』了。妳會成別人忠實的妻子，而我會變成一個絕望的單身漢！」

---

33 奧瑪．開儼（Omar Khayyam, 1048-1131），波斯詩人、數學家、天文學家、醫學家和哲學家。創作有《魯拜集》，編撰過《代數問題的論證》（*Treatise on Demonstration of Problems of Algebra*），曾對穆斯林曆做過改革。

「真是太不可思議了，」墨德說，「這種事，就算是想想，也讓人覺得很可怕 —— 這是一個與幾率相關的問題！幸好，我們現在結婚了，這是已經無法更改的事實。結果，我不但讓你回到自己的工作職位，而且你還得把我也一起帶去，就像航海家辛巴達[34]一樣把他的戰利品帶走。」

「好的，就那麼辦！」霍華德說。

他努力地嘗試了好幾次，想獲得桑迪斯先生、姑姑甚至是麥麗小姐的支持和鼓勵，但事與願違。

「我對『理想』這個字眼有一種強烈的厭惡感，」霍華德對墨德說道，「我覺得，我希望別人接受的理想 —— 就像一個舉著裝滿酒杯的托盤的服務生，有一種迫切的希望 —— 人們都能拿走放在托盤裡的酒。我自己沒有任何的理想，只有一件事是需要我去做、而且正在做的，那就是禮儀。」

「是的，我認為你不應該為了理想而煩惱，」墨德說，「詞語所產生的消極力量是非常奇妙的。世界上有很多非常美好、非常傑出的事情，它們非常獨特，非常值得研究，然而一旦將它們變成一種專業，人就失去了興趣，也不想去學了。恐怕麥麗小姐就是這樣影響我的。我確信她是個好人，但她的意見總讓我覺得不舒服。安妮伯母認為一個人無論想要做什麼，都可以說是理所當然的，這沒什麼好笑的，我們能夠做的，就是順其自然、靜觀其變。很快，人就會突然變得健全、理智。她非常清楚這一點。現在，如果她很想讓你留下來，她就會表現出不同的態度。」

「非常好，順其自然！」霍華德說，「我覺得我被困在了一個女性的圈子裡。我就像一個剛學會走路的孩子，每走一步都會有人拍手叫好，然後又從一個人的懷裡走到另一個人的懷裡。我服了！我將帶著我美麗的心靈

34　阿拉伯民間故事集《一千零一夜》中所記載的阿拔斯王朝時期一位著名的航海家，他從巴斯拉出發，游遍七海，遇到了無數的奇事。

回到劍橋，繼續塑造自己的性格，繼續用崇高的動機來激勵自己。不過妳也有責任，如果妳讓我變得自命不凡，那就是妳的錯，而不是我的錯。」

「啊，我會對此負責的，」墨德說，「還有，順便說一下，我們是不是應該考慮一下住房的問題？我覺得，就算我變成一個家庭主婦，我也不能住在學校裡。」

「是的，」霍華德說，「一幢由毛坯和瓦片建成的高級住宅，內部刷上白漆，配上齊本德爾式椅子[35]和美國版畫。我知道，這些事情都是必須的。房子能夠傳達一個人的情感。但我也不想裝飾得過於華麗，那樣也沒什麼意思。在我們的學術界有個反語詞——『超級專業』，指得是過度修飾、過於奢華，我可不想那樣。我會保持理智，不會過於鋪張浪費的。我們可以寫張採購單給經辦人。房子一定要裝飾出家的感覺，不用太招搖，溫馨就好，不要像冷冰冰的政府辦公樓那樣。墨德，現在我不煩了，我們無需浪費這麼多時間談這些瑣事。我還沒有表達完我的愛意呢，我現在懷疑我還會不會向妳表達了！」

35　一種高級的美式椅子，樣式高貴典雅，顏色較深，表面有浮雕刻花，有明顯的做舊痕跡，沒有任何金屬裝飾。

第三十三章　焦慮

慢慢地，幾個月過去了，在這段時間裡，霍華德的負擔與焦慮越來越沉重，但墨德卻好像很平靜，而且充滿了希望，對他越來越依賴。霍華德又有了兩點新的認知，這讓他感到了些許的安慰。首先，他發現，儘管自己內心的焦慮正在急劇的增加，但他並不想把它當成一種負擔來擺脫這種焦慮。他對一切痛苦壓力都有一種本能的反感，比如責任、討厭的義務、以及擾亂他的平靜的東西。這種焦慮與那種焦慮並不相同，他希望它能夠早點結束，但不希望從他的腦海中消失，因為它與愛、快樂和希望是緊密相連的。接下來，他體會到了學習做事情的快樂，如果不是因為愛，這些事情會讓他覺得很討厭。他想為墨德提供點幫助，哄她開心，於是便掩飾起了自己的擔心，故作輕鬆地與她說話，他所做的一切都欣欣然充滿了他的靈魂。隨著時光的流逝，墨德開始把霍華德讀書給自己聽當作一件理所當然的事情。儘管霍華德以前經常說，讓別人為自己大聲地唸書，比為別人大聲地唸書還要糟，而且沒有比這更糟的工作了。但是現在他卻發現，沒有什麼事情能夠比為墨德一天天地朗讀以及為她找到讓她喜歡的書更加快樂了。

「如果，能夠讓妳少遭受一些懷孕之苦就更好了，」有一天他對她說，「無法分擔愛人的痛苦，是一件很可怕的事情。如果我能讓妳少遭點罪，我寧可笑著把手放到火裡去。」

「啊，我最愛的人，我知道，」墨德說，「你不要那麼想。懷孕正以一種奇怪的方式讓我產生了興趣，我無法解釋，我也沒覺得無助，我只是覺得我正在做一件值得受罪的事情！」

終於，產期臨近了。那天非常熱、非常靜，一絲風都沒有，太陽猛烈地照著這座小山谷。一天早上，他們坐在一起，墨德突然對他說道：「親愛的，有件事我想對你說，我好像是害怕了，但我的內心並不害怕。你還記得嗎？我曾經說過，我想體會人生的每一步，我想去體會，我希望去體會。在我的內心深處，我不害怕任何的痛苦，再大的痛苦也不怕。就算我什麼都不記得了，你也一定要記住！」

「好的，」霍華德說，「我能記住，我也明白了，妳這麼說的時候，甚至連我的恐懼也都被妳帶走了。愛能夠拯救一切。」

那天晚上，墨德非常的痛苦。第二天上午，正當霍華德嘗試著專心看書的時候，格雷烏斯夫人來了，對他說出事了，墨德感到了陣痛，他們都很不放心。「醫生馬上就來了」，她說。霍華德緊張地站了起來，嘴唇乾裂，神情憔悴。「她讓我告訴你 —— 你是她的最愛。」姑姑說，「但她寧願一個人待著，她不希望你看到她那個樣子，她非常的勇敢，這很好，我也不覺得害怕了，」她補充道，「我們只能希望她一切都好，我明白你的感受，緊緊地扼住焦慮的咽喉，盯著它的臉 —— 這是一件幸福的事，你的看法可能跟我不同，我是說，你會因此感到幸福的。」

但到了後來，霍華德還是感到害怕了。一輛馬車到了，有兩個醫生從車上下來，手裡拿著藥箱。霍華德很難受，但是看到他們那從容和愉快的神情，感覺也就稍好了些。其中一個身材高大、面色紅潤的醫生向車夫點了點頭，看了一眼這漂亮的莊園。妻子就要生孩子了，每個人都會感到焦慮的。霍華德下了樓，在大廳裡迎接他們。在那樣一個危險的時候，居然還不自覺地說什麼客套話，霍華德覺得那種感覺真的很奇怪、很虛幻。那位身材高大的醫生慈祥地望著他，「生孩子是一件很簡單、很直接的事情！」他說，「不必擔心，等生完孩子，你可能就會覺得奇怪 —— 當初為什麼要那麼害怕。」

幾個小時過去了，霍華德一點也沒覺得輕鬆。醫生們在屋裡待得時間太久了，肯定是出了什麼事，霍華德不知道發生了什麼，也不敢去想。周園的景致雖然美麗，但寂靜讓他感到了一種難以忍受的可怕。一下午，他都是走來走去，雙眼望著墨德的窗子，良久，有個護士走到了窗口，稍微打開了一道小縫。霍華德走進房間，看到大夫在那低聲跟格雷烏斯夫人說著話。「明天我一早就來，」一個大夫說道，「最壞的事情還沒有發生。」霍華德向他們投去詢問的目光，格雷烏斯夫人招手讓他過來。

「她病得很厲害，」格雷烏斯夫人說，「一切都過去了，她還活著，但是孩子死了。」

霍華德呆呆地站在那，兩眼盯著他們：「我不明白 —— 孩子死了，墨德怎麼樣了？」

大夫走了過去，對他說道：「太突然了，她休克了，孩子一生下來就死了，這一點我們預估到了，但我們也有充分的理由相信，她一定能夠康復。是的，她遭受了沉重的打擊，這個打擊太沉重了。但她年輕力壯，身體也好，你不用擔心，暫時不會有什麼危險。」然後他補充道，「甘迺迪先生，你也要好好休息，她可能會需要你的陪伴，你對她很有用。我鄭重地告訴你，危險已經過去，不會再發生了。你必須強迫自己吃飯、睡覺。」

「睡覺？」霍華德軟弱無力地笑道，「啊，你能告訴我，我要怎樣才能睡著嗎？」

大夫們走了。霍華德與格雷烏斯夫人走進了另一個房間。她讓他坐下來，對他講了一些細節，然後對她說道：「親愛的孩子，現在說什麼都是多餘的，太遺憾了，你能明白我的感覺，跟你明說吧，我原本已經做了最壞的打算。但現在我不害怕了，我要在你身上施展我的催眠術，我相信我可以幫你一點小忙。人不能頻繁地使用催眠術，但現在我必須要給你用。」

她走過來，坐到了他的身邊，撫摸著他的頭髮、他的眉頭，說：「只是試試，如果可以的話，心裡什麼都不要想，放鬆你的四肢 —— 完全放鬆，不用管我到底說什麼，我只是想讓你的心自由自在地飄起來。」接下來，格雷烏斯夫人開始對他低聲地說話，他根本沒有聽清她在說什麼，一種強烈的睡意向他襲來，就像一股湧起的海浪，然後他就什麼都不知道了。

幾小時後，霍華德從沉睡中醒了過來，帶著一種甜蜜的幻想和體驗，他看了看四周。格雷烏斯夫人正坐在他的旁邊微笑著看著他，突然，恐懼又如洪水一般襲來，霍華德覺得自己就像是被毒蛇咬傷了。

「發生了什麼事？」霍華德問道。

「啊，」格雷烏斯夫人平靜地說，「你睡著了。我懂得催眠術，除非是急需的情況，一般情況下我是不用的。以後我再詳細地告訴你吧。我也是偶然才發現自己會催眠術的，我對自己和別人都用過。這是天生的，很多人都懷疑是否真的存在催眠術，因為它有點邪惡。不要害怕，親愛的朋友，一切都很順利。她正靜靜地睡著呢，她已經知道發生了什麼事。」

「謝謝你，」霍華德說，「是的，我已經好多了。我真希望我沒有睡過去，現在我覺得更痛苦了。我不知道世上還能有什麼能夠彌補我那失去的孩子，還有什麼能夠讓我擺脫這樣的痛苦。我到底犯了什麼罪，竟要遭受這樣的懲罰？」

「犯了什麼罪？不，」格雷烏斯夫人說，「我的孩子，總有一天，你會以一種不同的心境來看待這個問題。你不明白嗎，親愛的孩子，這也是人生的一部分。人不應該害怕會受苦，而是要害怕享福。假如沒有受過苦的話，你又怎麼知道 —— 沒有了愛，你就沒法活下去呢？」

「不，」霍華德說，「我才不想受罪呢，但妳是對的。我明白『福無雙至，禍不單行』的道理。但我覺得人生就應該是美好的，沒必要非要讓人受苦啊！」

「這僅僅是因為人不知道未來還有什麼是自己需要經歷的事情，」格雷烏斯夫人說，「知道自己有多愛她，你就應該滿足，因為很多人都不知道自己到底有多愛妻子呢。」

第三十四章
夢中的孩子

一連好多天，霍華德都因為墨德而感到痛苦不堪，她就那樣躺在床上，一動也不動，極度的虛弱和疲憊，讓她認不出眼前的每一個人，她幾乎是一語不發。雖然她還活著，但卻什麼都不理會。家裡人不讓霍華德和她在一起待著，也不讓任何人和她說話。這次的打擊太大了，墨德那脆弱的生命就像燭光一樣在風中搖曳，幾乎就要熄滅了。他們讓霍華德去看了她一、兩次，她就像一個疲憊的孩子，手枕著頭，迷失在了睡夢中，兩人根本就沒有辦法交流。霍華德也不敢離開家，他的神經已經到了極度緊張的地步，生怕會有僕人或是其他任何人進入自己的房間，來告訴他最壞的消息。他在花園裡來回地踱著步，但這反而讓他感到更加的恐懼。是不是會有人來讓他去見墨德最後一面？雖然什麼也沒有，但那種寂靜的氛圍卻非常可怕 —— 他一向最喜歡寂靜了。如果她呻吟、哭泣或抱怨的話，或許他還能好受些，但她似乎完全從他的世界消失。即使她有了些力氣，他們也因為擔心她的身體而不讓他多見她。她似乎不知道自己在哪裡，不知道究竟發生了什麼事。夜晚是最難熬的，霍華德除非是疲憊到了極點才會睡著。他睡得很沉、很沉，就好像墜入深深的潮水中，忘掉了一切。然後，痛苦就漫進了他的夢中，難以言表的痛苦壓抑著他，隨後他就會在一種巨大的恐懼中突然醒過來 —— 那是一種無形的、無痕的恐懼。在房間裡聽到的哪怕是最小的聲音 —— 門發出的吱吱聲、輕輕的腳步聲，都會讓他覺得像是有錘子猛力地敲打自己的心臟一樣。他點上蠟燭，不安地四處遊蕩，從窗口眺望那漆黑的花園、黑夜映襯下的樹木，以及幾顆刺透黑夜的明星。他試著讓自己靜下心來讀書，但是徒勞，根本就看不進去。恐懼洶湧而來，似乎只有不思不想才對他有些作用。他不知道自己是否體會到了人生的真諦。在他看來，他所遭受的痛苦正是這個世界上最強烈的情感，比愛情還要強大，比死亡還要強大。夜晚就像潮汐一樣，一浪一浪地遠去了，陽光重新照在了窗櫺上，新的一天又開始了，但他內心頹靡，沒有絲毫的力氣。

唯一的安慰來自姑姑，只有她，是那麼的堅強、那麼的寧靜。他甚至有些懷疑 —— 她的堅強是不是裝出來的。她並不鼓勵他把自己的恐懼說出來。她靜靜地和他聊著家常，也並不指望他能夠回答；她接待醫生，與醫生談論墨德的病情；霍華德不敢聽醫生說話，姑姑就把醫生的病情報告轉告給他。隨著日子一天天過去，他心中的恐懼似乎逐漸在改變 —— 墨德還活著，大家都這麼想。但她的身體能恢復到什麼程度呢，誰也說不清楚，但她的精神始終還是恍恍惚惚的。

桑迪斯先生經常來探望女兒，除了感慨，他在霍華德面前表現得很無助。霍華德打起精神和他說話，可又覺得非常的難受、非常的不真實。桑迪斯先生對墨德的病情倒是持樂觀態度，他安慰霍華德說，類似的事他已經見過好多次了，況且墨德的身體一向很好。他認為，她現在需要的是休息和寧靜。他的話讓霍華德感到些許的安慰，他拒絕承認可能會有任何最終的災難發生。但沒有什麼能夠讓桑迪斯閉嘴。霍華德這才意識到，桑迪斯牧師肯定是事先就想好了一系列的話題，然後和他談話的，甚至連怎麼說都已經事先準備好了 —— 省得到時候冷場，大家會覺得難受。剛剛出事的時候，傑克也從劍橋趕回來了，現在危險過去了，霍華德建議他應該回學校去，傑克默默地道謝之後就走了。

一天，正當霍華德百無聊賴、嘗試著寫信的時候，格雷烏斯夫人突然來找他，說：「今天上午墨德好了很多。我進去看她的時候，她的意識已經清醒了，她還提到了你的名字，你可以進去看她幾分鐘，醫生說，雖然她已經清醒了，但還是不要讓她說話好一些，你可以在她旁邊坐上幾分鐘，最好馬上就來。」

霍華德趕緊站起來，突然覺得一陣眩暈。他扶住了椅子，發現格雷烏斯夫人正用一種焦慮的目光看著他。

「你可以嗎，親愛的孩子？」她說，「你的壓力太大了。」

「可以！」霍華德說，「啊，這是新的生活。我很快就好了。她知道發生了什麼事嗎？」

「是的，」格雷烏斯夫人說，「她知道一切，她一直擔心你，根本沒想過自己。」

霍華德跟著姑姑走出房間，突然覺得自己反應敏捷而且強大無比。當他們走進墨德的房間時，墨德聽到了聲音，便轉過身體來看他 —— 她的臉上已經有了一絲淡淡的血色。她向他伸出了雙手，但是馬上又無力地垂了下來。霍華德快步走到床邊，跪了下來，把妻子摟在了懷裡。她緊緊地依偎在他的懷裡，然後微笑著看著他，用非常低的聲音 —— 低得幾乎像是在耳語：

「是的，我知道你會幫助我的，親愛的。是的，我回來了，回來找你了，我走了很遠很遠 —— 和我們的孩子一起，你知道，他還需要我，我想，我已經把他放在了一個安全的地方，然後上帝又把我送回來了，我還以為自己回不來了呢。我不得不做出選擇 —— 是和孩子在一起，還是和你在一起，我選擇了……」她的聲音突然消失了，然後長時間地、焦急地看著他。「你看起來不太好啊，」她說，「這都是我的錯。」

「啊，別說話，親愛的，」霍華德說，「以後再說，妳只要讓我相信，妳永遠不會離開我就足夠了 —— 這才是我想要的一切，只是我們能夠在一起，可愛的孩子 —— 他永遠都是我們的孩子。」

「可愛的孩子，」墨德說，「是的，他是我們的孩子，親愛的，我想跟你說說他。」

「現在不行，」霍華德又重複了一遍，「現在不行。」

像往常一樣，墨德點了點頭——只是現在更像是一個鬼魂在點頭，然後兩個人臉貼著臉，靜靜地躺著，直到有人叫霍華德離開。霍華德彎下腰，她吻了他的手一下，說道：「不要害怕，親愛的，我回來了，好像從巨大的樓梯上走下來了，樓梯的頂部閃閃發光。我只是走到了樓梯的邊上，因為那裡傳來了美妙的聲音，現在我回來了，那都是我做的夢，」她補充道，「現在，這個夢醒了。」

霍華德走了出去，揮了揮的手，格雷烏斯夫人陪著墨德。

「是的，」墨德說，「我不再感到害怕了。」

霍華德突然覺得頭暈，一種無法控制的頭暈，格雷烏斯夫人趕緊帶著他進了書房，讓他坐下來，但他還是控制不住地一陣陣眩暈。

「真的很慚愧，」他說，「我出醜了。」

「出醜？」格雷烏斯夫人說，「你表現得非常棒，我必須要告訴你，我一直都很擔心墨德，但更擔心你，因為你不能讓自己崩潰，也不想讓自己崩潰，很多人在面臨危險的時候都會崩潰的！剛才看到你那個樣子的時候，我的半條命都沒了，親愛的孩子！如果你因為痛苦而舉止粗魯、急躁或失態，我也許還能放心些。但是你太具有騎士風度、太體貼了！當然，你會說你沒有那麼想。你的表現跟一般人不同，現在我終於看到原來的你了。」

「嗯，我也覺得妳的表現與我平時所想的不一樣，」霍華德說。

「啊，」格雷烏斯夫人說，「我已經是個老太婆了。我不認為死亡有多麼可怕。生活確實很有趣，但就算現在讓我離開這個世界，我也會很高興。人除了活著以外，還有更簡單、更美好的事物。不過我沒指望你現在就能領悟這個道理。」

「妳覺得她能好起來嗎？」霍華德無力地說。

「是的，她會好的，而且會很快，」格雷烏斯夫人說，「一直以來，她只不過是以一種自然的方式來休息。你不知道，你也不可能知道，那個可憐的、可愛的孩子，對墨德來說，到底意味著什麼。在很長一段時間裡，你都要對她特別的好。你不會理解她的悲傷，她也不會指望著你能夠理解，但是你絕對不要讓她失望，你必須像你承諾的那樣對她好。今天下午，你必須去散散步，你肯定很累，親愛的，你要好好休息，你不知道你現在的樣子就像個幽靈。你一定要盡快恢復過來，為了墨德，也為了我。」

那天下午霍華德散步歸來之後，覺得這個世界又重新變回甜美的樣子了。他吃驚地發現自己的確已經變得非常虛弱，那種難以言狀的困倦讓他感到難以抵擋。倦意就如同夏天的空氣一樣向他襲來，他覺得很愜意。那天晚上，他跌跌撞撞地爬到床上，感到非常舒服。哦，能在新的世界中醒過來，真是一個奇蹟，迎接他的是一種難以置信的幸福感，那種幸福感再次與其他陌生而寧靜的感覺混合在一起，每一個景象、每一個聲音都衝擊著他的聽覺、視覺 —— 如此的銳利和美麗。

每天，他探望墨德的時間都會延長一些。他們很少說話，只是靜靜地坐在那裡，偶爾耳語幾句。墨德恢復得很快，身體也一天比一天強壯。

一天晚上，他和她坐著，她說：「我想告訴你我究竟是怎麼回事，親愛的，你一定要聽啊，不要為了孩子傷心，因為你和我的感受並不一樣，所以你要允許我傷心一點點 —— 我告訴你之後你就會明白的，我不會回憶得太多，因為太痛苦了，希望我講的時候表現不會很糟糕，我曾經疼痛得無法忍受，然後我就去了 —— 你知道的 —— 但我已經什麼都不記得了，然後我又回來了，我覺得在身上發生了一些很奇怪的事情，我很高興自己能夠看出來有什麼事不大對勁，並且很快就明白到底發生了什麼事。奇怪的是，我很虛弱，不能想也不能說，但我的意識卻從來沒有那麼的清醒和堅強——不，不是意識，是我自己。很奇怪，我從來沒有見過我們的孩子——沒親眼見過，但這並不重要，我在心裡已經見過他無數次了。但後來我才明白，我確實完全錯了，你好像與我離得那麼遠，我知道你心裡只想著我一個人，但我的心裡卻只想著孩子——我的孩子離開了我！我甚至向上帝祈禱，求他讓我去死吧，我把能祈禱的都祈禱了。突然，我感覺有一股強大的氣流，就像奇怪的漩渦一樣向我吹來，雜音很大、很吵，我覺得自己好像是靈魂出竅了，我覺得自己已經死了。然後，我又醒了，不是在這裡，是在一個黃昏時分，有一片陌生的開闊地，那裡有山川樹木。我站起來，突然覺得自己手裡握住了一隻小手，在我身邊站著一個小孩，他正抬頭望著我。我無法告訴你接下來發生了什麼，那對我來說太黯淡了，我想不起來。我背著孩子，或坐、或走、或遊蕩，他和我說話的時候聲音很小但非常清楚。我記不清他都說了什麼，但感覺他好像是在告訴我未來將會發生什麼，我很快就能知道一切。這很奇怪，不是嗎？我和他在一起的時間雖然很短，但卻好像過了幾個月、幾年的時間，我覺得我不但愛他，還很了解他——他的思想、他的欲望，他的過錯。是的，他還犯錯，親愛的，他犯我曾經犯過的錯，還犯其他的錯。他並不總是心滿意足，但也不總是不開心。他不像是一個夢中的孩子，也不像個小天使，而是一個完全真實的孩子。他不時地大笑，我覺得他那稚嫩的笑聲現在還在我的耳邊迴響。他總是挑我的毛病，總想著玩。有時還會哭，沒什麼能夠讓他高興起來。他愛我，想跟我在一起。我對他說你的事，他不但愛聽，而且還多次求我跟他說更多事情——關於你的、關於我的、關於這個地方的。我覺得他的腦子裡肯定還想著別的，比如一些回憶，我認為他想全都告訴我，他就對我講啊講啊，有一兩次，我覺得自己正躺在這張床上，我想我恐怕快要死了。我想死就死吧，可以回到孩子身邊，我們一起去天堂。有一個巨大的樓梯，我們兩個一塊走了上去。樓梯的頂部被烏雲遮住了，但我覺得雲後面似乎有人在活動。雲的後面沒有一絲陰影，只有光芒。還有聲音，那是美妙的音樂聲。我緊緊地抓著孩子的手，沿著樓梯往上走，當走到樓梯頂部的時候，他掙脫了我的手，沒說一句話，也沒打一個手勢，就進去了，好像不是要離開我，而是離開了他最真實的生活和我最真實的生活。就像你帶著他出門散步，回來的時候他很自然地進了家門，他知道你會跟著他，所以就沒說再見一樣。那時，我一點都不覺得難過，不為自己難過，也不為孩子難過。我只是轉身走了下來 —— 然後我就回到了現在這個房間了 —— 可能是我放不下你啊，才復活了。」

「這一切真是太美妙了，」霍華德沉思著說道，「美妙、壯麗，真希望我也能看到。」

「是的，不過你並不需要看見，」墨德說，「人只能看見自己需要的東西。我想，我還想說，親愛的，你一定要相信，我不想再回到那個時候了，或者說，我不願意總想著這件事，現在已經夠了。一個人不能總揪著這些事不放，要告訴別人，讓別人相信自己已經放下了。總覺得別人也能像自己那樣去感受、幻想或體驗，是一種錯誤的想法。我甚至不想知道你聽完這個故事之後的感受，我也不指望你能夠相信這個故事。我忍不住想把它告訴你，只是因為它太真實了，就像真實地發生在我生命中的事情一樣。我不想讓你為了哄我高興才裝出一副相信它的樣子。它只是我個人的經歷，我病了，昏迷，神志不清，你怎麼認為都行，但它對我來說，是一段幸福之旅，這一切都是上帝恩賜給我的禮物。我說這些的時候，你真的能夠相信嗎？親愛的？你不用發表任何評論，但如果你評論了，我會很感激。現在，我可以活下去了，我並不想死，我也不想跟著孩子走。我只是希望，你能夠覺得，或者說是慢慢學會覺得，我們的孩子是一個真實存在的孩子，他是我們自己的、是我們家的一部分，他和傑克、安妮伯母一樣，我甚至不想讓你說出這樣的話。我是要讓一切都跟從前一樣，唯一的區別是，我不覺得我曾經做出過選擇 —— 沒有選擇過是離開他還是離開你的這個問題。你們兩個我都要，而你更需要我，在我心裡，唯一的心願就是和你在一起。」

「是的，親愛的，」霍華德說，「我懂了。妳那麼信任我，真是太美妙了，關於這件事，我什麼都不再說了。事實上，我也說不出什麼，妳已經把愛的種子種在了我的心裡，它會破土而出，會開花結果。剛才我什麼都沒想，就想著妳講給我聽的那個故事。它剛剛占據了我的全部思想，以後就不會了，我還有其他的事情要想呢。我非常高興，非常感激你妳能夠告訴我這一切。現在，妳甦醒了，重新回到了我的身邊，這就足夠了。我的福祉數都數不過來 —— 如果妳醒了，心卻在別的地方，我能受得了嗎？恐怕不能。」

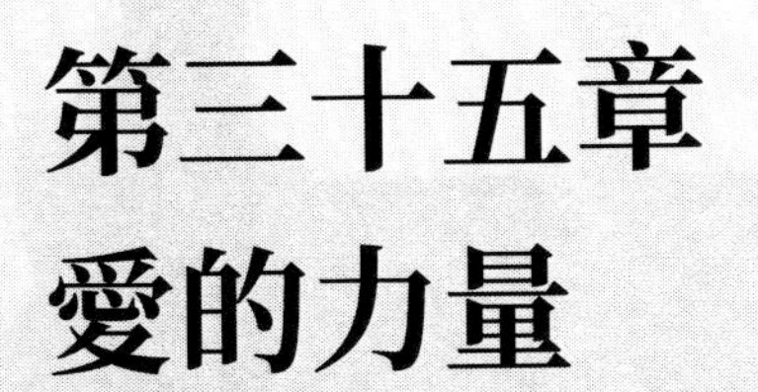

第三十五章
愛的力量

幾天後的一個晚上，霍華德和姑姑坐在一起談話。

「我想和妳談些事，」他說，「毫無疑問，墨德肯定也跟妳說了她那段奇怪的夢中經歷了，她跟我也說過，我不知道應該怎麼去想、怎麼去說，她覺得夢中的那段經歷非常奇妙。她說，她不會再次跟我提起它，她也不希望我再談起它，甚至不希望我去相信它！我也不知道應該怎麼辦了。我一般是不相信那種事的，雖然我覺得它聽起來確實很美，但這僅僅因為它是墨德的夢。我不敢說我真的相信它 —— 那樣太絕情了。我不希望她那麼在意這件事，我自己也並不在意，但那樣的話會讓我們變得疏遠的。」

「是的，」格雷烏斯夫人說，「我也發現了問題，但我覺得墨德把她的夢境告訴你是對的。」

「當然，當然，」霍華德說，「但是，我的意思是說，墨德是不是會把某些事情向所有人都公布，讓所有人都知道，卻單單對我閉口不言？我是《聖經》上所說的那種鐵石心腸的人嗎？因此才感受不到嗎？妳真的相信生靈會來到墨德身邊，讓墨德感知到嗎？或者它只是一個美好的夢境 —— 是墨德尋求安慰的主觀展現，抑或是墨德想擺脫痛苦的本能的掙扎？」

「啊，」格雷烏斯夫人說，「誰又能說清呢？當然，一想到墨德用盡自己全部的愛和情感去喚起一個內心深處的小生靈，我不反對墨德覺得自己是真實地經歷了一切，因為我也是女人，一個老女人。從另一角度講，如果我是一個和你年紀相仿的男人，也受過良好教育，恐怕我的想法會和你一樣。」

「如果妳相信的話，」霍華德說，「那麼能告訴我為什麼嗎？我是一個有理性的人。我絕不會僅僅是由於自己沒有經歷過，就隨便否定別人曾經經歷過的真實性。在我看來，這有兩種解釋，我認為我的懷疑是出於唯物主義觀點。但是，對於別人的信口開河也不能說信就信。牧師通常就持有這種觀點，他們相信自己所謂的精神真理，但精神歷程對我來說是不可信的，因為沒有經過檢驗、沒有經過證實。舉個不太恰當的例子——我就不信神像會眨眼，但牧師們卻說只有對上帝一片赤誠的人才能擁有這樣的奇遇。在我看來，輕信屬於最嚴重的罪行之一——也就是盲從。人們正是因為產生了懷疑，才會摒棄迷信的。」

「是的，」格雷烏斯夫人說道，「我完全贊同你的觀點。事實上，還有很多應該被否定掉的胡言亂語，正披著一層神祕主義的面紗肆意橫流——僅僅是因為情感背離了常識。」

「是的，」霍華德說，「坦白地說，我非常尊重您的判斷力和您的信念，在我看來，您具有懷疑的精神，能夠解決所有愚蠢的、傳統的信仰問題。我不覺得您在面對事情時會不進行思考。實際上，您已經擺脫了很多人都願意接受的大量的、愚蠢的傳統，這種態度非常好，令我仰慕。」

「我還沒有老到連恭維話都聽不出的地步，」格雷烏斯夫人微笑著說，「真正讓你吃驚的，是我到了這個年紀還能擁有信仰，對吧？我猜，你可能覺得我將女性的心理發揮到了極致，凡事都會妥協，只為了讓大家都能夠舒舒服服地解決問題。」

「不，」霍華德說，「不是這樣，我覺得還有很多關於妳的事情我都不知道，如果妳願意的話，我希望妳說給我聽。」

「好吧，我會的，」格雷烏斯夫人說，「先讓我想一想。」她坐在那，默默地想了一會，然後說道：「我覺得，隨著年齡的增長，我逐漸意識到，頭腦的理性部分和頭腦的本能部分存在著差異；我逐漸發現，在內心的深處有很多信念都是不理性的，至少還沒有達到理性的標準，只不過是受了一點理性的影響。我知道，理性會影響人的信念。無論是已經表達的信念，還是未經表達的信念，都是原本就存在的。大多數女性還不具備理性的思維，因此信仰上十分混亂 —— 一部分信仰是從父輩那裡繼承的，一部分信仰是她們從根本不明白的字眼中囫圇吞棗接受的，還有一部分是真的信仰。婦女們的思想混亂，大部分原因要歸咎於女性對邏輯學的厭惡。還有一小部分是因為她們不懂得如何用語言來表達，而語言卻能夠把人分成三六九等。不過，從我個人的經歷來看，我反而越來越相信，靈魂是存在的。我不相信靈魂從人生下來才會出現，死了之後就會消失。現在，我一點也不懷疑 —— 你孩子的靈魂是個生靈，他以前就曾經存活過，只是現在又復活了。我相信靈魂是從某個不知名的地方來到了生命的邊緣，可能是出於自願，也可能是為了體驗人生的需要而鑽進了肉體之中。我也說不清它為什麼要這麼做、是怎麼做到的，但我就是相信這一點。如果你的孩子存活過，你就應該能夠感知到他的靈魂，你會發現他是一個個性獨立、願望獨立，觀點獨立的生命。他不是跟你學的，你也不會影響他、改變他。這些特徵從出生的時候就已經具備了，但靈魂需要很長時間才能學會使用這具肉體。靈魂與給予靈魂肉體的父母之間，確實存在著一種實實在在的關係。我不敢說我了解靈魂，也不明白為什麼有些子女和父母很相像，有些子女和父母卻不像，我心裡還有很多未解的謎團。因此，那個孩子的靈魂能夠與墨德的靈魂進行接觸，也就不是什麼不可能的事情了。當然，整件事都需要有科學的、唯物的解釋才能讓人信服。我這一生，見過了太多奇怪的事情，它們也不一定需要科學的解釋才能夠讓人相信。我知道有很多男人、女人在失去至親之後，總能感覺到親人的靈魂就在不遠的地方，並且一直和他們在一起。我自己也有過同樣的感覺 —— 在失去你姑丈以後，那種感覺很難解釋，就像一個人無法解釋自己對於美的感受一樣。如果一個人覺得某件東西很美，而另一個人卻覺得它並不美，他就沒法解釋去自己為什麼會認為這件東西是美麗的。在我看來，解釋個中原因的責任應該由覺得不美的那個人來承擔。我們不能說美感純粹是一種主觀的意念，因為如果兩個人意趣相投的話，至少也能說明兩人是互相理解的。我說得夠清楚嗎？或者你還是覺得這只是女性邏輯的觀點？」

「不，一點也不清楚，」霍華德慢吞吞地說，「不過是個好例子。我最希望自己擁有足夠解開一切謎團的才學。問題是，當事情有兩種解釋，一種是超越主義（transcendentalism）觀點[36]，一種是唯物主義（materialism）觀點，我想會選擇唯物主義觀點的。不是因為我生來就不相信超越主義觀點，而是因為及時我相信超越主義觀點的話，為了弄清情況，我也必須排除掉一切不可能的情況。」

「是的，」格雷烏斯夫人說道，「我覺得你是完全正確的。在這個問題上，人必須要相信自己的良知。我不希望你像囫圇吞棗一樣全盤接受我的觀點。我只是希望——我敢肯定墨德也是這麼希望的——你能夠耐心地等著看看。不要從一開始就否定超越主義的存在，哪怕時光流逝，也應該記住這些事實，看看以後你的經歷是否能夠驗證它們，當然，不要假裝能夠驗證它們。我不敢說自己是無所不知的。無論你我是否相信，在神祕的生活背後，確實隱藏著一種非常明確的東西。我的觀點或許全都是錯的，也許生活只不過是一種化學現象。但我一直都把眼睛睜得大大的，心胸完全敞開，準備好了去接受一切。我還知道，在神祕的背後，還有更為神祕的東西。我相信，每個人都是擁有不朽的靈魂，只是受到世俗法律的阻礙，才沒能變得不朽。我相信意識和情感是一種高於人生的化學反應。我是極其反感以動制靜的，墨德應該也差不多。她不是那種只要你說自己相

36 超越主義的核心觀點是主張人能夠超越感覺和理性而直接認識真理，並認為人類世界的一切都是宇宙的一個縮影——「世界將其自身縮小成為一滴露水」（愛默生語）。超越主義者強調萬物本質上的統一，萬物皆受「超靈」的制約，而人類靈魂與「超靈」是一致的。

信她，她就會覺得非常滿意的女人，要是那樣的話，她會恨你的！」

「啊，」霍華德帶著微笑說道，「妳們兩個都是那種能夠給人一種非常美妙的感覺的女性，真的。我對妳的智慧一點都不覺得驚訝，是智慧讓妳勇敢地面對生活、關愛別人。在墨德那樣的小女孩身上，我也看到了那樣的勇氣和魄力，這真是讓人驚嘆。當然，墨德離不開妳的教導，只是如果她的心裡沒有慧根的話，恐怕妳想讓她擁有那種思想也是不可能的。」

「這正是我曾經說過的，」格雷烏斯夫人說，「墨德能夠將感情與常識精妙地結合在一起，這是怎麼來的呢？她的母親肯定擁有一定的洞察力，她嫁給了法蘭克，法蘭克雖然有很多優點，但還不夠成熟！墨德的思想或許是從她母親那裡繼承了這種深刻的洞察力。」

「啊，」霍華德說，「婚姻為我帶來了一切！原來我就是一頭盲目自滿的蠢驢，但我意識到了這一點。原來我覺得自己就像一頭又老又蠢的驢，在驢圈裡又蹦又叫 —— 只為吸引別人湊到驢圈跟前來看我。現在我完全變了，我不應該輕視這種神祕的現象。在我身上，就發生了一個奇蹟，我成了家，娶了妻子，有了一系列全新的情感體驗。我怎麼也搞不懂，墨德是怎麼愛上我的 —— 愛上一個一點都不可愛的偽君子！」

「我可不同意你這樣說你自己，」格雷烏斯夫人笑著說，「我明白你的意思，但是還有一種更深層次的東西，親愛的霍華德，你愛我，也愛墨德。但是，博愛的力量比愛某一個人的力量要更加強大，你是不是覺得這句話很難理解？只要我還存在著記憶，我就不會相信你剛才說的那些話。此時此刻，我們彼此相愛。但等我死了以後，我不一定還能記得你、不一定能記得墨德，甚至不一定能夠記得我那親愛的丈夫。很多男人和女人都會覺得這些話很可怕。但從那時開始，我就已經學會了如何去愛，你也已經學會了如何去愛，到了那時，如果我們現在的愛人死了，就會發現並且去親近其他的人。因此我能夠坦然地面對死亡，不管怎樣，我還會有其他的靈魂去愛，我也會找到能夠愛我的靈魂。」

「不，」霍華德說道，「我不相信，不論今生今世，還是來生來世，除了墨德我不相信我還會去愛誰，真奇怪，我是這樣一個多愁善感的人，而您卻是個嚴厲的懷疑論者。一想到我可能會失去墨德，我就覺得無限淒涼，甚至很殘酷。」

「你有這種感覺我並不覺得奇怪，」格雷烏斯夫人說，「但那是最後的犧牲，也就是失去自我的意思。要相信愛，但不要太在意某個人；要相信美，但不要太在意某件美麗的東西。我不會出於自滿或優越感而說我已經明白了。但是你一定要相信我，這是我學到的最後一課，同時也是最難的一課。我並不是說失去自己心愛的人或是被迫與自己更為親密的人分離不會感到痛不欲生。但是把自己最愛的人送到無愛的天堂不是更好嗎？你忍心看著她不肯離你而去、終日在冥界遊蕩嗎？不會的，你連一刻都不忍心啊！他們會走向自己新的生活、新的愛情。我們這輩子是不行了，肉體非常寶貴，但同時也很脆弱。我們只能眼睜睜地看著歲月流逝，帶走我們的摯愛與甜美的願望。人生最重要的一課就是對愛的覺醒，我一生中感到最幸福的事情就是看到你與墨德的愛覺醒了。但是你對人生的認知是不會停滯不前的，沒有什麼是永恆不變的 —— 最親密的愛人、最親密的親友都是一樣的。一個人會從自私發展到喜愛，從喜愛發展到熱愛，再從熱愛發展到博愛。」

「不，」霍華德說，「我現在還無法達到那種思想上的高度，但我依稀有一種感覺，妳的認知要比我深刻得多，但是我不能讓墨德死去。她是我的，我也是她的。」

格雷烏斯夫人笑了，說道：「好吧，不說了，吻我吧，親愛的孩子，我愛你，就算我為你做再多的事，我對你的愛也絕不會減少！」

第三十六章　真理

新年伊始，在一個吹著涼風的晴朗的冬日，霍華德與墨德打算離開風之谷，前往劍橋。在這之前的幾個星期裡，霍華德的心頭始終是烏雲密布 —— 疑慮、不安以及很多瑣事把他弄得心情煩躁。他們要去劍橋過一種簡單而又體面的生活，但即使是裝修一座簡單的住宅，也要買很多東西，還要付帳、寫信，把需要的東西歸類裝箱，這些東西有很多似乎根本都用不上。修昔底德曾經稱頌過外在之美，但墨德各式各樣、數不勝數的梳子還是讓霍華德覺得有些太多了。他曾經向墨德抱怨，說從世界歷史來看，19 世紀與其他世紀相比，最突出的特點就是史無前例地製造出了太多太多沒有用的東西。

在他們動身的那天早晨 —— 上帝保佑，霍華德所有的煩惱似乎突然之間全都溜走了。他們打算下午再出發，大約 11 點的時候，墨德披著斗篷和貂皮披肩走進了書房，讓霍華德陪她一起散步。霍華德讚許、欽佩、崇拜地望著妻子。她已經恢復健康，體態也比他最初見到她的時候變得更加輕盈。經歷了長時間的治療，她的病看上去已經痊癒。她的臉頰在經受了這一切之後，反倒平添了幾分美麗，她那年輕的體態與少女般粉嫩的容顏沒有受到絲毫的損害。深色的裘皮映襯著她那美麗的面龐，清澈明亮的眼睛如兩汪泉水，霍華德覺得墨德可愛無比，就像從遠處飛來的仙女一樣。他放下筆，挽起了妻子的手臂。「好吧，」他回應著她那充滿期盼的眼神，「親愛的，我會把一切都處理好的，有妳在我的身邊，永遠地那麼看著我 —— 就是我想要的一切！」

他們一起走進了花園。花園裡的小草披著霜雪，灌木叢也變得光禿禿的，從這裡能夠看見遠處高高聳立的高地。「寒風凜冽啊！」霍華德吟道：

「『你吹過霍爾特吊橋，遠處的孤城獨自憑弔，風依舊，怒號依舊，吹枯了另一棵樹木！』[37] 詩句太美啦，『風依舊，怒號依舊』，美則美矣，但是並不真實。只要一點發生變化，一切就都會發生變化，風會繼續吹，就像妳和我一樣，沒什麼值得可悲可嘆的。只有弱者才會留戀過去！」

「哦，是的，」墨德說，「嘆息是沒有用的。昨天我回了趟娘家，看了看自己原來曾經住過的房間 —— 我的舊家具、我的書，還有藏畫，好像都為了我要拋棄它們而生氣呢。喔，親愛的，我是多麼喜歡幻想啊，可是我又是一個又愚蠢又喜歡焦慮的小可憐啊！我本打算讓每個人都高興呢！你不知道吧，親愛的，你可能不知道，是你把我從一潭死水中救出來的！」

「我還認為是妳把我從死亡裡拯救出來的呢。」霍華德說，「多麼迷人的畫面啊 —— 兩個不會游泳的人會互相解救對方。」

「嗯！我們就是這麼做的！」墨德很果斷地說道。

他們離開了花園，走到了那個池塘。池塘裡的水從深處翻湧著，碧綠清亮，然後快速地流下了河道。

「這是我生活過的地方，」霍華德說，「我會為離開這裡感到傷心的！我的魂魄曾經來過這個地方，上帝可以作證。3 年前，我第一次來到了這裡，就有一種奇怪的感覺 —— 這個地方對我來說具有非常重要意義，真是造化弄人啊！現在一切都好啦，每一分鐘都給了我滿滿的幸福，妳肯定會笑話我 —— 原來我竟然是那麼的害怕，『風依舊，怒號依舊』。人不能留在原地做夢 —— 無論那夢境有多麼美好、多麼誘人。」

「這是我人生中唯一的一次，」墨德說，「那麼勇敢！人為什麼不能再勇敢一些呢？雖然我們付出了很高的代價，但是現在，經歷了這一切之

---

37 摘自 A.E. 豪斯曼的詩《什羅普郡少年》（*A Shropshire Lad*）。這首詩描繪了溫洛克懸崖的景色，進而讓溫洛克懸崖聞名世界。溫洛克懸崖位於拉德洛以北，是一座 24 公里長的石灰石懸崖，地勢雖然不高，但卻非常陡峭，植被也很茂盛。這裡流傳著強盜伊皮金藏寶的故事，作曲家佛漢．威廉斯曾為此詩譜寫了著名的聲樂套曲 ——《在溫洛克懸崖》（*On Wenlock Edge*）

後，一切都變得很美好了！」

「正像醫生說的那樣，」霍華德說，「在他的記憶中，他沒有見過任何一個病人在上手術臺之前能夠保持冷靜、勇敢面對的。如果只是面對危險而不是經歷危險，一切都還好說。但是人還沒有學會如何不在恐懼中浪費時間。」

他們靜靜地走進了山谷。她陪在他的身邊，腳步還是那麼得輕快。霍華德覺得，她從來都不像現在這麼美麗。風已經無法吹到他們了，但颼颼的風聲仍然在他們上面的草地上盤旋。

「劍橋的生活怎麼樣？」墨德說，「我想劍橋一定很好玩，可是我並不想去。可是，你知道嗎，如果有人讓我把包好的行李都解開，不要去劍橋了，我又會感到非常失望！」

「相信我也會那樣的，」霍華德說，「我唯一感到擔心的，就是不再對教課感興趣，總想著回到妳的身邊。我以前很難理解 —— 為什麼很多結了婚的老師都喜歡偷偷地跑回家，而不過逍遙、自在、快活的單身漢生活？現在看來，很難想像能有誰會比我更愛自己的妻子。」

「就像《潘趣》故事集裡的男孩，」墨德說，「誰都無法相信，那兩個愛偷聽的小鬼會彼此喜歡對方。」

風中隱約傳來一陣微弱的鐘樂聲。「聽！」霍華德說，「是謝爾本的鐘聲！妳還記得我們第一次聽到它的情景嗎？它讓我覺得別人很忙碌，而自己卻很悠閒，真是優哉遊哉啊！今天它似乎是在警告我 —— 我也要開始忙碌啦。」

最後，他們開始轉身往回走。霍華德說：「寶貝，我還有一件事想對妳說 —— 我還沒有把我的感覺告訴妳，妳所見到的事情，就是妳向我描述的關於妳和孩子的事，我相信！」

「好的，」墨德說，「我很高興你能相信！」

「我想說的是，」霍華德說，「我不想讓妳覺得我已經忘了——已經把它拋到一邊了。不過我也並沒有強迫自己去相信它。它就像是一個謎，已經深深地植入了我的心中，它是那麼的真實，我也覺得它越來越真實、越來越偉大，我們已經和未來的生活連繫在了一起。它讓我感受到了生命，而不是死亡；是愛，而不是空虛。它並沒有阻礙我們的感情——我曾經擔心它會阻礙我們之間的感情。但它卻將我們兩個人的手緊緊攥在了一起。這不是理性告訴我的，而是一種超越理性的東西告訴我的，它比理性更強大、更美好。它與我離得很近。妳要相信我，我這麼說並不是為了取悅妳、並不是為了獲得妳的愛。我不能像妳那樣去真實地經歷它，但我能夠感覺到，它的確是真實的，而不是美麗的夢境。」

墨德看著霍華德，眼睛裡淚光盈盈。「啊，親愛的，」她說，「這正是我所希望的。就這樣吧！我不會再傻乎乎地對你說這件事了，它聽起來越是不可思議，我就越不確定這件事是否真的曾經發生過。我也不想讓你再說這件事了。不是因為它太過神聖，而是因為我無法面對這個事實，就像我無法面對自己的出生和死亡一樣。我只是希望，你不要認為這只是一個小女孩的幻想。如果你那樣想的話，我會感到不開心的。事實才是最重要的，無論是你、是我、還是任何人，無論是什麼樣的情感，愛或者悲傷，都要相信它就是事實，都要相信它是不可改變的。問題的關鍵是，我們要把它看清楚，不要用虛假的理由來搪塞，不要隨意想像。」

「是的，是的，」霍華德說，「這就是愛、生命以及世間萬物的祕密。但它確實讓人覺得難以置信。如果不是妳在幻想中看到了我，看到了一個真實的我，妳也不會覺得這一切都是真的。妳復活了，因為妳相信自己的內心，相信我才是更需要妳的人。愛的力量能夠讓我們在牆上記錄下我們愛的歷程，留到以後再閱讀。但這並不是所有，人還需要去了解別人的需要，要相信愛，相信它是唯一的力量。」

他們愉快而又安靜地回到了家裡，然後又出來，來到了小教堂。在聖壇後面的支柱邊上，有一座小土堆。墨德在土堆上放下了一朵小白花。「不，」她輕輕地說著，就像是在孩子的身邊耳語，「不，親愛的，我沒犯任何錯誤。我不覺得你是睡在這裡的，儘管我喜歡你躺著的地方，但我仍然覺得你是醒著的、活著的，正在做著你喜歡的事，我毫不懷疑。我會一直地愛你、保護你、幫助你。是你，讓愛和希望常駐我心，這已經足夠了！我並不奢求你能回到我身邊，親愛的，我也不奢求你能記住我和理解我。」

生命之泉：

與世俗道德抗衡的愛戀，深理十九世紀英格蘭校園

作　　者：[英] 亞瑟 · 本森（Arthur Benson）

翻　　譯：全春陽

發 行 人：黃振庭

出 版 者：崧燁文化事業有限公司

發 行 者：崧燁文化事業有限公司

E-mail：sonbookservice@gmail.com

粉 絲 頁：https://www.facebook.com/sonbookss/

網　　址：https://sonbook.net/

地　　址：台北市中正區重慶南路一段六十一號八樓 815 室

Rm. 815, 8F., No.61, Sec. 1, Chongqing S. Rd., Zhongzheng Dist., Taipei City 100, Taiwan

電　　話：(02)2370-3310

傳　　真：(02)2388-1990

印　　刷：京峯彩色印刷有限公司（京峰數位）

律師顧問：廣華律師事務所 張珮琦律師

定　　價：375 元

發行日期：2023 年 05 月第一版

◎本書以 POD 印製

國家圖書館出版品預行編目資料

生命之泉：與世俗道德抗衡的愛戀，深理十九世紀英格蘭校園 / [英] 亞瑟 · 本森（Arthur Benson）著，全春陽 譯 . -- 第一版 . -- 臺北市：崧燁文化事業有限公司 , 2023.05

面；　公分

POD 版

譯自：Watersprings

ISBN 978-626-357-347-5(平裝)

873.57　112006262

電子書購買

臉書